Jenna Black

glimmerglass
O encontro de dois mundos

São Paulo
2011

UNIVERSO DOS LIVROS

Diretor-Editorial
Luis Matos

Assistente-Editorial
Noele Rossi
Talita Gnidarchichi

Tradução
Cristina Calderini Tognelli

Preparação
Fernanda Duarte

Revisão
Fernanda Fonseca

Arte e Capa
Stephanie Lin

Dados Internacionais de Catalogação na Publicação (CIP)
(Câmara Brasileira do Livro, SP, Brasil)

B627g Black, Jenna.

Glimmerglass: o encontro de dois mundos / Jenna Black; [tradução de Cristina Calderini Tognelli]. – São Paulo : Universo dos Livros, 2011.
296 p. – (Faeriewalker)

Tradução de: Glimmerglass

ISBN 978-85-7930-238-1

1. Ficção. 2. Literatura infanto-juvenil. I. Título. II. Série.

CDD 813.6 22

Universo dos Livros Editora Ltda.
Rua Haddock Lobo, 347 • 12º andar • Cerqueira César
CEP 01414-001 • São Paulo • SP
Telefone: (11) 3217-2603 • Fax: (11) 3217-2616
www.universodoslivros.com.br
e-mail: editor@universodoslivros.com.br
Siga-nos no Twitter: @univdoslivros

Para as Damas dos Prazos de Entrega: Devon, Jackie, Kaz, Keri, Lili, Rachel, Rinda e Toni, cujo apoio foi muito além do chamado do dever.

Agradecimentos

Um romance raramente é escrito num vácuo, e este não é uma exceção. Minha enorme graditão a minha parceira em crítica, Kelly Gay, por todas as ideias valiosas que me deu ao longo do caminho e por ler múltiplos rascunhos sem sequer fazer uma reclamação. Obrigada à Dama Kaz por se certificar de que meus feéricos de Avalon não parecessem americanos transplantados, e à Lauren Abercrombie, por me ajudar a fazer que meus adolescentes falassem como adolescentes. Agradeço à minha editora, Jennifer Weis, e sua assistente, Anne Bensson, por tornarem este livro possível em primeiro lugar. E, por fim, obrigada à minha fabulosa agente, Miriam Kriss, por acreditar em mim, e por me ajudar a acreditar em mim mesma quando minha confiança vacila.

Prólogo

Sem dúvida, a última gota foi quando mamãe apareceu bêbada no meu recital. Não estou dizendo alterada, mas sim cambaleante, arrastando-se de um modo que ninguém duvidaria que ela estivesse completamente alcoolizada. E se isso já não fosse bastante ruim, também chegou atrasada, por isso, quando abriu as portas e se deixou cair numa das cadeiras dobráveis de metal do fundo, todos se viraram para encará-la por interromper a apresentação.

Atrás das cortinas, senti vontade de me enfiar num buraco de tanta vergonha. A srta. Morris, minha professora de canto, foi a única a perceber que quem provocou tal interrupção foi minha mãe. Eu vinha evitando qualquer contato entre mamãe e os alunos desta escola – a minha mais recente, e na qual eu esperava me formar caso conseguíssemos permanecer dois anos inteiros numa mesma cidade, só para variar.

Quando chegou a minha vez, a srta. Morris me olhou com empatia antes de pousar as mãos sobre o teclado do piano. Senti o rosto queimar de vergonha e minha garganta estava tão apertada que temi que a voz saísse estrangulada quando eu abrisse a boca.

Minha voz era naturalmente bela – o resultado da minha ultrassecreta herança "feérica".* Na verdade, eu nem precisava de aulas de canto, mas as férias de verão começariam em poucas semanas e eu queria uma desculpa para me ausentar de casa sem ter de me empenhar muito. As aulas de canto caíram como uma luva. E eu gostava delas.

Meu coração começou a bater mais forte dentro do peito e as palmas das mãos suaram quando a srta. Morris iniciou a introdução. Tentei me concentrar na música. Se ao menos eu conseguisse terminar a canção e agir com normalidade, ninguém da plateia saberia que a idiota embriagada do fundo era minha parente.

Por fim, quando a introdução terminou, foi a minha vez de começar. Apesar do meu estado mental aquém do desejado, a música se sobressaiu por um tempo, e eu deixei que a beleza de *"Voi que sapete"*, uma das minhas árias favoritas de Mozart, tomasse conta de mim. Tradicionalmente cantada por uma mulher fingindo ser um garoto, era perfeita para minha límpida voz de soprano com a pontada de *vibrato* que acrescentava um "quê" de humano à minha voz, de outra forma, feérica.

Acertei todas as notas e não esqueci nenhuma parte da letra. A srta. Morris acenou sua aprovação das vezes em que cantei certas partes exatamente de acordo com o que ela desejava. Mas eu sabia que poderia ter me saído melhor, colocando mais sentimento, se não estivesse tão morbidamente consciente da presença de minha mãe.

Deixei um suspiro de alívio escapar quando terminei. Isto é, até os aplausos começarem. A maioria dos pais e os outros alunos aplaudiram de modo educado, alguns com mais calor;

---

*Feérico: que diz respeito a fadas. Maravilhoso, deslumbrante. [N.T.]

minha mãe, por sua vez, levantou-se para me aplaudir entusiasticamente, mais uma vez chamando a atenção de todos. E, claro, revelando que estava comigo.

Se um raio me atingisse e me matasse naquele momento, eu até que ficaria feliz.

Não deveria ter lhe contado do recital, porém, por mais que eu soubesse o que era melhor, uma parte de mim queria que ela aparecesse para me ouvir cantar, aplaudisse-me com orgulho como qualquer outra mãe normal. Eu sou uma idiota!

Perguntei-me quanto tempo levaria para que a história se espalhasse pela escola. Na última em que estudei, quando uma das patricinhas líderes de torcida me viu fazendo compras com mamãe – uma tarefa que ela mal estava sóbria para completar – só levou um dia para que a escola inteira soubesse que ela era uma bêbada. Não que eu fizesse parte da turma popular, mas depois daquilo... Bem, digamos que pela primeira vez não achei ruim nos mudarmos.

Tenho dezesseis anos e já morei em tantas cidades que nem me lembro mais. Mudamos com tanta frequência porque minha mãe não queria que meu pai me encontrasse, pois tinha medo que ele tentasse me tirar dela, e, levando-se em conta que ela não é a perfeição materna, ele seria capaz de conseguir isso.

Nunca vi meu pai, mas mamãe me contou tudo a respeito dele. A história variava dependendo do estado alcoólico ou depressivo no qual ela se encontrava. Só tenho certeza mesmo de que ela nasceu em Avalon e morou lá boa parte da vida dela, e que meu pai é algum tipo de mandachuva do mundo das fadas. Só que ela não sabia disso até eles começarem a sair. Descobriu mais ou menos na época em que engravidou de mim e saiu de lá antes que alguém soubesse disso.

Às vezes, ela dizia ter fugido de Avalon porque meu pai era um homem terrível e maligno que certamente abusaria de mim de maneiras horrendas se eu morasse com ele. Essa era a história que ela contava quando estava sóbria, a inventada para certificar- se de que eu nunca me interessaria em encontrá-lo. "Ele é um monstro, Dana", ela dizia, explicando por que tínhamos de nos mudar mais uma vez. "Não posso permitir que ele encontre você."

No entanto, quando estava alcoolizada, fora de si, balbuciando o que lhe vinha à mente, ela dizia que havia saído de Avalon porque, se eu ficasse lá, eu me veria em meio a intrigas políticas, já que eu era a filha de um arrogante todo-poderoso. Quando ela estava nesse estado, falava sem parar que o amou mais que a própria vida, mas como seu dever de mãe vinha em primeiro lugar. Argh!

Eu queria sair do recital sem ser vista, mas não tinha coragem. Era bem provável que mamãe tivesse sido estúpida a ponto de dirigir até lá, e não havia a menor possibilidade de eu deixar que ela voltasse dirigindo para casa naquele estado. Tive um pensamento ruim, não pela primeira vez, de que minha vida melhoraria muito se ela morresse num acidente de carro. Senti vergonha de mim mesma por permitir que tal pensamento invadisse minha mente. *Claro* que eu não queria ver minha mãe morta. Eu só queria que ela não fosse uma alcoólatra.

A srta. Morris me levou para o lado assim que todos terminaram de se apresentar e a empatia no olhar dela foi quase demais para eu suportar.

– Precisa de ajuda, Dana? – ela me perguntou baixinho. Balancei a cabeça sem olhar para ela.

– Não. Obrigada. Eu... Eu cuido dela. – Senti o rosto arder de novo, por isso saí o mais rápido que pude, evitando os outros alunos que queriam me parabenizar pela minha excelente apresentação (até parece!) ou que tentavam saber de tudo sobre a minha mãe para depois contar aos amigos.

Mamãe estava tentando se enturmar com os outros pais quando me aproximei. Ela estava muito alterada para perceber a vibração "você-está-bêbada-deixe-me-em-paz" que eles emitiam. Ainda sentindo todos os olhares sobre mim, segurei-a pelo braço.

– Venha, vamos para casa – disse entre os dentes.

– Dana! – ela praticamente gritou. – Você estava *maravilhosa!* – Lançou os braços ao meu redor e me abraçou como se não nos víssemos há três meses.

– Fico contente que tenha gostado. – Forcei-me a dizer ao me desvencilhar do abraço, partindo em direção à porta, arrastando-a atrás de mim. Ela não parecia se importar em ser arrastada, o que foi muito bom. *Isto poderia ser bem pior*, tentei me convencer.

Não precisei perguntar se ela fora dirigindo porque no instante em que pisei do lado de fora, vi nosso carro estacionado torto, ocupando três vagas. Agradeci em pensamento o fato de ela não ter matado ninguém.

Estiquei a mão para ela.

– A chave.

Ela fungou e procurou manter uma pose digna. Algo muito difícil já que precisou se segurar na grade para não cair de cabeça nos degraus que levavam ao estacionamento.

– Sou perfeitamente capaz de dirigir – ela informou.

Senti a raiva queimar dentro do peito, mas eu sabia que de nada adiantava explodir, não importando o quanto desejasse fazer isso. Se conseguisse fingir calma e racionalidade, eu a faria se sentar no banco do passageiro e nos livraria dos olhares públicos muito mais rapidamente. A última coisa que eu queria era provocar uma cena na frente de todos. Mamãe já os presenteara com fofocas o suficiente para uma noite só.

– Deixe-me dirigir mesmo assim – eu disse –, preciso praticar. – Se lhe restasse um mínimo de sobriedade, ela teria notado a fúria contida em minha voz, mas naquele estado, estava alheia a tudo ao seu redor. Entregou, porém, a chave, o que foi um alívio.

Dirigi para casa segurando o volante com tanta força que os nós dos dedos ficaram brancos, tamanha a necessidade de me controlar. Minha mãe estava no meio de um monólogo sobre a minha apresentação quando o álcool falou mais alto e ela adormeceu. Fiquei satisfeita com o silêncio apesar de saber, por experiência própria, que seria muito mais difícil carregá-la para fora do carro até em casa.

Quando estacionei e pensei no que tinha a fazer, percebi que não poderia mais continuar vivendo daquele modo. Nada poderia ser pior de que viver com mamãe, tendo de mentir constantemente por ela, tentando encobrir o fato de que ela tinha desmaiado depois de tanto beber quando deveria ir a reuniões escolares ou me levar para alguma atividade fora do *campus* escolar. Desde que eu me lembrava, vivia com um medo mortal de que meus amigos – os poucos que eu conseguia fazer, já que nos mudávamos frequentemente, – descobrissem sobre ela e que concluíssem que eu era uma aberração por associação. Um medo que, infelizmente, descobri, do pior modo, não ser infundado.

Fui a adulta na família desde que tinha cerca de cinco anos e agora chegava a hora de tomar as rédeas da minha vida. Eu entraria em contato com meu pai e, a menos que pressentisse alguma coisa quanto a ele ser verdadeiramente algum tipo de pervertido, iria viver com ele. Em Avalon. Na Cidade Selvagem que era a encruzilhada entre o nosso mundo e Faerie, a cidade onde magia e tecnologia coexistiam no que se assemelhava a algum tipo de paz. Mesmo em Avalon, imaginei, eu teria uma vida melhor, mais normal que a que eu tinha agora com minha mãe.

Nunca estive tão enganada em toda a minha vida.

Capítulo 1

Minhas palmas suavam e meu coração estava preso na garganta enquanto o avião aterrissava em Londres. Mal podia acreditar que estava fazendo aquilo, que tive a coragem de fugir de casa. Enxuguei as mãos nos jeans e me perguntei se mamãe já havia descoberto. Ela estava dormindo, curando uma ressaca, quando saí de casa e, por vezes, ela dormia vinte e quatro horas seguidas em situações como aquela. Eu queria ser uma mosca na parede quando ela encontrasse o bilhete que deixei. Talvez o fato de me perder finalmente a sacudisse a ponto de parar de beber. Mas eu não prendia o fôlego esperando.

Não tive problemas para localizar meu pai. Mamãe nunca sonhou em me contar seu nome estando sóbria e ele não constava na minha certidão de nascimento, mas tudo o que precisei foi fazer algumas perguntas investigatórias quando ela estava embriagada e contente para descobrir que o nome dele era Seamus Stuart. Os feéricos, ela confidenciou, não usavam sobrenomes em Faerie, mas aqueles que moravam em Avalon os adotaram, pelo bem da população humana.

De modo geral, Avalon era minúscula, com uma população com menos de 10 mil habitantes, por isso, quando chequei a lista telefônica pela Internet, não tive problemas para localizar meu pai; ele era o único Seamus Stuart listado. E quando liguei para perguntar se ele conhecia alguém com o nome da minha mãe, ele prontamente admitiu ter tido uma namorada com aquele nome no passado, e eu logo concluí ter encontrado o cara certo.

Antes de a primeira conversa terminar, ele já havia me convidado para visitá-lo em Avalon. Até mesmo me ofereceu uma passagem de primeira classe para Londres. Sem nunca pedir para falar com minha mãe, nem mesmo perguntar se eu tinha permissão para ir visitá-lo. Fiquei surpresa com isso, a princípio, mas logo concluí que ela esteve certa ao pensar que se ele tivesse sabido de mim, teria me levado para Avalon sem pestanejar. *Não olhe os dentes do cavalo dado*, procurei me lembrar.

O avião tocou na pista com um baque. Respirei fundo para me acalmar. Ainda levaria horas para que eu me encontrasse com meu pai. Sendo nativo de Faerie, ele não podia pôr os pés no mundo mortal. (Caso quisesse me raptar, precisaria de cúmplices mortais para ajudá-lo.) A magia singular de Avalon era a de que a cidade existia tanto em Faerie como no mundo mortal – era o único local em que os dois planos de existência se sobrepunham. Quando meu pai ficava no limite da cidade e olhava para fora, tudo o que ele via era Faerie e, se ele cruzasse a fronteira, nós do mundo mortal não conseguiríamos mais vê-lo.

Ele providenciou para que um amigo mortal me recebesse no aeroporto de Londres e me levasse para Avalon. Só quando eu passasse pela imigração de Avalon, eu poderia me encontrar com ele.

Passei pela imigração e alfândega de Londres meio que entorpecida. Estive excitada e nervosa demais para dormir no avião, e isso agora começava a me afetar. Segui a multidão e comecei a perscrutar a vastidão de placas à procura do meu nome.

Não encontrei.

Olhei de novo, examinando cada placa com cuidado, só para me certificar de que meu nome não tivesse sido escrito errado e, por isso, eu não o tivesse notado. Mordi o lábio e consultei o relógio, já ajustado para o horário local. Eram 8h23 da manhã, e da última vez em que conversei com meu pai, ele calculou que, se o avião chegasse no horário, eu seria liberada pela imigração por volta das 8h15. O amigo dele já deveria ter chegado.

Respirei fundo mais algumas vezes, procurando manter a calma. Ele só estava oito minutos atrasado. Não valia a pena entrar em pânico. Encontrei uma confortável cadeira perto das portas, com meu olhar seguindo todas as direções à procura de alguém que se apressasse pelo terminal. Vi várias pessoas assim, mas nenhuma carregava uma placa com meu nome.

Quando, às 8h45, o meu motorista ainda não havia dado as caras, resolvi que poderia começar a sentir um pouquinho de pânico. Abri o celular, resolvendo ligar para o meu pai, só para descobrir que eu não tinha sinal. Com certo atraso, me perguntei se os celulares americanos funcionavam em Londres. Engoli mais uma pontada de nervoso. Papai me enviara um adorável presente pelo nosso encontro, um camafeu branco-rosado, e eu me vi tocando nele ansiosamente.

Passei boa parte de minha vida entrando e saindo de aeroportos, e, se o voo fosse longo o bastante, mamãe estaria largada na hora da aterrissagem. Mesmo aos oito anos, eu era capaz de guiá-la pelo aeroporto, encontrar nossa bagagem e conseguir um táxi que nos levasse ao nosso destino. Tudo bem, o lugar mais exótico em que estivemos foi o Canadá, mas, caramba, aquilo era a Inglaterra, não a Índia.

Tentando me convencer de que não precisava me preocupar, encontrei uma fileira de telefones públicos. Já que minha mãe era incapaz de controlar as contas e as compras, eu tinha meu próprio cartão de crédito, que logo usei para fazer a ligação a longa distância para Avalon.

Deixei o telefone tocar umas dez vezes, mas ninguém respondeu. Desliguei e mordi o lábio.

Eu já estava nervosa o bastante, quanto a toda esta aventura. Agora eu estava abandonada no aeroporto de Heathrow e meu pai não atendia o telefone. Acrescente a isso um caso severo de fadiga de voo, e tudo o que eu queria fazer era me enroscar numa cama quentinha e macia e dormir. Sufoquei um bocejo. Se eu começasse, não haveria como parar.

Às 9h15 tive de admitir que as chances de o amigo do meu pai aparecer eram ínfimas. Meu pai não devia estar atendendo o telefone porque estava me esperando na fronteira de Avalon, conforme prometido. Tudo bem, só o que eu precisava fazer era pegar um táxi que me levasse até a fronteira. Seria uma viagem de quarenta quilômetros para fora de Londres. Nada demais, certo?

Troquei um pouco de dinheiro, depois entrei num daqueles enormes táxis pretos ingleses. Achei estranho ver o motorista do lado errado, e ainda mais esquisito quando ele começou a dirigir do outro lado da pista.

O taxista dirigia como um maníaco e falou o tempo inteiro até o Portão Sul de Avalon. Não distingui seu sotaque, mas só compreendi um terço do que ele disse. A sorte foi que ele não pareceu precisar de respostas, à parte um sorriso e um aceno ocasional. Só espero que ele não tenha notado que me retraí todas as vezes em que ele esteve prestes a atropelar alguém.

Como todas as outras pessoas do Universo, vi diversas fotos de Avalon. Havia milhares delas nos guias de turismo dedicados à cidade (eu tinha dois em minha bagagem), e praticamente todos os filmes de fantasia tinham uma ou duas cenas rodadas em Avalon, já que era o único lugar do mundo mortal em que a magia, de fato, funcionava. Ver Avalon pessoalmente, porém, lembrou-me a experiência de ver o Grand

Canyon pela primeira vez: nenhuma fotografia no mundo lhe fazia justiça.

Avalon se situava numa montanha. Sim, uma montanha de verdade. Aquela coisa apontava para o céu no meio de uma planície verdejante cheia de ovelhas, dando a impressão de que alguém pegara um pedaço dos Alpes e o deixara cair num lugar a que não pertencia.

Casas, lojas e prédios comerciais foram construídos em cada metro quadrado dos declives, e uma única estrada pavimentada circundava a montanha desde a base até o castelo fincado no topo. Havia outras estradinhas de pedra que partiam dessa principal, mas essa era a única larga o bastante para o tráfego de carros.

A base da montanha era completamente circundada por um fosso escuro de água espessa, também circundado por uma alta cerca elétrica. Só havia quatro entradas para a cidade, uma para cada ponto cardeal. Meu pai deveria me encontrar no Portão Sul. O motorista me deixou na portaria, uma construção de três andares do tamanho de um quarteirão, e eu senti uma pontada renovada de apreensão quando ele se afastou. A entrada de carros era permitida em Avalon, mas o motorista precisaria ter um visto para poder entrar. De mochila nas costas, arrastei a mala por um labirinto, seguindo as placas para os visitantes. Claro que a fila para os residentes era muito menor.

Quando cheguei ao início da fila, praticamente dormia em pé, apesar da ansiedade. Havia um pequeno estacionamento logo depois do ponto de inspeção e, tal qual no aeroporto, vi pessoas paradas com placas. Contudo, enquanto esperava que o guarda da alfândega carimbasse meu passaporte, não vi meu nome em nenhuma delas.

– Um minuto, senhorita – o guarda disse, depois de ter examinado meu passaporte, por, pelo que pareceu, dez anos.

Fiquei confusa quando o vi abandonar o posto, levando meu passaporte.

Senti a garganta secar quando o vi falar com uma mulher alta e imponente, vestindo um uniforme azul-marinho... e com uma pistola e algemas no cinto. Ela ficou ainda mais seca quando o guarda apontou na minha direção e ela olhou para mim. Óbvio que em seguida ela se aproximou. Vi que o guarda entregara meu passaporte para ela. Aquilo não parecia nada bom.

– Por favor, me acompanhe, srta. ... – Ela abriu o passaporte para verificar. – Hathaway. – Ela tinha um sotaque estranho, meio britânico, mas não exatamente. Nesse meio tempo, o guarda acenou para o próximo da fila.

Tive de me aproximar da mulher para não ser atropelada pela família de cinco pessoas que me empurrava por trás.

– Algum problema? – perguntei; embora tentasse passar tranquilidade, acho que minha voz saiu trêmula.

Ela sorriu, apesar de a expressão não atingir os olhos. Ela também esticou a mão para me puxar pelo braço, guiando-me até uma porta que levava para o interior do edifício.

Tentei pegar a alça da mala, mas um homem chegou antes de mim, colocando uma tarja laranja fosforescente e levando-a para trás da mesa do guarda.

Fiquei me perguntando se era o caso de fazer uma cena, mas concluí que isso só pioraria minha situação.

– Não tenha medo – a mulher disse, rebocando-me até a porta. Bem, ela não me *rebocava* de fato. O toque dela era bem leve, era como se estivesse somente me guiando. Mas tive a nítida impressão de que se eu diminuísse o passo, ela não estaria mais me guiando. – Temos um procedimento padrão de entrevistar determinado número de visitantes. – O sorriso se alargou quando ela passou um cartão pela porta. – Hoje só é seu dia de sorte.

Eu estava mais que cansada e nervosa, e meus olhos começaram a arder com o indício de lágrimas. Mordi o interior da bochecha para contê-las. Se aquilo era apenas uma seleção aleatória, por que o guarda examinou meu passaporte por tanto tempo? E por que meu pai não me contou sobre essa possibilidade? Eu, por certo, não li nada a respeito nos meus guias de viagem.

Fui conduzida a um escritório cinzento estéril que se assemelhava aos restos de um dormitório de faculdade com cheiro estranho como o de lã molhada. A mulher imponente apontou para uma cadeira de metal dobrável, em seguida, acomodou-se numa poltrona com rodinhas muito mais confortável do outro lado da escrivaninha. E sorriu de novo.

– Meu nome é Grace – ela disse. Fiquei sem saber se era seu nome ou sobrenome. – Sou comandante da patrulha de fronteira e preciso lhe fazer algumas perguntas sobre sua visita a Avalon; depois disso pode seguir seu caminho.

Eu engoli antes de responder:

– Está bem. – Como se eu tivesse escolha.

Grace se inclinou e pegou um caderno espiralado de uma das gavetas, depois posicionou uma caneta de prata toda gravada. Imagino que os feéricos não sejam fãs das Bics.

– Qual o propósito de sua visita a Avalon? – ela perguntou.

Puxa, tendo dezesseis anos, não podia ser viagem de negócios, não?

– Vim para visitar minha família.

Ela escreveu, depois olhou para mim por sobre o topo do caderno.

– Não é jovem demais para viajar desacompanhada?

Eu me endireitei na cadeira. Sim, eu tinha dezesseis anos, mas não era *tão* jovem assim. Eu tinha idade para conciliar as contas do banco, pagar contas, e dirigir pela minha mãe quando ela estava embriagada demais para ficar atrás do volante. Os olhos de Grace se iluminaram de diversão quando eu me mostrei indignada, por isso procurei abafar minha reação antes de falar.

– Era para alguém ter ido até o aeroporto me encontrar – disse, apesar de isso não ser a resposta para a pergunta dela.

– Ninguém apareceu, por isso peguei um táxi. Meu pai devia estar me esperando na alfândega.

Grace assentiu e escreveu um pouco mais.

– Qual o nome do seu pai?

– Seamus Stuart.

– Endereço?

– Hum... Ashley Lane, 25. – Fiquei feliz por ter perguntado o endereço antes de viajar. Nem sabia que precisaria dele.

– Ele estava no estacionamento? Pode pedir para ele vir até aqui se preferir.

– Hum, na verdade, nunca o vi, por isso não sei se ele está lá ou não. – Só esperava não estar corando. Não sei por que eu considerava o fato de nunca ter visto meu pai vergonhoso, mas era isso que eu sentia.

Ela escreveu mais e, eu me perguntei como ela conseguia escrever tanto. Eu não estava exatamente contando a história da minha vida. E por que a patrulha de fronteira precisava desse tipo de informação? Tive de responder a maioria dessas perguntas ao solicitar o visto.

– Vou receber minha bagagem de volta? – perguntei, nervosa demais para ficar quieta só esperando.

– Claro, querida – respondeu ela, com mais um daqueles sorrisos falsos.

Foi nessa hora que a porta se abriu. O homem que levara minha mala colocou a cabeça para dentro e esperou que Grace o notasse. Ela olhou para ele com uma sobrancelha arqueada.

– Foi confirmado – ele disse.

Pela primeira vez o sorriso de Grace pareceu genuíno.

– O que foi confirmado? – perguntei; o sorriso genuíno, por algum motivo, enervando-me mais que o falso.

– Ora, querida, a sua identidade. Parece que você é mesmo filha de Seamus Stuart.

Meu queixo caiu.

– *Como* confirmaram isso?

– Permita que eu me apresente adequadamente – ela disse em vez de responder. – Meu nome completo é Grace Stuart. – O sorriso dela se tornou verdadeiramente endiabrado. – Mas pode me chamar tia Grace.

Capítulo 2

Tenho certeza de que eu estava sentada como uma idiota com a boca aberta. Grace riu de minha expressão enquanto eu tentava me recompor e pensar.

Pela primeira vez desde que pus os olhos nela, olhei além do uniforme e do comportamento autoritário para realmente enxergá-la. Ela era alta e magra como uma modelo, o corpo meio de garoto em sua falta de curvas. Como o meu. Minhas esperanças de que um dia eu encorpasse definhavam. O cabelo loiro era grosso e lustroso, afastado de seu rosto angular num rabo de cavalo que descia além da cintura. Olhos azuis como os meus, exceto pelo fato de que os dela eram mais puxados para cima. Numa inclinação feérica.

– Você é a irmã do meu pai – eu disse num misto de pergunta e afirmação.

Grace bateu palmas como se eu tivesse acabado de fazer uma pirueta. Senti meu rosto queimar.

– Muito bem, minha querida – disse ela num tom que sugeria que eu era lerda. – Seamus está, como posso dizer, indisposto no momento. Deixou-me, porém, encarregada de cuidar de você até que ele seja capaz de fazer isso.

Estreitei meu olhar.

– Se essa é a sua ideia de cuidar de mim, seria melhor eu fazer isso sozinha. – Não costumo ser rude, ainda mais com autoridades, mas a fadiga do voo, o nervosismo e a confusão se juntaram para tornar meu humor, no mínimo, irritadiço. – Você poderia simplesmente ter se apresentado desde o início em vez de me assustar com sua atitude típica da Gestapo.

Grace piscou algumas vezes. Eu podia apostar que ela não estava acostumada a respostas daquele tipo, ainda mais de adolescentes humanas. O sorriso sumiu dos lábios dela, ao mesmo tempo em que o olhar se tornou gélido.

– Uma garota da qual nunca ouvimos falar chega a Avalon alegando ser a filha mestiça de um dos grandes senhores seelie, e nós temos de aceitar isso sem fazer perguntas? – ela disse com a voz tão fria quanto o olhar. – Seamus não fazia ideia de que engravidara sua mãe e por mais que tenha sido rápido em aceitá-la no seio familiar, era bem possível que você fosse uma impostora.

Um dos grandes senhores seelie? Minha mãe disse que papai era importante, mas isso parecia mais sério que eu supunha.

– Enquanto conversávamos, minha equipe procurou sua escova de cabelos na bagagem. Eles conseguiram determinar que você é quem alega ser.

A violação da minha privacidade me irritou, mas também fiquei confusa.

– Conseguiram fazer um teste de DNA em, sei lá, quinze minutos? – perguntei descrente.

Grace lançou uma daqueles olhares que dizia que eu só podia ser muito burra mesmo.

– Não foi um teste de DNA, querida.

Ah. Magia. Eu tinha me esquecido disso. Senti o rosto ainda mais quente. Grace era boa mesmo em me fazer sentir uma idiota, e eu tinha certeza de que isso não era por acaso. Não sabia o que ela tinha contra mim, mas estava claro que havia alguma coisa ali. Minha mente começou a enevoar e, mais uma vez, desejei aquela cama macia e quentinha. Apesar do nervoso – e do aborrecimento –, um bocejo escapou sem que eu conseguisse contê-lo.

A expressão de Grace se suavizou, mostrando-se preocupada e quase doce. Não acreditei nela.

– Coitadinha – disse ela. – Deve estar exausta depois dessa longa viagem. – Levantou-se, o movimento inexplicavelmente elegante. – Venha. – Fiquei me perguntando se ela sabia que parecia estar falando com seu animalzinho de estimação favorito. – Precisamos acomodá-la para que possa descansar.

Permaneci sentada, sem saber o que ela queria dizer.

– Estou livre então?

– Vou providenciar para que outro funcionário me substitua por algumas horas – ela disse em outra de suas não respostas. – Vou levá-la para casa. Se quiser parar para comer antes, basta me dizer. Há alguns bares adoráveis perto da minha casa.

Meu estômago queimava, mas eu não sabia se era de fome. O que eu sabia era que não queria ir para a casa de Grace.

– Não pode me deixar na casa do meu pai? – perguntei, mesmo sabendo que a resposta seria não.

Grace fez uma cara triste.

– Lamento, mas não. Ele não está em casa e não tenho a chave. Não precisa se preocupar, porém, só precisa ficar comigo por um ou dois dias. Depois disso seu pai conseguirá recebê-la.

Como era evidente que eu não teria como opinar, procurei me resignar.

– Está bem – disse ao me levantar, esperando não parecer muito rabugenta.

– Esplêndido! – ela disse com falsa alegria.

Esplêndido? Quem dizia "esplêndido" hoje em dia? Claro que, já que tia Grace era feérica, ela podia ter alguns mil anos de idade, ainda que parecesse estar com vinte e poucos.

Segui Grace por um labirinto de corredores, sem deixar de notar as câmeras de segurança que nos acompanhavam.

Ela parou numa saleta que concluí ser para descanso, visto o micro-ondas e as máquinas de venda de comida. Um pequeno grupo de guardas uniformizados estava em volta de uma mesa. Grace distribuiu algumas ordens, designando um deles para substituí-la em sua ausência, e, em seguida, voltamos para os corredores.

Por fim, chegamos a uma porta trancada que Grace abriu com seu cartão magnético e acabamos no estacionamento que eu havia visto enquanto aguardava na fila. Ela me conduziu até um elegante Mercedes preto. O carro estava tão limpo que poderia ter sido estacionado há apenas cinco minutos. Também tinha aquele adorável cheiro de carro novo, arruinado somente pelo sachê cafona em formato de rosa pendurado no espelho retrovisor. Pelo menos não era um dos horrorosos aromas de pinho preferidos pelos taxistas.

– Sua bagagem está no porta-malas – tia Grace disse antes que eu tivesse a oportunidade de perguntar. Em seguida deu a partida e saímos dali.

A ponte sobre o fosso era uma pista de duas mãos, estreita, e as grades de proteção pareciam muito frágeis. Talvez essa impressão fosse causada pelas águas escuras que me arrepiavam só de olhar.

Procurando ignorar a água, relanceei por sobre o ombro – um pouco melancólica – para a guarita que demarcava a fronteira entre Avalon e o mundo mortal. Uma parte minha já desejava que eu nunca tivesse fugido de casa. Sim, era horrível morar com mamãe, ter de cuidar dela e mentir para meus amigos. Mas pelo menos era um inferno conhecido.

Senti uma onda de náusea e minha vista ficou momentaneamente embaçada. Virei para olhar para frente.

– Algo errado? – Grace perguntou.

Balancei a cabeça e controlei a náusea.

– Só estou cansada e nervosa e talvez um pouco enjoada com o movimento do carro. – Aposto como ela odiaria se eu vomitasse no carro dela. – Você disse que meu pai estava "indisposto"; o que isso quer dizer? – perguntei enquanto, felizmente, meu estômago se acalmava.

– Digamos que ele... Teve um pequeno problema legal. – O Mercedes começou a subir a estrada circular ao redor da montanha sem grande esforço. – Mas não se preocupe. Tudo deve se resolver em um ou dois dias. Vou cuidar direitinho de você até que ele volte para casa.

– Onde ele está?

Os cantos da boca dela se repuxaram e ela hesitou antes de responder:

– Bem, já que insiste em saber – disse como se eu a estivesse incomodando há horas –, ele está na cadeia.

Arfei. Virando o volante somente com uma das mãos, ela deu uns tapinhas no meu joelho com a outra. Precisei resistir à vontade de afastá-la.

– Foi só um mal-entendido. – O tom dela tinha a intenção de me acalmar. – Ele vai se apresentar ao Conselho amanhã, no máximo depois de amanhã, e certamente será solto.

Meu pai estava na cadeia. De todos os problemas que imaginei ter de enfrentar em Avalon, esse não estava incluído. Mais uma vez minha mão achou o camafeu que eu usava, os dedos esfregavam a superfície irregular com nervosismo. Os olhos de Grace acompanharam meu gesto. Os lábios finos se comprimiram quando ela viu o camafeu, mas não disse nada. Mesmo assim, abaixei a mão.

Eu fervilhava de perguntas, mas naquele instante Grace parou o carro num estacionamento para cerca de meia dúzia de carros. Ela já tinha saído e aberto o porta-malas antes que eu conseguisse formular uma única pergunta. De novo, acho que não foi por acaso.

Eu estava cansada demais para lidar com isso naquele momento. Depois de uma soneca e quando eu não estivesse tão acabada, me sentaria com a querida tia Grace para ter uma longa conversa na qual ela me explicaria o que estava acontecendo com meu pai. Como, por que ele estava preso? E o que era esse tal de Conselho diante do qual ele devia se apresentar? Tardiamente, desejei ter lido um pouco mais sobre o sistema de governo de Avalon. Tudo o que eu me lembrava da sala de aula era que se tratava de um tipo de governo único no mundo, no qual os deveres eram igualmente divididos entre os humanos e os feéricos.

Grace abrira o porta-malas, mas deixou que eu me encarregasse da mala. Fiquei feliz por ela ter rodinhas. Sem dizer nada, ela me guiou por uma das alamedas de pedra. O pavimento não facilitava a rolagem das rodinhas, tive de me esforçar para manter a mala de pé, para desviar das poças que se acumulavam e do esterco de cavalo que dava às ruas o cheiro característico de um estábulo.

Eu devia estar fazendo uma careta porque Grace deu uma informação, pela primeira vez, diga-se de passagem, sem que eu perguntasse nada.

– Motores de combustão interna não funcionam em Faerie – explicou. – Aqueles que transitam entre Avalon e Faerie o fazem a cavalo, portanto, verá muito mais desses animais do que na maioria das cidades.

Essa informação era fascinante e eu, sem dúvida, deveria estar embasbacada pelo cenário ao meu redor, mas o cansaço da viagem era grande demais, sem falar que eu ainda lutava com a bagagem.

Fiquei mais que aliviada quando, por fim, paramos diante de uma pitoresca casa geminada de pedra. Tinha três andares e era um tanto estreita, mas as janelas antigas e as floreiras permeadas de rosas brancas conferiam um ar doméstico e acolhedor.

Tia Grace murmurou algo baixinho e a porta emitiu uma série de cliques antes de se abrir. Sem que ninguém a tocasse.

Magia, minha mente sussurrou. Entretanto, eu estava cansada e rabugenta demais para me impressionar.

Não consegui observar o interior porque Grace logo me fez subir as escadas até o terceiro andar. E não, ela não ofereceu ajuda para carregar a mala pela escada estreita.

– Aqui estamos – ela disse ao abrir a primeira porta no topo da escada.

Arrastei a mala pela soleira e depois a deixei no chão. O quarto parecia agradável, mas eu só tinha olhos para a imensa e macia cama de dossel. Nunca antes uma cama me pareceu tão convidativa.

Grace sorriu diante de minha evidente atração.

– Vou deixar que descanse um pouco. O banheiro fica logo ali. – Ela apontou para uma porta fechada do outro lado do quarto.

– Obrigada – eu disse, fazendo cara feia, era a minha tendência para os bons modos. Dei alguns passos na direção da cama. Provavelmente eu deveria pegar meus artigos de higiene pessoal, no mínimo escovar os dentes antes de desabar, mas o chamado do sono era irresistível.

– Durma bem, querida – Grace disse antes de sair e fechar a porta.

Eu tinha acabado de puxar o edredom quando ouvi um inconfundível clique. Pisquei. *Aquilo* não podia ser o que achei que ouvi.

O alarme sobrepujou a fadiga um segundo, e eu fui para a porta. Consegui ouvir os passos de Grace descendo os degraus. Pus a mão na maçaneta, ainda esperando estar errada. No entanto, quando a girei, ela não se mexeu.

Minha querida tia Grace tinha acabado de me trancar.

Capítulo 3

Claro que tive de esmurrar a porta e gritar, mas eu não podia dizer que estava realmente surpresa quando isso não funcionou. A única outra saída do quatro era a janela. Precisei subir numa cadeira para olhar para fora, e o que vi foi desencorajador. Eu estava no terceiro andar, portanto, pular pela janela não me pareceu a melhor ideia do mundo – mesmo que eu conseguisse abri-la, o que não era o caso. Não vi nenhuma tranca e não parecia que ela estivesse emperrada por cauda da pintura, mas bater e forçar não me levou a nada, só fiquei com algumas unhas quebradas.

Por que, por que resolvi sair de casa?! Lidei com minha mãe a vida inteira, o que seriam mais uns dois anos? Diabos, nem seriam dois anos completos – só mais um verão, o ano de graduação na escola (pulei uma série na escola secundária, por isso eu costumava ser a mais jovem da sala) e mais o verão do ano seguinte. Depois disso eu iria para a faculdade, tendo a intenção de escolher uma que ficasse o mais longe possível de casa – qualquer que fosse ela.

Meus olhos ardiam e a cabeça doía não conseguia, porém, pensar em me deitar e cochilar naquelas circunstâncias.

Descobri que remexia no camafeu de novo. Será que meu pai estava mesmo na cadeia? E por quê? Mamãe me contou algumas histórias terríveis sobre ele, mas eu estava convencida de que metade era mentira.

Mas, e se não fosse? E se ele estivesse na cadeia porque *lá* era seu lugar?

Dispensei tal pensamento. Tia Grace havia me interceptado na fronteira, aterrorizado-me e depois me trancafiado. Sentei-me na beira da cama e considerei minhas opções. Pena que não fossem muitas. Cerca de quinze minutos mais tarde, ouvi o som de passos se aproximando, e vozes.

Uma delas era a de tia Grace e a outra pertencia a um homem, e eu me vi desejando que fosse meu pai. Não consegui ouvir o que diziam e quando se aproximaram o bastante para que as palavras fossem distinguíveis, eles se calaram.

Senti os pelos da nuca eriçarem sem motivo algum e me afastei da porta. Ouvi o murmurar suave da voz de Grace, e a porta destrancou e abriu sozinha.

Já disse que tia Grace era alta e imponente, devia ter ao menos um metro e setenta e cinco ou oitenta, mas o homem que estava atrás dela na soleira era enorme. Devia ter mais que dois metros, já que teria de se abaixar para passar pela porta, e era largo o bastante para eu me perguntar como ele conseguiu subir a escada estreita. Ele se parecia com o que obteríamos se cruzássemos uma estrela da NBA com uma versão não verde do Incrível Hulk.

Grace entrou no quarto e, graças a Deus, seu amigo gigante ficou para trás. Bloqueando a passagem, imagino, caso eu tentasse fugir. Risquei isso da minha lista de opções.

Precisei controlar um estremecimento mesmo tentando aparentar valentia.

– Por que me trancou no quarto? – exigi saber. Ou ao menos tentei exigir. Sinto que "lamentar" seria uma descrição melhor. Em seguida olhei direito para ela e vi um hematoma na lateral do rosto. Arfei. – O que aconteceu? – perguntei, esquecendo-me momentaneamente de que ela era o inimigo.

Ela estava séria.

– Meu irmão foi... insensato em trazê-la para cá.

– O quê?

– Você corre perigo. Nossa família tem muito poder e influência. Agora que Seamus a reconheceu como filha e a trouxe para cá, há facções que podem vê-la como uma arma a ser usada para controlá-lo. Alguém deve ter me visto trazendo-a para cá. Fui atacada enquanto destrancava a porta de entrada. Tive sorte por ter telefonado para Lachlan e ele estar a caminho. Ele os afugentou antes que conseguissem provocar mais danos. Isso, no entanto, prova que eu estava certa: você não está segura aqui.

– Que tal se você me deixar voltar para Londres? Posso ficar num hotel e esperar até que papai esteja fora... quero dizer, disponível. Dessa forma não estarei impondo minha presença e...

Ela balançou a cabeça.

– Os dois homens que me atacaram eram humanos. Não sei para quem trabalhavam, contudo, poderiam segui-la com facilidade até Londres. Não. Temos de levá-la a um local mais seguro, pelo menos até que Seamus seja libertado.

Senti a cabeça tonta, como se minha mente tivesse resolvido que não aguentava mais e faria greve. Tia Grace parecia genuinamente preocupada, e aquele hematoma no rosto estava feio. Mesmo assim, só porque alguém a atacara não significava que estavam atrás de *mim*. Convenhamos, sou uma adolescente americana mestiça. Como isso poderia estar ligado a mim?

– Lachlan vai levá-la a uma casa segura – Grace disse indicando o gigante. – Eu posso ser um alvo fácil, mas ele não é.

Olhei para Lachlan, que ainda bloqueava a porta. Imaginei que os bandidos olhariam para ele uma só vez antes de correr para longe. Os braços estavam cruzados no alto do batente, ressaltando sua incrível estatura. Ele lançou um sorriso que pareceu trazer uma centelha de calor, mas ainda era um cara assustador. Eu mesma queria correr para o outro lado, deduzi, porém que Grace não deixaria eu me safar.

– Está bem – disse, tentando parecer que eu tinha uma escolha. – Vou com Lachlan para essa casa segura.

– Uma sábia decisão – Grace disse, nem tentando esconder o sarcasmo.

Ela foi até uma cômoda que eu nem havia me dado ao trabalho de examinar, e procurou até puxar um manto negro com capuz de aparência sinistra. Ela o estendeu na minha direção.

– Vista isto – ordenou – e coloque o capuz.

O manto era dela, obviamente, por isso estava longo demais para mim. Ela fez uma careta ao ver que se arrastava no chão.

– Não tem jeito. – Eu a ouvi murmurar. – Podem ir – disse em voz alta. – Você ficará bem hoje à noite. Seamus deve conseguir assumir o controle a partir de amanhã.

Peguei a bagagem, mas Grace balançou a cabeça.

– Eu mando entregar.

Envolta no manto, tentando não tropeçar na barra, fui para a porta onde Lachlan me esperava. Ele não disse nada, apenas acenou e começou a descer as escadas. Ele precisava se inclinar e meio que andava de lado para que os ombros não resvalassem as paredes.

Ao chegarmos ao térreo, ele me conduziu para a porta dos fundos. Eu me sentia ridícula andando naquele manto encapuzado negro – como um tipo reduzido da Dona Morte –, mas, pelo menos, eu estava aquecida. Caminhei ao lado de Lachlan, procurando não pisar na barra do manto longo demais. O capuz praticamente me cegava.

Era verão, mas ali em Avalon, uma névoa fria e cinzenta pairava pelas ruas. Mesmo debaixo do pesado manto de lã, estremeci.

– Não se preocupe – disse uma voz profunda que devia pertencer a Lachlan. – Logo vai estar aquecida e confortável.

O sotaque dele parecia com o de Grace, só que com um "r" agradável e suave no fim. Em circunstâncias diversas, eu até poderia dizer que ele era amigável. Perguntei-me se ele seria feérico. Não parecia ser, pelo menos não se enquadrava na minha noção preconcebida do que um feérico seria. Estava claro que eu não sabia muito.

O lugar "quente e confortável" para o qual Lachlan me levou mostrou-se ser o porão do que parecia, pelo cheiro, ser uma padaria; tentei espiar o entorno, Lachlan, porém, conduziu-me para dentro antes que eu conseguisse. O porão era dividido em dois cômodos, um que se assemelhava a uma guarita e um com todo o jeito de uma cela, com uma porta de uns quinze centímetros de espessura com uma trava de madeira.

Recuei.

– Ah, não – reclamei dando um passo para trás. – Não vou entrar *aí.*

Lachlan fechou a porta atrás de si. Abaixei o capuz para poder encará-lo. Ele não se mostrou intimidado. Chocante, mas verdade.

– É para a sua proteção – disse ele, com um dar de ombros que pareceu encabulado.

– Só pode estar brincando!

– Sinto que sua tia a considere capaz de fugir. Você não estaria a salvo em Avalon, por isso ela resolveu que seria melhor para você ficar aqui.

Balancei a cabeça com teimosia, tentando estimar minhas chances de passar por Lachlan e chegar até a porta. Não eram nada boas.

Ele suspirou.

– Por favor, Dana. Não quero atormentá-la, mas precisa entrar. – Ele passou o peso de um pé para o outro, mostrando seu desconforto. – Não é assim que eu resolveria a situação, mas Grace é sua parenta, eu não. Tenho de respeitar a decisão dela.

Bufei.

– Pelo menos alguém aqui respeita.

Lachlan parecia... perturbado. Para minha própria surpresa, descobri que sentia pena dele. Suponho que seja péssimo ficar no meio de uma situação dessas.

A verdade era que eu não tinha muita escolha. Mesmo que conseguisse passar por Lachlan, o que eu faria? Sairia correndo pelas ruas de Avalon quando havia a possibilidade de a tia Grace estar dizendo a verdade?

Com um suspiro sentido, e uma última olhada para a porta, cruzei o cômodo até a minha cela. Lachlan fechou a porta atrás de mim, e eu ouvi um baque pesado que só podia ser a trava de madeira trancando a porta.

Capítulo 4

A cela não se mostrou tão deprimente quanto imaginei. Se não fosse pela porta barrada – e do fato de ser um porão sem janelas – eu até que me convenceria de que se tratava de uma charmosa hospedaria. A cama era pequena, mas parecia macia e convidativa. O banheiro dispunha de uma banheira sobre quatro garras, e a lareira a gás aqueceu o cômodo instantaneamente. O melhor de tudo: minha mala e minha mochila estavam num dos cantos. Como chegaram ali, quem haveria de saber, mas eu apostaria em algum tipo de magia. Não conseguia imaginar Grace carregando a bagagem para mim, mesmo que pudesse chegar antes de nós.

Por mais agradável que o cômodo se mostrasse, eu não conseguia deixar de pensar no som da trava trancando-o. Aquilo era de fato uma cela e mesmo que o carcereiro parecesse simpático, a diretora da prisão, tia Grace, era completamente diferente.

Caminhei pela cela por cerca de meia hora, tentando formular um plano de fuga. Claro que ainda não sabia para onde poderia ir se miraculosamente escapasse dali. Uma breve busca nas malas mostrou que meu passaporte, meu cartão de crédito e todo o meu dinheiro tinham desaparecido. Se eu quisesse fugir, teria de recuperá-los primeiro. Ou encontrar um cúmplice.

Meus planos – se é que se poderia chamá-los assim – foram interrompidos pelo som da trava sendo levantada. Segundos depois, Lachlan entrou na cela. Numa das gigantescas mãos ele segurava uma bandeja com bule e xícaras. Quando ele fechou a porta e abaixou a mão, vi um prato repleto de bolinhos diversos. Meu estômago emitiu um rugido embaraçoso, o qual Lachlan foi gentil o bastante para ignorar.

Depositando a bandeja numa mesinha com duas cadeiras, Lachlan puxou uma delas para mim como um cavalheiro. Eu estava faminta demais para ignorar a oferta, por isso abocanhei dois dos bolinhos fresquinhos e suculentos em tempo recorde. Lachlan ficou por perto enquanto eu comia, e toda vez que eu relanceava em sua direção, ele sorria com o que parecia ser orgulho.

– Foi você quem fez isto? – perguntei.

Ele assentiu e apontou para o teto.

– Aqui em cima fica a minha padaria.

– São deliciosos – eu disse, apesar de saber que ele já havia captado a mensagem.

A comida fez que eu me sentisse temporariamente melhor, mas meu bom humor ruiu quando Lachlan pegou a bandeja para sair. Logo eu estaria sozinha na cela de novo.

Lachlan me lançou um sorriso solidário.

– Sua tia Grace está bem-intencionada – disse ele. – Sei que ela não foi muito diplomática...

Não consegui refrear uma risada de sarcasmo. Sim, esse seria um modo de descrever a situação. Lachlan pareceu ofendido com minha reação. Suponho que ele goste mesmo de tia Grace, já que se esforçava para defendê-la.

– Ela tem sofrido muitas pressões ultimamente – explicou –, e sua chegada... – Ele franziu o cenho e não terminou a frase.

– Minha chegada o quê?

– Digamos que você é mais uma complicação na já complicada vida dela.

– Por quê? – perguntei, levantando as mãos em frustração. – Só vim visitar meu pai! Por que todos estão complicando as coisas? – Tudo bem, eu tinha a ilusão de poder *morar* com ele, mas depois de pouco menos que um dia, eu praticamente já havia desistido da ideia.

Lachlan fitou os pés, com os cantos da boca esticados em desgosto.

– Não cabe a mim explicar.

Contudo, tive a sensação de que ele queria.

– Por favor, Lachlan – disse, tentando parecer desesperada e patética. Tudo bem, não que isso fosse difícil, eu só não tentava *esconder* o fato. – Por favor, conte-me o que está acontecendo.

Por meio segundo, pensei que ele fosse ceder. Então, a linha de sua boca se firmou, e ele balançou a cabeça.

– Desculpe. Não posso contar.

Por favor, permita que meu pai venha me buscar amanhã, rezei.

– Você deveria tentar dormir – Lachlan disse, pegando a bandeja.

Como que para confirmar isso, um bocejo se formou em meu peito. Ele sorriu para mim.

– Vou ficar bem ao lado da porta – informou. – Se precisar de alguma coisa, é só gritar.

Sufoquei meu bocejo seguinte enquanto Lachlan fechava e barrava a porta atrás dele.

Capítulo 5

Talvez eu só estivesse sendo do contra, mas o fato de Lachlan sugerir que eu fosse para a cama me fez querer ficar acordada. Não era a coisa mais fácil de fazer quando se deve combater o cansaço da viagem, um estômago cheio e um ambiente aquecido. Se eu não me mantivesse ocupada, perderia a batalha contra o sono, por isso, peguei meu *laptop* da mochila. Pensei em mandar uma mensagem rápida para mamãe, só para que ela soubesse a confusão em que eu estava metida. Quem sabe ela não permanecesse sóbria o bastante para vir me resgatar. Mas – surpresa! – minha cela não estava equipada com Wi-Fi. Eu havia baixado alguns livros proibidos da Internet – já que era eu quem pagava as contas da família, minha mãe jamais notaria a cobrança –, ler esse tipo de literatura, porém, estando trancafiada parecia meio... errado.

Pela primeira vez, desde que escapuli de casa para pegar meu voo, senti uma pontada de remorso. Será que mamãe conseguiria se controlar o bastante para pagar as contas sem mim por perto? Imaginei-a, sozinha e largada, em nossa casa sem água nem eletricidade. Depois balancei a cabeça. Ela vinha se apoiando em mim cada vez mais conforme passavam os anos, mas quer ela agisse como tal ou não, ela *era* adulta, e teria de tomar conta de si mesma!

Lá pelas sete, Lachlan trouxe outra bandeja. Meu estômago roncou. Aqueles bolinhos haviam sido digeridos pelo menos uma hora antes. Dessa vez, a bandeja trazia um sugestão: enorme lanche tostado, pingando com queijo derretido e maionese, junto a uma salada de folhas verdes. Imaginei que o sanduíche também tivesse vindo da padaria.

Quando ele levou a bandeja, mais uma vez sugeriu que eu tentasse dormir. Àquela altura eu praticamente dormia de pé, porém, continuava teimosa demais para fazer o que me mandavam. Só para provar que eu *não* seguiria o conselho dele, comecei a aquecer a voz com uma série de exercícios vocais. Em seguida, pratiquei as canções nas quais vinha trabalhando com minha professora de canto antes de procurar o que imaginei ser um gramado mais verde... Suspeitei que Lachlan estivesse ouvindo, mesmo através da espessa porta, por isso me concentrei em cantar para ele. Talvez seu coração derretesse com a beleza da minha voz e ele me libertasse.

Ah, sim, acho que vi um porco voar na semana passada.

Deixei a música me levar, as canções se seguindo uma após a outra. Enquanto eu cantava, quase me esqueci de que me pai estava na cadeia e que tia Grace me mantinha presa "para o meu próprio bem". Fechei os olhos e permiti que a música me transportasse para outro mundo.

No fim, notei uma sensação de ardência no peito. Por motivos que não consegui explicar, o camafeu estava quente, como se tivesse ficado perto do fogo. Tirei-o e examinei-o, tentando entender por que ele estava assim, mas ele esfriou tão rápido que acreditei ter imaginado coisas.

Depois que parei de cantar, percebi o quanto eu estava cansada. As pálpebras pareciam pesar dez toneladas cada uma. Imaginando já ter provado meu ponto de vista, decidi que era hora de deixar a exaustão me tomar.

Nem pensei em usar o pijama, dadas as circunstâncias, por isso me conformei em tirar os sapatos e as meias e trocar os jeans por um moletom confortável. Em seguida, fui para a cama estreita, porém, relativamente confortável. Estava escuro lá fora, apaguei a luz de cabeceira, mas estava frio demais para desligar a lareira. Adormeci fitando as chamas tremulando.

Ainda estava escuro quando acordei completamente desorientada. Nos primeiros instantes, não consegui entender onde estava, mas não demorou muito para as lembranças voltarem. Sentia a cabeça pesada e enevoada, e tudo ao meu redor parecia irreal. Relanceei para o relógio que mostrava ser ainda duas da manhã. Virei de lado, certa de que adormeceria em questão de segundos; foi então que ouvi o som de passadas do outro lado da porta.

Tarde demais, entendi que foi algum baque que me despertou. Pensei que tivesse sido parte de um sonho, mas ao ouvir a trava da porta ser levantada, resolvi que aquilo não era sonho algum.

Sentei-me rapidamente, tentando me desvencilhar das cobertas. Talvez eu tivesse ouvido mais do que me lembrava, ou fosse algum tipo de premonição, mas tive certeza absoluta de que a pessoa abrindo a porta não era Lachlan. Segundos mais tarde, vi que estava certa quando um homem abriu a porta e entrou na cela.

Parei de brigar com as cobertas, sem conseguir desviar o olhar. Parado na soleira da porta estava, provavelmente, o rapaz mais lindo que já vi na vida. Era alto – embora devesse parecer um anão perto de Lachlan – e magro, com cabelos bem loiros e longos que caíam pelos ombros como se fossem uma capa. Estava escuro demais na penumbra formada pelas fracas labaredas da lareira para determinar a cor dos olhos, a não ser o fato de que eram bem claros – e de terem o formato puxado para cima dos feéricos. Ele seria lindo demais para ser de verdade não fosse o nariz ligeiramente desviado, provavelmente quebrado, pelo menos uma vez.

Ele parecia mais jovem que a maioria dos feéricos que vi, embora parecesse mais velho que eu. Perguntei-me se ele tinha cara de bebê ou se era mesmo um feérico adolescente. Deveria existir tal coisa, ainda que os feéricos adultos não envelhecessem.

Ele lançou um sorriso torto, e eu percebi que o encarava como se fosse uma menina de doze anos encontrando um dos Jonas Brothers. Mentalmente, eu me chacoalhei pelo pescoço e consegui me livrar das cobertas. Meus pés descalços não gostaram muito do piso frio, mas eu não tinha intenção alguma de desviar o olhar do rapaz para calçar meias e sapatos.

– Quem é você? – perguntei, já que ele continuava parado sorrindo.

– Meu nome é Ethan e estou aqui para resgatá-la.

Tudo bem... Talvez isso fosse mesmo um sonho. A névoa em minha mente ficou mais densa, e eu tentei decidir qual das milhões de perguntas eu deveria fazer primeiro.

Ethan continuava sorrindo. Acho que ele estava se divertindo com meu monólogo interno.

– A menos que considere suas acomodações atuais satisfatórias e decida ficar.

– Pegue-a e vamos sair daqui – disse uma voz aguda de garota atrás dele no outro cômodo. Não conseguia enxergá-la porque Ethan bloqueava a porta. Fiquei me perguntando onde Lachlan estaria.

Ethan lançou um olhar enfadonho por sobre o ombro.

– Estou tentando mostrar um mínimo de cortesia – disse ele. – Já ouviu falar nisso, não?

A garota o chamou de muitos nomes que não repetirei, e senti uma onda de desapontamento. Apesar da conversa bem pouco amigável, havia uma familiaridade no diálogo que sugeria certa intimidade entre eles. Em seguida, revirei os olhos. Por que, em nome de tudo o que havia de mais sagrado, eu deveria me importar?

Ethan voltou sua atenção para mim.

– Precisamos mesmo ir. Não temos muito tempo.

Consegui despregar os olhos dele a fim de vestir as meias, o tempo todo pensando sem parar. Havia algum motivo para eu acompanhar esse cara? (além de ele ser muito gostoso?) Eu não tinha a mínima ideia de quem ele era e por que queria me resgatar – se é que estava *mesmo* fazendo isso – e tia Grace havia me alertado sobre eu correr perigo. Óbvio que eu confiava nela na mesma medida em que conseguiria atirar Lachlan para cima.

Mordi o lábio, demorando a amarrar os sapatos. Um pouco antes pensei que, se queria escapar, precisaria de um cúmplice. Será que o destino se apiedara de mim e me mandou exatamente o que eu precisava? Ou seria Ethan e sua garota os *verdadeiros* bandidos? Só porque ele era lindo não significava que prestasse. Na verdade, se eles fossem mesmo os bandidos, que alternativa eu teria? Eram dois contra um. E se eu gritasse?

Ethan deu um passo à frente.

– É melhor nos acompanhar quietinha – ele disse com uma pontada de aviso na voz. – Se tivéssemos mais tempo, eu poderia persuadi-la a confiar em nós, mas isso terá de esperar até que consigamos tirá-la daqui.

Olhei fixamente para ele. De algum modo, ele já não era mais tão gostoso. Dei um pulo quando a garota entrou, empurrando Ethan para o lado. Ela também era feérica e parecia ainda mais jovem que Ethan, tendo talvez a minha idade. Caso ela tivesse aquele osso saltado no nariz, seria a sua cópia feminina, por ter os mesmos cabelos longos e loiros, estrutura delgada e olhos claros.

– Ei! – Ethan protestou ao tropeçar, mas a garota o ignorou, resmungando algo baixinho enquanto avançava na minha direção.

Resolvi que aquela era uma boa hora para gritar, no fim das contas, mas quando abri a boca, nada saiu. Ou fui acometida pelo mais repentino caso de faringite ou a garota lançara um feitiço sobre mim. Isso fez que eu colocasse tanto a garota quanto Ethan na lista dos bandidos. Tentei escapar, mas ela agarrou meu braço. Ela era magérrima como uma modelo, mas não era nada fraca. Minha luta fez o camafeu escapar pelo colarinho da camiseta. Ele estava quente de novo, e eu teria tentado afastá-lo de minha pele se não tivesse coisas mais importantes para fazer, como me desvencilhar das mãos da garota. Seus dedos me seguravam com força ao me arrastar para a porta.

Ethan saiu do caminho, ainda que continuasse a sorrir para mim como se achasse tudo aquilo muito divertido. Até se curvou de modo elaborado e zombeteiro.

– Dana Stuart – disse ele formalmente –, eu gostaria de lhe apresentar minha irmã, Kimber. Também conhecida como o Demônio do Inferno – ele riu ao dizer isso, a fim de tornar o comentário um tanto afetivo, mas Kimber lhe mostrou o dedo médio com a mão livre.

O gesto me pareceu errado. Muito aquém de uma fada. Onde estaria a reserva gélida de que minha mãe me falara?

Tentei fincar os calcanhares, Kimber, porém, era mais forte que aparentava, e eu não conseguiria enfrentá-la muito mais do que enfrentaria Lachlan. Tudo o que pude fazer foi manter os pés no chão enquanto ela me puxava pela soleira até o cômodo contíguo, Ethan estava logo atrás dos meus calcanhares.

Eu ainda estava sem voz, mas um arfar silencioso escapou quando vi Lachlan deitado com o rosto no chão. Uma mancha fresca de sangue se espalhava pelo piso atrás de sua cabeça. Kimber ignorou meu espanto, levando-me até a saída.

– Ele vai ficar bem – Ethan me garantiu. – Seria preciso um exército para provocar danos permanentes.

Como que para provar que Ethan tinha razão, Lachlan gemeu baixinho. Os olhos de Ethan se arregalaram e ele empurrou minhas costas enquanto Kimber me puxava pelo braço.

– É melhor nos mexermos – disse ele. – Duvido que Lachlan fique feliz comigo quando acordar.

Fui meio que empurrada, meio que puxada pelas escadas até a rua. Minha voz ainda estava ausente, e por mais que eu me esforçasse, não havia como fugir, e a rua estava deserta. Uma carroça coberta esperava perto da calçada. Kimber puxou a lona com uma mão, revelando o chão coberto de palha da carroça. Depois soltou o braço para me segurar pela cintura e, ignorando o debater dos meus braços, suspendeu-me e me jogou na palha.

Ela começou a subir atrás de mim, mas Ethan a deteve com uma mão no braço.

– Você conduz – disse. – Farei companhia à nossa passageira. – Ele sacudiu as sobrancelhas, Kimber revirou os olhos e não discutiu.

Meu coração acelerou; sentia tanto medo que tremia. Não queria ficar sozinha e indefesa no fundo da carroça com um homem forte o bastante para deixar Lachlan inconsciente. Ainda mais depois de ele fazer aquilo com as sobrancelhas. Temia saber exatamente o que ele planejava fazer enquanto a irmã estivesse conduzindo a carroça.

Ethan subiu e fechou a lona, bloqueando toda a luz. Oh, Deus, agora eu estava sozinha com ele *no escuro*. Arrastei-me para longe dele ao máximo até minhas costas atingirem algo duro. Depois tateei o feno com as duas mãos, esperando encontrar alguma arma.

– Não precisa ter medo – Ethan disse, e para meu imenso alívio a voz veio do outro lado da carroça. – Somos relativamente inofensivos, Kimber e eu.

– Diga isso a Lachlan – consegui dizer, surpresa pela calma demonstrada. Depois vi que isso significava que minha voz voltara e, antes que Ethan conseguisse me silenciar novamente, gritei o mais alto que pude.

Chegou uma hora em que tive de parar ou acabaria desmaiando.

– Tem pulmões impressionantes – Ethan comentou, nem um pouco incomodado com minha tentativa de conseguir ajuda. – Pode ser que meus ouvidos jamais se recuperem.

Eu conseguia distinguir o riso na voz dele, e isso diminuiu meu medo um pouco. Aquilo se parecia mais com uma brincadeira amigável que com uma ameaça de um sequestrador. Ainda assim, não me convenci de que ele fosse "inofensivo" e tampouco estava disposta a enfrentar brincadeiras, contudo, ele não parecia inclinado a me atacar.

– A carroça tem um feitiço à prova de som – ele prosseguiu. – Eu a peguei emprestada de um amigo que jura que ela é mais confortável que o banco de trás de um carro, se é que me entende.

Eca. Sim, eu entendi. E desejei que a palha tivesse sido trocada desde a última vez em que o amigo tarado de Ethan se deu bem.

Meus ombros penderam derrotados, e eu me senti, repentinamente, exausta de novo. Lágrimas queimavam meus olhos. Não havia confiado em Grace, mas pelo menos eu *tinha esperanças* de que ela estivesse me contando a verdade e que levaria meu pai até mim quando ele saísse da cadeia. Eu não fazia a mínima ideia do que Ethan e Kimber queriam de mim. Tentei respirar devagar para me acalmar.

– Como eu dizia, não precisa ter medo – Ethan prosseguiu, como se meu pequeno ataque de gritos jamais tivesse acontecido. – Não lutei de modo justo com Lachlan. Aproximei-me por trás e o acertei antes que ele sequer soubesse que eu estava lá. Estou certo de que um dia terei de pagar por isso.

– Quem são vocês e onde estão me levando?

– Nós a estamos levando para um lugar em que esteja a salvo de Grace Stuart.

Bufei.

– Ah, bom, e ela estava me mantendo presa para me salvar de uma horda de inimigos que queria meu sangue. Não acreditei nela, tampouco acredito em você. – Cruzei os braços diante do peito, embora Ethan não fosse capaz de ver meu gesto de desafio no escuro. Ou talvez conseguisse – até onde eu sabia, os feéricos não enxergavam no escuro.

– Não posso culpá-la por isso. Peço desculpas pelos nossos métodos, porém, se tivéssemos nos demorado explicando tudo, Lachlan teria recobrado a consciência muito antes de termos terminado.

Notei que ele ignorou completamente a parte do "quem são vocês" de minha pergunta. Resolvi tentar uma tática diferente.

– Vamos fazer de conta que acredito em você. Por que estão me "ajudando"? Como sabem quem eu sou? Como descobriram onde me encontrar?

– Uma pergunta de cada vez! – Ethan disse, mais uma vez parecendo caçoar de mim.

Rangi os dentes, desejando que não estivesse tão escuro a fim de ver se meu olhar letal surtia algum efeito nele. Essa coisa de sequestro podia ser uma grande piada para ele, mas com tudo o que me aconteceu depois que o avião aterrissou, meu humor não era dos melhores. Esfreguei meus olhos cansados. Não conseguia me concentrar o bastante para escolher uma das muitas perguntas. Ainda bem que Ethan se apiedou de mim e escolheu uma ele mesmo.

– Tanto seu pai quanto sua tia têm esperanças de serem escolhidos como Cônsul, quando o mandato do atual chegar ao fim. Aquele que estiver com você tem maiores chances de ser o escolhido.

– O quê? – exclamei. – Por quê?

– Terei de explicar isso mais tarde. Mas vou explicar, prometo. De qualquer modo, respondendo a sua pergunta, de por que eu e Kimber estamos te ajudando, preferimos que Grace Stuart não seja Cônsul. Ela é uma das candidatas mais bem cotadas, e ter você ao lado dela cimentaria a sua vitória. Já passou do tempo de Avalon entrar no século XXI e ela é da velha guarda. Seu pai não é exatamente um progressista, mas é melhor do que Grace. Não sei o que ela lhe disse para explicar o seu confinamento, porém, são grandes as chances de que ninguém mais ouvisse falar de você se não a resgatássemos.

– Está dizendo que ela planejava me matar? – chiei. Eu poderia não ter gostado nem confiado em tia Grace, mas a ideia de que ela desejasse me matar jamais passou pela minha cabeça. Parecia tão absurdo que chegava a ser ridículo. Assim como tantas outras coisas que aconteceram até ali.

– Provavelmente ela não mataria você – ele admitiu. – A menos que esse fosse o único modo de mantê-la afastada de seu pai.

A carroça parou, e Ethan usou isso como desculpa para não ter de se explicar melhor.

– Responderei a todas as perguntas que tiver, depois que a colocarmos num lugar seguro – disse ele. – Até lá, preciso que fique calada. – Murmurou algo baixinho.

Eu soube sem ter de testar que mais uma vez minha voz tirava umas férias.

Capítulo 6

Fiquei contente por não haver nenhum espelho por perto quando desci pelo fundo da carroça. Além de minhas roupas estarem amassadas por ter dormido nelas e de meu cabelo necessitar de uma bela escovada, eu também estava cheia de feno. Ethan, apesar de ter ficado na mesma carroça que eu, tinha a aparência impecável como se tivesse usado algum repelente de palha, pois estava tão perfeito quanto ao subir nela. E resolveu ressaltar o fato ao retirar uma sujeira do meu cabelo. Quando o encarei, ele só piscou para mim e esticou a mão de novo. Afastei-a com um safanão, mas não consegui resistir ao impulso de pentear os cabelos com as mãos, tentando alisá-lo e retirar o restante da palha.

Olhei ao redor e descobri estar num pátio cercado, pavimentado com pedras, circundado por casinhas de tijolos. Elas pareciam bem menos exóticas que a maioria dos prédios que vi em Avalon, ainda que o pátio de pedras acrescentasse certo clima.

Uma figura vestida toda de preto se destacou numa sombra e se aproximou. Não pude vê-lo com clareza porque ele não olhava na minha direção, no entanto, a centelha de esperança que senti de que talvez ele pudesse me ajudar morreu no instante em que Kimber lhe entregou as rédeas. Aquele devia ser o amigo garanhão de Ethan, e fiquei bem contente em vê-lo se afastar depois de cumprimentá-los com um aceno em vez de ficar por perto.

Ethan indicou uma fileira de prédios ao nosso redor explicando que se tratava de moradias estudantis.

– A universidade fica logo no fim da rua. Aquele é o meu apartamento – apontou para uma janela no segundo andar – e aquele é o de Kimber. – Apontou para a janela diante da sua.

Olhei atentamente para Kimber, mas ela não parecia velha o bastante para ter um apartamento. Claro que, até onde eu sabia, ela poderia ser uma aberração feérica que parou de envelhecer aos dezesseis anos e talvez fosse mais velha que minha mãe. Então Ethan sorriu de novo. Se ele pudesse ter linhas de expressão, estaria completamente enrugado antes dos trinta.

– Mas não é para lá que vamos.

Kimber havia se aproximado por trás enquanto ele falava. Ela não me tocou, mas eu sabia que ela prenderia meu braço caso eu lhe desse motivos. Ethan arregaçou as mangas da camiseta como que para levantar algo pesado. Só que não havia nada ali para ser levantado.

Atrás de mim, Kimber bufou.

– Pare de se mostrar e faça logo.

Faça logo o quê?, eu me perguntei.

Ethan respirou fundo, levantou as mãos diante do peito com as palmas para baixo. Algo estalou, como se pedra batesse contra pedra. Ethan respirou fundo de novo, em seguida, levantou as mãos alguns centímetros bem devagar.

Meu queixo caiu quando algumas pedras do chão se levantaram. Ethan moveu as mãos para os lados, e as pedras se mexeram acompanhando seus movimentos, revelando uma escada de mão que desaparecia num buraco escuro. Ele deixou as pedras caírem e exalou num grande suspiro. Estava suado e sem fôlego, mas ainda sorria.

– Estou ficando cada vez melhor nisso – ele disse para Kimber logo atrás de mim.

– Estou tão impressionada que mal consigo ficar de pé – ela replicou.

Ethan pareceu diminuído com o comentário dela, mas contra-atacou mesmo assim.

– Eu queria ver *você* fazer isso.

Pelo silêncio de Kimber, deduzi que ela não saberia. Ethan deu um sorriso afetado para ela, depois se aproximou do buraco e começou a descer. Estremeci e tentei recuar, mas claro que Kimber estava logo ali, direcionando-me para a escada. Minha voz ainda estava imprestável, por isso eu nem podia protestar.

– Tem a escolha de descer usando a escada ou não – Kimber disse, e voltei a estremecer. Não havia dúvidas de que ela me empurraria para baixo caso eu não me esforçasse para descer.

Minhas mãos tremiam conforme passei as pernas pelo buraco e apoiei os pés no degrau. Eu não costumava ter medo do escuro, e nunca notei se sofria de claustrofobia, mas pensar em descer numa escuridão desconhecida me fez chegar à beira do pânico. A única coisa que eu menos queria era *descer* com a ajuda de Kimber, por isso, concentrei-me em cada passo, na esperança de que as mãos suadas não escorregassem dos degraus de metal.

Abaixo de mim, ouvi o eco da voz de Ethan e vi a luz de uma tocha surgir. Olhei para baixo e o vi parado diante da entrada de um túnel, cerca de trezentos metros mais adiante. Ele gesticulou para que eu continuasse a me mover, e eu consegui me descongelar o bastante para descer mais um degrau.

– Não se preocupe – disse ele. – Eu a pego se cair.

Por algum motivo isso não me tranquilizou como ele pretendia. De qualquer modo, continuei a descer, ansiosa em sentir o chão debaixo dos pés de novo. Eu ainda não havia descido por completo quando Ethan me segurou pela cintura, firmando-me. Surpresa, dei um grito e tropecei nos últimos degraus, parando muito mais perto dele que eu queria. Ethan sorriu para mim. As mãos ainda estavam em minha cintura, e eu hesitei um segundo aturdida pelo toque dele. Quando consegui me recobrar, as pedras da rua voltaram a se mexer, bloqueando a passagem superior.

Kimber pulou ainda da metade da escada, aterrissando silenciosa e graciosamente ao meu lado. Ethan se afastou, pegando a tocha da parede.

– Por aqui – ele disse, partindo na direção do túnel.

Estava frio lá embaixo e precisei cerrar os dentes para que eles não batessem. A entrada do túnel era cimentada, mas depois de poucos metros, as paredes, o chão e o teto eram de rocha compacta. Percebi surpresa que estávamos *dentro* da montanha.

Outros túneis se ramificavam daquele primeiro, desaparecendo na escuridão, mas Ethan continuava em frente. Por certo eu teria um ataque de claustrofobia se começasse a pensar no peso sobre o teto daquele túnel. Esforcei-me para não pensar nisso, mas não foi fácil.

Por fim, Ethan nos levou para um dos túneis laterais, e não tínhamos prosseguido muito quando começamos a ouvir o eco de vozes distantes. Nem Ethan nem Kimber pareceram alarmados com o som e, por mais difícil que fosse precisar pelo eco no túnel, eu tinha quase certeza de que estávamos indo na direção das vozes. Quando vi a luz dourada e alaranjada de uma lareira ao longe, soube que tinha razão.

Finalmente chegamos a uma entrada em forma de arco, sustentada por duas vigas de madeira pesada. Segui Ethan pela soleira e parei atônita com o que vi.

Os túneis pelos quais passamos evidentemente tinham sido feitos por homens, mas agora estávamos no que devia ser uma caverna natural. Estalactites pendiam do teto como dentes de dragões, e as poltronas e sofás espalhados pelo chão estavam cercados por estalagmites. Ao longo de uma das paredes da caverna, um rio subterrâneo, translúcido e surpreendentemente profundo, corria.

A única fonte de luz eram as tochas, que salpicavam as paredes e as laterais da maior estalagmite, mas era o bastante para iluminar toda a caverna. Havia cerca de uma dúzia de pessoas ali, sentadas em pequenos grupos nos sofás e poltronas. Todos pararam de conversar quando Ethan, Kimber e eu entramos, e senti todos os pares de olhos sobre mim. Nunca gostei de ser o centro das atenções, e gostei ainda menos naquela situação, estando amassada e desgrenhada e ao lado de alguém tão lindo quanto Ethan. Disse a mim mesma para não me intimidar e encarei-os também.

Eu diria que metade dos presentes era feérica, e a outra metade parecia humana. Alguns deles seguravam aqueles copos descartáveis transparentes característicos das festas de fraternidade. (Não que eu costumasse frequentar esse tipo de festa. Eu não fazia parte da turma que as promovia. Na verdade, eu não pertencia a nenhuma turma, mas isso não importava.)

Um pouco tarde, notei o barril metálico no centro da caverna. Ethan disse que os apartamentos que vimos antes de descer eram moradias estudantis; olhando para os rostos curiosos, estimei que talvez uns dois deles tivessem idade suficiente para beber. Pelo menos nos Estados Unidos. Eu não fazia ideia de qual fosse a idade legal para se beber em Avalon.

Fitei Ethan e tentei parecer arrogante.

– Passei por tudo isso para vir a uma festa de fraternidade regada a cerveja?

Os lábios dele se retorceram num novo sorriso.

– Não exatamente. Seja bem-vinda ao mais literal Submundo Estudantil do planeta. – As pessoas mais próximas de nós riram da piada ridícula dele. – Faço as apresentações mais tarde, pois antes eu lhe devo algumas explicações.

Pouco depois, nossa entrada grandiosa perdeu o interesse e todos voltaram a conversar entre eles – ou a beber copiosamente. Kimber passou por mim e se juntou a alguns rapazes obviamente feéricos num dos sofás. Ela se mostrou completamente diferente depois de se largar no sofá, a fachada de rainha do gelo derreteu-se num sorriso amigável, a postura rígida relaxando no que se assemelhava tremendamente a algo humano. Um dos rapazes passou o braço ao redor dos ombros dela, e ela não pareceu se opor.

– Ela não é tão ruim. – Ethan se inclinou e sussurrou. – Sou eu quem traz à tona o pior nela.

Imaginei que um silêncio diplomático fosse a melhor opção. Os olhos de Ethan piscaram, como se ele soubesse que não chegara nem perto de me convencer. Havia bastante luz agora para que eu visse que aqueles olhos tinham um colorido incrível, meio azul-petróleo; não eram os olhos de um ser humano, a despeito do fato de ele não agir nada como o feérico estereotipado. Kimber, por sua vez...

Os outros humanos na caverna estavam vestidos de acordo com o frio do subterrâneo, mas minha camiseta de mangas curtas me fazia tremer. O frio parecia não perturbar os feéricos. Ethan me guiou para um sofá de dois lugares desocupado onde havia uma colcha tricotada dobrada no espaldar. Ele a entregou para mim e eu, agradecida, cobri os ombros. Então ele indicou que eu me sentasse ao seu lado. Era perto demais para meu conforto, mas me sentei mesmo assim, aconchegando-me ao calor da colcha.

Ethan apoiou o cotovelo no encosto do sofá, virando-se para me encarar. Para variar um pouco, ele não sorria nem parecia estar se divertindo.

– Quanto sabe a respeito da política de Avalon? – perguntou ele.

– Hum... Quase nada. – Eu me retraí, detestando mostrar minha ignorância. Pensei em viver ali. Por certo eu deveria ter lido mais que onde ficavam os melhores restaurantes e lojas.

O sorriso voltou.

– Não se sinta mal por isso. Poucas pessoas que não moram em Avalon, ou que pelo menos passaram algum tempo aqui, sabem muito. E o que acham que sabem normalmente está errado... Sabe que no passado os homens e os feéricos se enfrentaram por causa de Avalon?

Eu assenti. Avalon era o pedaço de terra mais cobiçado e disputado, deixando para trás até mesmo Jerusalém. No entanto, a paz reinava em Avalon há mais de cem anos, desde que declarou sua independência da Grã-Bretanha *e* de Faerie. Era hoje um estado soberano, mesmo estando circundado pela Inglaterra. Parecido com a Cidade do Vaticano.

– Avalon é governada pelo que chamamos de Conselho – Ethan prosseguiu. – Existem doze membros do Conselho: seis humanos, seis feéricos. Os humanos são democraticamente eleitos, e os feéricos não são *tão* democraticamente escolhidos. – Continuou antes que eu tivesse a chance de perguntar o que aquilo significava:

– Há um décimo terceiro membro, um que tem o poder decisório quando o Conselho vota. Esse membro é o Cônsul, e ele ou ela é indicado pelo Conselho. A cada dez anos esse posto deve trocar de mãos entre os feéricos e os humanos a fim de que nenhuma das raças detenha o poder por tempo demais. O atual Cônsul humano tem de ser substituído por um feérico em pouco menos de um ano. – Sua expressão se tornou sarcástica. – Acho que escolheu a pior época possível para visitar seu pai, já que os candidatos estão começando a se agitar.

– Certo, fascinante a sua aula de educação cívica, mas o que quero mesmo saber é o que *eu* tenho a ver com tudo isso? – eu disse.

– Nada, talvez – ele disse, e acho que deixei o queixo cair como uma idiota de novo. – Teremos de esperar até que o sol nasça para sabermos com certeza. Não posso explicar essa parte ainda. Há um... um teste que teremos de aplicar em você durante o dia. Isso nos dirá se terá um papel de verdade ou se só nos planos ambiciosos da sua família.

Gaguejei tentando formular alguma pergunta inteligente enquanto minha mente se enrolava confusa.

– Sei que estou sendo vago – Ethan disse –, mas não quero influenciá-la ou invalidar o teste de amanhã.

– Que tipo de teste? – Consegui por fim perguntar, a voz saindo um tanto estrangulada.

Ele tocou em meu braço para me confortar.

– Nada de que precise ter medo, garanto.

Só eu é quem pode decidir isso!

– Depois desse teste, estarei livre?

Ele franziu as sobrancelhas com uma expressão amuada.

– Está livre para sair *agora*, se é o que realmente quer. Tem algum lugar seguro para ir?

Pelo modo como perguntou, imaginei que soubesse que eu não tinha.

– Meu pai está mesmo na cadeia? – perguntei em vez de responder.

Ethan assentiu.

– Quando alguém como ele é preso, a notícia logo se espalha. Pelo que sei, porém, trata-se somente de uma formalidade, ainda que seus inimigos estejam se esforçando para retardar as engrenagens da justiça.

Engoli em seco. Se meu pai não saísse da cadeia ONTEM, eu estaria em sérios apuros. Mais que já estava, quero dizer.

Ethan pegou minha mão e afagou o dorso com o polegar. Esse contato provocou uma eletricidade em meu corpo.

– Não se preocupe – ele disse –, está a salvo comigo e com Kimber.

Cética, levantei uma sobrancelha, embora meu coração tamborilasse com a sensação da mão dele sobre a minha. Não,

não era grande coisa, mas era novidade para *mim*. Ter encontros fazia parte da vida da maioria das garotas, mas entre as tarefas da escola e cuidar da casa enquanto minha mãe estava bêbada demais para se preocupar com isso, eu não tinha muito tempo livre. O único encontro que tive acabou em desastre quando minha mãe se embebedou e caiu pelas escadas. Precisei levá-la ao pronto-socorro em vez de me encontrar com o rapaz e me acovardei demais para remarcar.

– Parece exausta – Ethan disse gentilmente. – Quer se deitar e descansar? Kimber e eu somos como líderes do Submundo Estudantil, por isso vamos ficar até a festa acabar. Ou posso pegar uma cerveja, e você se junta a nós, se preferir.

A "festa" parecia consistir somente de pessoas bebendo e conversando. Nada muito excitante para o meu corpo que queria me arrastar de volta para o mundo do sono.

– Acho que só vou fechar os olhos por um minuto – disse, reprimindo um bocejo.

Ethan soltou minha mão e escorregou do sofá até o chão, abrindo mais espaço para mim. Quando me deitei, notei que o lugar em que ele estivera estava deliciosamente aquecido. Aconcheguei-me a esse calor, dolorosamente ciente de que Ethan estava perto o bastante para tocá-lo. O cabelo era tão claro que parecia brilhar na luz das tochas. Eu me vi fascinada, hipnotizada pelo jogo de luzes enquanto o sono retornava tomando conta de mim.

Capítulo 7

Até então, toda vez que acordei em Avalon alguma coisa estava errada. Aquela vez não foi exceção.

Um grito agudo me acordou em completo pânico num segundo. Algumas outras vozes se juntaram aos gritos rebatendo nas paredes e no teto de pedra. Algumas das tochas haviam se apagado, deixando partes da caverna às escuras.

Ethan se pôs de pé diante de mim e, para minha surpresa, uma adaga comprida e fina se materializou em sua mão.

– Para cá! – ele gritou, alto o bastante para ser ouvido sobre os gritos de terror, e logo um grupo de estudantes passou correndo pelas estalagmites na direção dele.

Dois rapazes humanos amparavam um terceiro, cuja camisa estava rasgada, o peito sangrava do que pareciam marcas de garra. Atrás deles, Kimber e o rapaz feérico de quem ela parecia íntima recuavam em nossa direção em vez de fugir, cada um deles ameaçando a escuridão que os envolvia com adagas similares à de Ethan.

Agarrei-me à colcha embaixo do meu queixo, totalmente abobalhada diante do que acontecia, sabendo somente que era algo ruim. Muito ruim, a julgar pelo ar de terror nos olhos dos humanos.

– Não se mexa! – Ethan me ordenou sem se virar, e deu um passo à frente, colocando-se entre nós humanos e... e o que quer que estivesse ali.

Percebendo que o garoto ferido estava para desmaiar, levantei-me do sofá. Os amigos acenaram em agradecimento ao deitá-lo. Os ferimentos do peito pareciam feios, e havia sangue o bastante para me deixar tonta. Tive a sensação de ter entrado num pesadelo. Aquilo *não podia* estar acontecendo. Minha vida era desagradável, mas ao menos não era *perigosa.* Devia haver alguma explicação razoável para os gritos, para o sangue e para as armas.

A sensação de irrealidade evitou que eu me apavorasse como deveria. Um dos rapazes tirou a camisa e a colocou sobre os ferimentos para pressioná-los. O garoto ferido gemeu de dor.

Para minha surpresa, o outro rapaz puxou uma arma, embora a apontasse para o chão, virando-a de um lado para o outro, procurando um alvo.

Que alunos eram *esses*?

Parei de me preocupar com a arma quando um som horrível e agudo, tal qual unhas arranhando uma lousa, só que dez vezes pior, cortou o ar. Com todo o caos, eu não sabia dizer de onde ele vinha, mas os três feéricos mostraram saber. Parados lado a lado, adagas prontas, encararam uma sombra em particular em meio à semiescuridão.

Então a sombra se moveu, postando-se na luz da tocha. Cobri a boca com a mão para não gritar, pois o que quer que fosse aquilo, não era humano. Nem de longe.

Parecia ser feito de gravetos e palha, com uma vaga forma humanoide e imensos olhos negros. Os gravetos que formavam os dedos eram afiados nas pontas, e vários dedos brilhavam com sangue. Meu estômago quase revirou quando notei outro apêndice afiado, protuberante entre as pernas da criatura. Havia sangue *naquilo* também.

A coisa abriu a boca, e outro daqueles guinchos horrorosos me fez cobrir os ouvidos. Duas outras criaturas como aquela surgiram de trás das estalagmites.

Os feéricos se distanciaram uns dos outros um tanto, cada um enfrentando uma das criaturas. O garoto humano procurava um bom alvo, mas os feéricos estavam no caminho.

– As balas vão feri-los? – ele perguntou de repente.

Ethan, avançando devagar e com cautela na criatura diante de si, negou por sobre o ombro.

– Droga! – o humano disse, e eu não pude deixar de concordar. Ele guardou a arma e, de modo cavalheiresco, empurrou-me para trás dele.

As criaturas gritaram de novo, depois as três saltaram ao mesmo tempo. Abafei um grito.

– Jason! – uma voz atrás de mim exclamou em horror.

O rapaz da pistola – pelo visto, Jason – virou de lado e eu fiz o mesmo. Outra das criaturas veio por trás e estava empoleirada no espaldar do sofá. Aqueles olhos eram tão inexpressíveis como borrões de tinta, e mesmo assim seu olhar era quase como um toque físico ao me fitar. O rapaz no sofá gelou de medo, e se a criatura o quisesse, ele já era. Mas ela tinha olhos somente para mim. Ela gritou de novo, depois pulou de trás do sofá na minha direção.

Instintivamente, abaixei e pulei para frente, passando por baixo do pulo da criatura. Infelizmente Jason estava logo atrás de mim e, quando eu abaixei, a criatura bateu em seu peito. Ele caiu com tudo no chão.

Foi então que eu gritei. Não consegui evitar.

O amigo de Jason se lançou para frente e segurou a criatura, puxando-a. O rosto de Jason já tinha as marcas das garras. A criatura se virou para o amigo de Jason, o braço galhudo atingindo-o com um golpe que o fez voar para longe. A criatura exultou satisfeita e pareceu crescer em tamanho conforme eu observava. Fixando a atenção em Jason, seguiu em frente. Fiquei de pé, procurando freneticamente por algo que pudesse ajudar.

O que fiz em seguida foi por puro instinto. Estava desarmada e mesmo que tivesse uma daquelas adagas feéricas, era mais seguro supor que eu me machucaria em vez de atingir uma das criaturas. Mas eu não podia simplesmente ficar ali parada, esperando que algum fortão aparecesse para salvar o dia, não quando a criatura avançava no já ferido Jason.

Estava mais aterrorizada que nunca. Agarrei a colcha que ainda envolvia meus ombros e estiquei-a como se faz com um lençol ao arrumar a cama. Ela foi parar bem acima da cabeça da criatura, e eu a soltei.

Minha esperança era a de que a colcha bloqueasse a visão da criatura e a detivesse pelo menos por um pouco, mas meu plano correu melhor que o esperado. A criatura tentou puxá-la da cabeça, mas os fios se enroscavam nos gravetos e na palha que se projetavam de seu corpo. Gritando em ultraje, a criatura começou a rasgar a colcha com as garras.

A distração possibilitou que Ethan corresse para lá. A adaga reluziu as inúmeras vezes em que atravessou a colcha e o corpo da criatura. Uma coisa gosmenta e preta pingava da lâmina, e os gritos da criatura se transformaram em sons de dor. Ethan, porém, não parou até que os gritos sumissem e a criatura caísse inerte no chão. Pisquei, e, de repente, o corpo da criatura perdeu a forma, tornando-se mais uma pilha de galhos e palha e da lama gosmenta negra.

A repentina ausência de gritos me fez pensar que eu tivesse ficado surda – ainda que eu conseguisse ouvir minha respiração sôfrega enquanto minha mente tentava absorver tudo o que acabara de acontecer.

Ignorando-me por um segundo, Ethan se ajoelhou para examinar Jason enquanto Kimber e seu amigo cuidavam dos outros dois garotos. Os olhos de Jason estavam fechados de dor, e ele segurava o que parecia ser um lenço contra o rosto. Ethan havia rasgado sua camisa e agora examinava as costelas.

– Quebradas – eu o ouvi murmurar quando Jason estremeceu sob seu toque suave. – Vai piorar antes de melhorar – ele avisou, depois pousou ambas as mãos sobre o peito de Jason.

Vi o medo trespassar o olhar dele. Eu não o conhecia, nem mesmo saberia seu nome se o outro rapaz não o tivesse chamado, mas imagino que todos aqueles anos cuidando de minha mãe suscitaram meus instintos de enfermeira. Ajoelhei-me ao seu lado e segurei sua mão. Ele a apertou agradecido.

Ethan murmurava de novo, e eu senti os pelos dos braços eriçarem. Ethan, obviamente, estava fazendo algum tipo de magia, e ainda que isso não fosse incomum em Avalon, eu ainda considerava surreal. Então, Jason gritou, as costas arqueando e a mão quase esmagando a minha.

Durou alguns segundos apenas, e, em seguida, o corpo de Jason cedeu, e ele inspirou aliviado. Fechou os olhos, e eu deduzi que ele tivesse desmaiado.

– O que eram aquelas coisas? – perguntei a Ethan quando comecei a tremer numa reação tardia.

Consegui ver os músculos da mandíbula se tensionarem quando ele cerrou os dentes.

– Spriggans – ele disse, depois cuspiu como se a palavra lhe deixasse um gosto ruim na boca.

Isso não clareava muito as coisas para mim.

– O que é um spriggan?

Ele se sentou sobre os calcanhares e afastou o cabelo do rosto.

– São criaturas de Faerie. Criaturas proibidas de entrar em Avalon.

– Criaturas unseelie – Jason disse, e eu vi que ele não desmaiara. Ele também fitava Ethan de modo estranho.

Já deixei claro que sou uma completa ignorante no que se refere a Avalon e a Faerie, mas pelo menos eu sabia uma coisa a respeito das Cortes Seelie e Unseelie. Faerie era dividida em duas Cortes, que por vezes entravam em guerra e, às vezes, estabeleciam uma paz inquieta. Os feéricos seelie eram os "bons", embora referir-se a um feérico "bom" seja apenas um termo relativo. A Corte Unseelie era o lar de todos os bandidos – gnomos e monstros e todas as coisas que passeavam à noite. E, pelo visto, spriggans também.

Ethan franziu a testa para Jason.

– Não são parentes meus, por isso, pare de me olhar desse jeito. – Ele ajudou Jason a se sentar.

– Desculpe – Jason disse, evitando olhar para Ethan.

Ethan deu um tapinha no ombro dele.

– Sem problemas, não posso culpá-lo depois do que aconteceu. São criaturas como os spriggans que dão a má fama à Corte Unseelie.

Precisei de um instante para entender aquela conversa, mas quando entendi, meus olhos se arregalaram tanto que só podem ter adquirido proporções cômicas.

– Você é um unseelie? – Isso saiu num meio termo de pergunta e grito de horror.

– Sou – Ethan confirmou. – Como cerca da metade dos feéricos que moram em Avalon. E não, não somos todos maus assim como os humanos não são todos bons.

Jason só pareceu meio convencido. Mas claro que ele ainda sentia dor. Olhei feio para Ethan sem saber como aceitar essa novidade. Ele parecia perfeitamente à vontade empunhando a adaga e esfaqueando aquelas criaturas até a morte e não foi difícil me perguntar – mais uma vez – se ele era um dos bandidos ou um dos mocinhos.

– Pensei que já que Avalon se separou de Faerie, os feéricos não estariam mais afiliados às Cortes – eu disse. – As Cortes deveriam ter importância somente em Faerie.

Ethan deu uma risada seca.

– Isso é verdade, em teoria. A realidade é bem diferente. Vai notar que muitas casas e lojas em Avalon ostentam rosas brancas ou vermelhas. Rosas brancas significam que a casa ou o negócio é seelie; vermelhas, unseelie. – Os olhos dele se fixaram em meu peito. Olhei para baixo e notei que o camafeu estava para fora da camiseta. O camafeu com uma rosa branca.

O presente carinhoso de meu pai tinha algum tipo de motivo secundário invisível? Ele nunca disse que usar uma rosa branca deixava claro que eu fosse uma garota seelie. Pareceu-me que o certo seria ele dizer alguma coisa, e me perguntei por que ele não o fez.

Ethan me fitou nos olhos, e suspeitei que ele soubesse o que eu pensava.

– Nem eu nem Kimber usamos rosas vermelhas – disse ele. – No que nos diz respeito, isso é um costume ultrapassado que necessita ser deixado de lado urgentemente. Nunca pus os pés em Faerie, portanto, por que jurar lealdade à Corte Unseelie?

Eu já não sabia o que sentia em relação ao camafeu. Não conseguiria tirá-lo agora – não naquele instante quando era meu único elo com meu pai. Mas coloquei-o de volta dentro da camiseta onde ninguém o veria.

Capítulo 8

Estremeci mais uma vez no frio da caverna. De jeito nenhum eu voltaria a usar aquela colcha, por isso enfiei as mãos debaixo dos braços e mordi o lábio. Estava preocupada que mais estudantes tivessem se ferido, mas pelo visto eu dormira algumas horas e a maioria deles tinha ido embora antes do ataque. Kimber e o garoto poupado, cujo nome era Brent, arrastaram um dos outros sofás até perto do resto de nós e nos sentamos juntos em nosso pequeno grupo. Jason, agradecido, largou-se sobre um deles apesar de o movimento provocar uma careta de dor.

– Pensei que o tivesse curado – eu disse, olhando intrigada para Ethan.

A expressão dele era séria, e notei círculos escuros debaixo dos olhos, que só podem ter aparecido depois do ataque, já que não os havia notado antes.

– Curei as costelas, mas o tecido mole ao redor delas ainda deve estar bem sensível. – Deu um tapinha no ombro dele. – Desculpe, amigo. Ainda não sou bom nisso.

Jason lançou um olhar sarcástico.

– Ele está sendo modesto.

– Isso seria uma novidade – Kimber murmurou, mas ninguém riu.

– Ethan é um prodígio da magia – Jason prosseguiu. – A maioria dos curandeiros tem de treinar por anos a fio antes de conseguir consertar um osso, e precisam treinar com tamanho afinco que mal conseguem executar outro tipo de magia.

Kimber fungou com desdém.

– E se Ethan não tivesse desperdiçado energia antes se mostrando, ele teria sido capaz de curá-lo completamente.

– Chega, Kimber! – Ethan rebateu, pondo-se de pé. – Como eu ia saber que...

– Hum, rapazes? – disse eu me intrometendo, em parte por querer evitar discussões, em parte por estar de fato preocupada. – Acham que pode haver mais deles? Quero dizer, e se eles voltarem? – Estremeci de novo, e, dessa vez, não foi de frio. Olhei para as poças de gosma que, antes, eram os monstros, e me perguntei se aquilo tudo era verdade.

– Duvido – Ethan disse, mas não pareceu certo. – Se houvesse mais deles, teriam atacado juntos. – Propositalmente dando as costas para Kimber, Ethan se virou para o outro garoto humano, o primeiro a ter sido ferido.

Os ferimentos pareciam bem graves quando os vi pela primeira vez, mas quando Ethan removeu a camisa com cuidado, já pareciam ter parado de sangrar. Três linhas vermelhas atravessavam o peito do rapaz, mas os cortes já não pareciam profundos como pensei a princípio. Ethan proferiu mais um feitiço de cura, mas, pelo visto, estava com pouca energia. As feridas fecharam, porém, superficialmente. Seria necessário muito pouco para reabri-las. Quando Ethan terminou o feitiço, perdeu o equilíbrio e, por um instante, pensei que ele fosse desmaiar. Em vez disso, ele se abaixou e se sentou no chão da caverna, com a cabeça apoiada na beira do sofá, e fechou os olhos.

Olhei para Kimber que ainda encarava zangada o irmão.

– Você não pode terminar o processo de cura? – perguntei, e de pronto deduzi que aquela não era uma boa pergunta a se fazer.

A expressão dela se tornou ainda mais azeda.

– Não. – Cruzou os braços diante do peito e desviou o olhar.

Muuuito bem. Aquele devia ser um assunto delicado. Olhei para o outro feérico, aquele que podia ou não ser o namorado de Kimber. Ele deu de ombros.

– O que posso fazer não fará muita diferença – ele disse. – Mesmo que eu o remendasse um pouco, ainda assim teríamos de levá-lo ao hospital.

– Então vamos falar com a polícia a respeito disso? – perguntei. Talvez a polícia me ajudasse a sair daquela confusão.

Ninguém me olhou, e tive a sensação de que minha pergunta deixou todos incomodados. Pensando bem, vi um número considerável de armas surgir quando os spriggans atacaram. Talvez o Submundo Estudantil tivesse muito a esconder para se arriscar a falar com a polícia.

– Isso não será necessário – Ethan disse. – Os spriggans não estão sob a jurisdição da polícia. Teríamos de falar com a patrulha de fronteira, e estou certo de que concordará que essa não é uma boa ideia no momento.

Eu não tinha tanta certeza quanto Ethan imaginava, mas não queria levar o assunto à tona.

– Então podemos sair daqui? Por favor?

Ninguém se opôs a essa ideia. Ethan ajudou Jason a se levantar, e Kimber ajudou o outro rapaz. Todos pareciam capazes de andar, embora fosse impossível deixar de notar a dor no rosto dos dois humanos.

Quando saímos da caverna, tive quase certeza de que não tomamos a direção pela qual viemos, mas meu senso de orientação não é dos melhores. Sou do tipo de pessoa que consegue se perder dentro de um armário. No fim, eu estava certa para variar. Ethan achava que não teria forças para levantar as pedras de novo, por isso, levou-nos por uma entrada diferente nos túneis subterrâneos. De modo bem conveniente, essa estava localizada no porão da casa do rapaz feérico. Ainda não tinha captado o nome dele, nem do outro humano, mas aquela não parecia uma boa hora para apresentações.

Nos separamos ali, os humanos e o amigo de Kimber seguiram para o pronto-socorro, deixando-me com Ethan e Kimber. Nós três caminhamos de volta para o dormitório estudantil. Não havia quase ninguém àquela hora da noite nas ruas. Perguntei-me se ataques de monstros eram algo corriqueiro em Avalon. Por certo, com determinação para que eu nunca pusesse os pés ali, minha mãe teria mencionado ataques de criaturas apavorantes feéricas nas ruas de Avalon. Devia haver, porém, uma explicação para o fato de o garoto humano ter uma arma e os feéricos portarem adagas.

Lembrei-me: por que achei que seria uma boa ir morar ali?

Quando chegamos ao pátio, Ethan me segurou pelo braço, como se quisesse me amparar, apesar de eu estar caminhando muito bem sozinha.

– Você parece exausta – ele comentou.

– Você também.

Ele sorriu de lado, mas a expressão saiu cansada.

– Dormir nos fará bem.

Ele começou a me direcionar para um dos prédios, mas Kimber pigarreou em bom tom. Ethan se virou para encará-la.

– O que acha que eu sou? – ele ralhou com ela.

Depois de tudo por que passei, demorei a entender sobre o que falavam. Kimber colocou as mãos fechadas no quadril e o encarou de volta. Pressenti que havia muitos significados por trás daqueles olhares, mas juro que não conseguia entender.

Com um rosnado de desgosto, Ethan me soltou e me empurrou de leve na direção de Kimber.

– Tudo bem! – vociferou e, sem me dizer nada ou sequer olhar para mim, virou-se e andou duro até seu prédio.

E foi então que eu entendi. Ele estava pensando em me levar para o apartamento dele. Só ele e eu. Senti o rosto queimar. Abaixei a cabeça para que Kimber não visse.

– Venha – ela disse, gesticulando com a mão, e eu a segui tentando compreender minha ingenuidade.

Se Kimber não tivesse impedido, eu teria seguido Ethan até seu apartamento sem pensar nas implicações. Quero dizer, claro que ele era um feérico maravilhoso e velho demais para mim, mas, por mais que eu tivesse a sensação de que ele vinha flertando comigo, a ideia de que ele tivesse interesse por uma mestiça adolescente não tão atraente assim era simplesmente bobagem. Mesmo assim, ele era um *homem* e eu já não era mais uma menininha.

O apartamento de Kimber não era como eu imaginava uma casa de estudante. Não que o apartamento em si fosse especial, mas o interior era outra coisa. Se escondesse algumas das modernidades – como telefone e televisão – juro que aquele cômodo poderia ter saído de uma mansão do século XIX. Era como o cenário de um filme de Jane Austen. E eu apostaria tudo o que tinha – o que, para falar a verdade, não era muito no momento – que a mobília era antiguidade genuína, não uma réplica.

O lugar era bonito, mas estranhamente frio. Parecido com Kimber. Tudo era em matizes de azul e verde, e nada parecia fora do lugar. As revistas na mesinha de centro estavam bem empilhadas. Os controles remotos da TV, do DVD e do aparelho de som estavam perfilados parecendo manter uma distância exata entre eles. Perguntei-me se ela tinha usado uma régua para fazer isso, ou se foi só um golpe de vista.

– Só tenho um quarto – ela disse enquanto eu parava no meio da sala me perguntando o que deveria fazer. – O sofá não é ideal para dormir, porém, é muito mais confortável que o chão. – Ela sorriu para mim, de repente muito mais parecida com Ethan. – Eu poderia oferecer minha cama, mas não sou tão altruísta.

Ela parecia ter derretido desde que entrou no apartamento. Os ombros estavam mais relaxados, e o sorriso parecia franco e aberto. Ou ela sofria de múltipla personalidade ou Ethan a tornava irritável. Eu apostava na segunda opção.

– Como você está? – ela perguntou com repentina empatia. – Não consigo imaginar pelo que tem passado.

– Estou apavorada – admiti. – Mas, fora isso, estou bem.

Ela assentiu o que supus fosse uma aprovação, depois desapareceu para o quarto, voltando em seguida com um travesseiro e uma coberta.

Olhei para o sofá em dúvida. Parecia tão confortável quanto um banco de praça – como se servisse só para se olhar, não sentar.

– Lamento não ter nada mais confortável – Kimber disse, notando a direção do meu olhar.

– Tudo bem – respondi, sem querer ser mal-agradecida. – É melhor do que estar presa numa cela, mesmo que uma cama fosse mais agradável. – Teria sido bom ficar sem o ataque dos spriggans e melhor ainda se o resgate de Ethan e Kimber não tivesse parecido um sequestro, mas eu estava contente por não ter de passar a noite sob a guarda de tia Grace.

– Obrigada por me tirar de lá.

Ela franziu o cenho e desviou o olhar.

– Aquilo foi obra do Ethan. Eu só fui acompanhar.

Pode me chamar de louca, mas tive a sensação de que ela se incomodava com aquilo.

– Você também ajudou. – eu disse.

Ela desconsiderou minha observação com um grunhido de autodepreciação.

– Ajudou sim! – insisti. – Aqueles spriggans poderiam ter nos matado se você não estivesse lá.

O rosto dela se iluminou.

– Bem, eu matei *um* deles – concordou, parecendo animada com a ideia. – E nem precisei de magia para isso. – O sorriso dela estava definitivamente radiante, e os olhos cintilavam de contentamento.

– Se começar a dar pulinhos e bater palmas de alegria, saio daqui – murmurei e arranquei a risada que queria. Kimber, a rainha do gelo, desapareceu.

– Sinto-me como uma princesa guerreira – ela disse. – E você também pensou rápido, enroscando o spriggan na colcha.

O elogio me fez corar.

– Hum... aquilo foi mais sorte do que qualquer outra coisa.

– Tolice! Nós duas nos saímos muito bem sob pressão. Podemos ser princesas guerreiras juntas.

Sorri ao pensar nisso.

– Contanto que eu não tenha de vestir um biquíni de cota de malha, tudo bem.

– Fechado – ela disse, estendendo a mão. – Bem, não sei quanto a você, mas está na hora de esta princesa dormir. Precisa de mais alguma coisa antes que eu a abandone?

Levaria uma hora para eu contar a lista de coisas de que precisava, por isso estampei um sorriso corajoso.

– Nada, estou bem.

– Está bem. Nos vemos pela manhã.

Lançando um olhar duvidoso para o sofá, tirei os sapatos e arrumei o travesseiro e a coberta o melhor que pude. Depois subi em minha cama improvisada e tentei não pensar. Acabei dormindo antes de decidir se o sofá era torturantemente desconfortável ou só ruim mesmo.

Da vez seguinte em que acordei, não havia crise alguma, o que foi muito bom para variar. Sentia o pescoço e as costas rígidos e doloridos, e minha cabeça não estava muito mais clara que quando aterrissei em Londres, mas pelo menos ninguém me sequestrava e não havia monstros me atacando.

Espreguiçando-me em vão na tentativa de desfazer os nós nos músculos, levantei-me e fui para a cozinha onde vários barulhos indicavam que Kimber já havia se levantado.

Entrei a tempo de vê-la despejar cereais numa tigela e tive que reprimir o riso. Quem haveria de saber que a princesa de gelo feérica comeria algo tão mundano quanto Honey Nutos, da Kelloggs, no café da manhã?

Devo ter feito barulho apesar de meus esforços para ser silenciosa. Kimber se virou e me lançou um olhar rabugento de quem está acabando de acordar.

– Quer? – perguntou, balançando a caixa de cereal.

Meu estômago roncou em aprovação e eu assenti. Não conseguia deixar de olhá-la de esguelha enquanto me servia de cereal e acrescentava leite e açúcar. Ela se movia com a graciosidade misteriosa dos feéricos, parecia, porém, mais humana naquela manhã que na noite anterior.

Ainda era bela o bastante para que eu me sentisse como a personagem da série *Betty, a Feia* em comparação, mas o cabelo estava preso no alto da cabeça de modo desleixado e vestia um pijama de flanela gasto que mais parecia feito para um garoto. Secretamente olhei para seus pés à procura de pantufas de coelho, mas ela não era tão humana assim.

Quando olhei para o relógio sobre o fogão, quase engasguei com o cereal. Era quase meio-dia. Não acreditei que tivesse dormido tanto.

– Ethan deve chegar lá pela uma – Kimber me contou. – Em seguida vamos levá-la para fazer nosso... teste.

Engoli em seco. Ethan me disse que eu não precisava ter medo. Pensando bem, ele disse que eu estaria segura na caverna, portanto ele não era o que eu chamaria de fonte confiável. Mexi nos Honey Nutos com a colher, o apetite tendo sumido.

Kimber pegou uma esponja de dentro do armário, debaixo da pia e a usou para lavar a tigela. Não me surpreendi que ela não fosse do tipo que deixava louça suja espalhada. Ela me olhou de relance.

– Não é nada demais, sabe. O teste.

Assenti e tentei sorrir. Mas se eu não confiava na palavra de Ethan, não via motivos para confiar na irmã.

Kimber pressionou os lábios.

– Você só precisa olhar para uma coisa e nos dizer o que está vendo. Bem simples. OK?

Eu não podia dizer que estava convencida, mas deixei o assunto de lado.

– Posso fazer uma pergunta?

Os lábios dela se curvaram numa tentativa de sorriso.

– Pelo visto, pode.

Rá-rá-rá.

– As pessoas em Avalon andam sempre com adagas e armas por aí? – Lembrei-me do choque ao ver Jason sacar a pistola e me perguntei pela milésima vez no que havia me metido.

Kimber refletiu antes de responder. Fiquei imaginando o que ela decidira deixar de lado.

– Eu não diria que seja uma prática comum – ela respondeu. – Mas somos do Submundo Estudantil e a política de Avalon pode ser implacável. Literalmente. Se não tivéssemos Ethan, poderíamos não assustar ninguém o bastante para que nos deixassem em paz. Jason não estava mentindo quando disse que Ethan é um prodígio. Ele pode fazer coisas inacreditáveis agora; é assustador imaginar o que será capaz de fazer quando for mais velho e experiente. – Ela fez uma cara azeda – talvez complexo de inferioridade – antes de prosseguir.

– Ele será uma força a ser respeitada um dia, e algumas pessoas talvez prefiram ajustar as contas com ele agora enquanto ainda podem. Portanto, sozinho, ele conseguiu tornar o Submundo uma ameaça, e o resto de nós somos um risco por associação. É por isso que temos por hábito carregar armas.

– Não há, sei lá, leis contra isso?

Ela riu.

– Nós, radicais, gostamos de ver as leis mais como "diretrizes". Além disso, prefiro que alguém me aborde por causa de uma tecnicalidade, como estar armada, a estar desarmada quando atacada por spriggans.

Ela estava bem conversadeira naquela manhã, apesar das respostas obviamente editadas. Contanto que ela continuasse a responder, eu faria mais perguntas.

– Então existem muitos ataques de spriggans em Avalon?

Parei de comer mesmo restando algumas rosquinhas de cereal encharcadas de leite. Kimber pegou a tigela das minhas mãos e a lavou enquanto conversávamos.

– Não muito. Somente os feéricos humanoides podem entrar em Avalon, embora seja muito mais difícil barrar as criaturas feéricas do que os humanos. A fronteira do lado feérico não tem o tipo de sistema de imigração que vocês humanos têm. – Uma ruga se formou em sua testa. – Mas os spriggans só acatam as ordens de feéricos unseelie. Não consigo imaginar por que um dos poderosos unseelie haveria de querer atacar nosso Submundo Estudantil. Sabem que apoiamos um candidato unseelie.

– Talvez eles estivessem atrás de *mim* – sugeri. Afinal, todos insistiam em dizer que eu corria perigo mortal. – Tia Grace foi atacada ontem e disse que os agressores estavam atrás de mim.

Kimber ergueu uma sobrancelha.

– Disse que ela foi atacada? – Não havia como confundir o ceticismo em sua voz.

– Foi o que ela disse. E ela tinha um belo hematoma no rosto.

Ela bufou.

– Aposto que ela o forjou. Até eu sei magia o suficiente para curar um hematoma. Minha opinião é a de que ela tentava assustá-la a fim de que fizesse o que ela queria.

– Não duvido que seja capaz disso – murmurei. – Mas mesmo que essa seja uma mentira cabeluda, os spriggans poderiam estar atrás de mim, não?

Kimber balançou a cabeça.

– Eles não teriam como saber onde você estava ou que estava conosco. Não, eles estavam atrás de Ethan, e o resto de nós só estava no meio do caminho.

Será que o fato de eu ficar contente por isso me tornava uma pessoa má?

Eu seria capaz de continuar minhas perguntas até o pôr do sol, mas pelo visto Kimber já respondera o bastante.

– Posso lhe emprestar alguma coisa para vestir se quiser pôr suas roupas para lavar – ela ofereceu, saindo da cozinha, que agora parecia tão imaculada como se ninguém tivesse comido ali por uma semana.

– Teria sido melhor se você e Ethan tivessem pegado minha mala ao me raptarem – resmunguei. Com um metro e sessenta e sete, eu não era exatamente uma anã, mas Kimber era muito mais alta. As roupas dela não caberiam em mim.

Ela me avaliou de alto a baixo.

– Tenho algumas calças capri que devem servir em você.

Kimber estava errada. As calças não ficaram bem em mim – pareciam capris longas demais. Mas não eram as roupas com as quais dormi. Junto com as calças, ela me emprestou uma camiseta de manga longa. Ainda bem que tinha punhos com elástico; de outro modo pareceria que elas haviam engolido minhas mãos.

O dia estava cinzento e sombrio quando Kimber e eu saímos para o pátio para encontrar Ethan. Ocasionais borrifos de chuva caíam das nuvens, mas nenhum dos dois feéricos parecia achar necessário o uso de guarda-chuva ou capa de chuva. Estremeci no frio úmido e acabei puxando as mangas da camiseta por sobre as mãos.

Ethan deve ter notado meu tremor, porque foi para o meu lado e passou o braço sobre meus ombros, levando-me para junto dele.

Gelei. Sei que não é lá grande coisa ter o braço de um cara ao seu redor, mas... Ethan não era um cara qualquer. Era o rapaz que fazia o mais lindo ser humano da história parecer comum. Além de ser feérico. Além de ser mais velho que eu.

Kimber se mostrou aborrecida com o gesto, pois os ombros enrijeceram ao fitá-lo. Ela era uma pessoa completamente diversa quando Ethan estava por perto. Até a linguagem corporal era diferente, mais tensa e alerta. Eu gostava mais daquela Kimber longe do Ethan.

Ele me tirou do meu estado catatônico começando a caminhar. Com o braço firme ao meu redor, não tive escolha a não ser acompanhá-lo. Engoli em seco e olhei para as pedras molhadas pela chuva sob meus pés.

O corpo de Ethan estava quente perto do meu, e eu parei de tremer. Está bem, talvez ter o braço dele ao meu redor fosse bom, apesar do meu coração bater alucinado e meus nervos me tornarem tão graciosa quanto um elefante de três patas.

– Melhor assim? – Ethan perguntou, esfregando a mão no meu braço, criando mais calor. Especificamente no meu rosto, que devia estar mais vermelho que a capa de um toureiro.

Gosto de pensar que sou madura para a minha idade, e, de muitos modos, sei que isso é verdade. Afinal, quantas garotas de dezesseis anos são responsáveis por pagar as contas e consolidar a conta corrente? Mas minha experiência com garotos beirava a de uma pré-adolescente, e isso era evidente. Minha língua parecia grudada no céu da boca, e eu estava hiperciente de que ele me tocava. Não ousava olhar para ele e estava satisfeita de o meu cabelo esconder parcialmente meu rosto.

– Pare com isso, Ethan – Kimber disse, mas havia uma pontada de resignação na voz dela.

– Parar com *o quê?* – ele perguntou. – Eu só estou aquecendo-a, já que você não se preocupou em oferecer nada mais grosso do que uma camiseta.

Kimber resmungou algo que não consegui ouvir, mas não me pareceu elogioso. Talvez ela nem tivesse algo mais grosso que uma camiseta, visto que os feéricos pareciam imunes ao frio. O calor que irradiava do corpo de Ethan era considerável, o que me fez refletir sobre qual seria a temperatura corpórea normal para eles.

Talvez ele só estivesse tentando me manter aquecida, mas ainda assim eu não conseguia relaxar e foi um pequeno milagre que nós dois não fomos por terra numa pilha de pernas e braços enroscados, uma vez que as laterais de nosso corpo se batiam num ritmo descompassado.

Andar ficou mais fácil quando chegamos à estrada principal. Eu não era uma grande fã da pavimentação de pedras. Era lindo de se ver, mas também representava um tornozelo torcido a qualquer momento. Aposto que saltos altos não eram uma escolha popular em Avalon.

Não havia muito do outro lado da estrada, só uma faixa de grama bem-aparada e uma grade de proteção supercomprida bem na beira do penhasco. Só de pensar em estar envolvida num acidente de carro naquela estrada fazia meu estômago revirar. Talvez cavalgar pela cidade não fosse tão estranho quanto pensei a princípio.

Não havia muito trânsito, portanto, nós três não tivemos dificuldade em atravessar a estrada, mesmo com minha falta de coordenação. No entanto, eu não entendia para onde íamos. Olhei de um lado para o outro na grama, e nada de interessante se via dali.

Bem, exceto se eu olhasse por sobre a cerca a distância, mas eu não estava muito inclinada a isso. Pelo visto eu tinha mais medo de altura do que pensava.

– Aonde vamos? – perguntei feliz em ver que eu ainda conseguia falar.

– Aqui mesmo – Ethan disse e parou.

"Aqui" não parecia nada diferente de qualquer outro lugar na faixa de grama. Franzi a testa, mas não queria mais fazer perguntas. Se Ethan desejava que eu fizesse esse teste ridículo, então cabia a ele explicar o que eu deveria fazer.

Houve um perceptível silêncio até que ele voltasse a falar, e acho que ficou aborrecido por eu ter conseguido esperar mais tempo. Ponto para mim!

– Olhe ao longe e conte o que vê.

Pelo menos ele não pediu que eu olhasse para baixo. Devagar, levantei a cabeça, sem saber o que esperar. Preparei-me para algo aterrador. Mas tudo o que vi foi uma névoa pesada que tornava impossível ver muito além do fosso.

– Era para eu ver alguma coisa diferente? – perguntei, começando a sentir uma pontada de alívio. Eu não via nada de mais; isso significava que eu não era quem eles pensavam que eu fosse. O que queria dizer que eu não era importante para as ambições políticas de ninguém, e que eu ainda podia morar com meu pai e ter uma vida quase normal. Talvez aquele pesadelo estivesse prestes a acabar.

Oscilei, subitamente tonta, e fiquei feliz por Ethan ainda ter seu braço ao meu redor. Meu estômago revirou, e eu senti gosto Honey Nutos na boca. Eca.

– Acho que não me dou bem com alturas – disse, rapidamente mudando a direção do meu olhar para a grama sob meus pés.

– Olhe mais um minuto – Ethan insistiu.

– Não, obrigada. A menos que queria que eu vomite em seus sapatos.

Ele foi para trás de mim e de repente sua mão me segurou pelo queixo, forçando minha cabeça para cima. Senti o hálito quente contra minha pele quando ele falou em meu ouvido:

– Mais um minuto – ele pediu.

Minha primeira reação foi fechar os olhos em protesto, mas ele não me soltou, e quando tentei me desvencilhar, seu outro braço passou pela minha cintura e me segurou firme.

– Só olhe – ele disse. – Por favor.

Foi o “por favor” que me fez mudar de ideia. Ele parecia quase desesperado, e percebi que o que quer que eu visse – ou não visse – significava muito para ele. Eu saberia lidar com um ou dois minutos de vertigem.

Além disso, Ethan devia saber algum tipo de encanto que me forçasse a ficar de olhos abertos. E isso eu não queria.

Com um suspiro de resignação, abri os olhos devagar, preparando-me para a tontura e a náusea. Estavam lá à minha espera, e prendi o fôlego, esperando não enjoar. O calor do braço de Ethan ao meu redor ajudou a me equilibrar, e eu olhei ao longe.

Eu ainda não via nada além da neblina. Exceto... Havia algo estranho naquela névoa. Olhei fixamente, tentando entender o que era. Através da névoa eu via as faixas de território rural da Inglaterra além do fosso... Só que havia o vislumbre de algo... mais. Uma imagem sutil que se sobrepunha à do campo, como uma foto que tivesse sofrido exposição dupla. Tentei me concentrar na imagem esquiva e, de repente, ela ficou nítida.

Logo após o fosso, havia uma floresta densa, sem nenhuma construção nem pastagem por perto, exceto com uma vaga imagem posterior.

– Opa! – disse arfando, com o meu coração batendo tão forte no peito enquanto a garganta se fechava à beira do pânico. Tentei recuar, mas Ethan ainda me segurava.

– O que você vê? – ele perguntou.

Balancei a cabeça, ainda olhando para a névoa, tentando não acreditar no que estava bem diante de meus olhos. Pisquei, e a floresta continuava lá. Ai, caramba. Mudei o foco para a pós-imagem do interior da Inglaterra e, enquanto eu a fitava, ela se solidificou mais uma vez, e a floresta foi se desbotando para o segundo plano, mas sem desaparecer.

– Que diabos...? – perguntei. Eu ficava cada vez mais tonta e tinha certeza de que cairia no meio da névoa que continuava a mudar diante dos meus olhos.

– Deixe-a em paz – Kimber disse, e senti a mão dela em meu braço. – Já sabemos o que ela vê.

– Quero ouvi-la dizer! – Ethan insistiu. Ele ainda erguia meu queixo, o rosto junto ao meu. Eu estaria completamente atordoada com a sua proximidade se não estivesse me sentindo tão mal.

– Olhe para o rosto dela, seu idiota! – Kimber disse com uma voz afiada como agulhas. – Ela vai desmaiar!

Surpreendentemente, desmaiar pareceu uma boa ideia. Se eu desmaiasse, ficaria inconsciente, portanto, não veria mais o impossível, tampouco me sentiria tonta e nauseada. Quem sabe quando acordasse, descobrisse que tudo não passara de um pesadelo. A névoa começou a escurecer pelas beiradas.

Capítulo 9

Que fique registrado: desmaiar é uma droga. Sempre imaginei que desmaiar fosse somente a perda da consciência por alguns segundos. Não havia percebido que envolvia náusea, tontura, tremores e pele pegajosa.

Recobrei a consciência sentada na grama, as costas apoiadas em algo duro e quente, enquanto Kimber dava tapinhas repetidos em minhas faces. Pisquei, mas ela não parou de imediato. As bochechas formigavam, os olhos estavam rasos de lágrimas, e eu já descrevi que não me sentia lá muito bem.

– Pare! – vociferei. Abaixei a cabeça e tentei bloquear o braço dela com o meu, mas os reflexos dela eram mais rápidos que os meus, e ela conseguiu desferir mais um "gentil" tapinha.

– Voltou ao mundo dos vivos? – perguntou.

Encarei-a. A parede às minhas costas tremeu e, de pronto, percebi que estava apoiada em Ethan e que ele estava rindo. Rispidamente me afastei dele e me levantei.

Rápido demais. Sabe quando a cabeça balança? Desequilibrei-me e estiquei os braços para não cair. Sem surpresa alguma, Ethan estava lá de novo, as mãos em meus ombros, firmando-me.

– Devagar – ele aconselhou. – A menos que goste tanto de desmaiar que queira repetir a dose.

– Não, obrigada – murmurei, deixando que ele amparasse meu peso, enquanto o mundo parava de girar.

As borrifadas de chuva tornaram-se mais intensas e quase podiam ser enquadradas como garoa. O fundilho da calça estava molhado. Deus misericordioso, que isso fosse resultado apenas de eu ter me sentado no chão úmido. Eu já passara por humilhações demais para um dia, obrigada.

– Vamos entrar e tirá-la da chuva – Ethan disse. – Aposto como uma xícara de chá cairia bem.

Tentei não fazer uma careta.

– Acho que uma xícara de café seria muito melhor – disse, mas nem Ethan nem Kimber pareceram interessados no que eu queria.

Mais uma vez, Ethan envolveu meus ombros com o braço, só que desta vez Kimber não discutiu. Eu me esforçava para não pensar no que vira e o que isso significava, e ainda mais no fato de eu ter desmaiado, por isso não me concentrei muito no calor do corpo de Ethan junto ao meu. Quando saí temporariamente do meu estado de choque, percebi que meu braço tinha encontrado o caminho ao redor da cintura dele, e que agora eu acompanhava as suas passadas. Nada de encontrões desconjuntados.

Quando voltamos ao pátio, nós três subimos para o apartamento de Kimber. Ela me deu roupas secas, e eu me enfiei no banheiro para me trocar. Ocorreu-me que minha vida seria muito mais fácil se eu mentisse e dissesse que não tinha visto nada de extraordinário quando olhei ao longe. Eu mentia bem – mamãe me ofereceu muitas oportunidades para praticar –, mas duvidei que fosse capaz de fingir que nada estava errado ante a tontura e o enjoo.

Observei meu reflexo no espelho do banheiro depois de me trocar e mal me reconheci. Meus olhos estavam arregalados; o rosto, pálido demais. Inclinei-me para inspecionar a raiz dos cabelos, meio que esperando que tivessem ficado grisalhos, mas ainda pareciam normais.

Joguei água quente no rosto e isso fez um pouco de cor voltar. Depois respirei fundo e retornei para junto de Ethan e Kimber na sala de estar. Àquela altura eu começava a suspeitar que *não desejava* uma explicação para o que vira, eu, porém a receberia de qualquer modo.

Ethan e Kimber estavam no sofá que usei como cama na noite anterior, estavam com a cabeça próxima uma da outra, e as vozes um pouco mais altas que um sussurro. Ethan parecia sério, e Kimber tinha o semblante fechado. Fiquei imaginando se ela sorria ao lado dele.

Os dois me notaram ao mesmo tempo, Kimber parando de falar no meio de uma frase, enquanto Ethan se aprumava e me lançava mais um de seus incríveis sorrisos, que me aqueceu como se eu estivesse sendo banhada pela luz do sol, e me vi retribuindo o sorriso, apesar de tudo.

Havia um conjunto de chá antigo na mesa de centro, e Kimber fez uma algazarra pegando o bule e servindo as xícaras. Eu sabia que ela não era nem um pouco desajeitada, por isso o barulho só podia ser para aborrecer Ethan. E pareceu funcionar. Ele parou de sorrir para mim e revirou os olhos para ela.

Respirei fundo, sem perceber que havia segurado o fôlego o tempo inteiro em que os olhos deles estavam sobre mim. Meu coração deu um salto esquisito no peito. Até que eu me acostumaria a ter Ethan olhando e sorrindo para mim, aquecendo-me com seu calor...

Dei uma bronca em mim mesma. *Muita areia para seu caminhãozinho, Dana,* minha voz interna disse. Era bom ter um gostosão como ele me tratando como mulher e não como menininha, mas eu não ousava pensar que aquilo fosse mais que um simples flerte da parte dele. Não sou feia – como poderia com o sangue dos feéricos correndo em minhas veias? –, mas tampouco sou especial. Por certo não sou bonita o bastante para atrair a atenção de alguém como Ethan. Ele era gostoso mesmo para os feéricos e poderia escolher qualquer mulher mais bonita, experiente e sofisticada que eu. Sou daquelas que não gosta de ter esperanças vãs.

Senti-me encabulada e meio tola ao sentar-me na cadeira antiga de espaldar alto, perpendicular ao sofá. Peguei a xícara que Kimber havia colocado diante da cadeira – ao lado dela, e não de Ethan, claro – mesmo não estando com vontade de tomar chá. Ainda mais quando vi as ervas no fundo da xícara. Pelo visto eles não usavam saquinhos em Avalon. Suspirei.

Levei a xícara aos lábios e sorvi um gole receoso. Depois a abaixei para o pires e observei as folhas, perguntando-me o que uma cigana leria nelas. Tive o pressentimento de que não seria nada bom.

– Vocês vão me contar o que está acontecendo ou não? – perguntei, ainda olhando para o chá. Como se ao não fitá-los, eles não falariam comigo para me dizer o que minha visão alterada significava para eles.

– Você é uma garota muito especial, Dana Stuart – Ethan disse.

Contra minha vontade, fitei-o, ficando presa ao olhar dele. Posso ser ingênua, mas vi filmes e programas de televisão o suficiente para reconhecer o olhar proibido daqueles lindos olhos azuis-petróleo que ele tinha. A garganta apertou, e eu não tinha certeza se sentia calor ou frio. Precisei de todas as forças para não me contorcer.

– Meu nome é Hathaway – disse sem forças. Meus pais nunca se casaram e eu carreguei o sobrenome de minha mãe a vida inteira. Não me sentia inclinar a mudar isso agora.

Os lábios se retorceram, mas os olhos ainda tinham aquele brilho faminto e obscuro.

– Stuart ou Hathaway, você é especial.

Kimber pigarreou; Ethan fez beiço na direção dela.

– Você sabe atrapalhar, não é? – ele resmungou. Ela fez menção de dizer alguma coisa, ele, porém, não permitiu, voltando-se para mim. – Sabe que seu pai pertence à elite, sendo um dos mais poderosos feéricos de Avalon.

Nessa hora eu me retorci. Desejei que minha mãe tivesse me dito a verdade todos esses anos, assim eu saberia onde estava me metendo ao vir para Avalon. No entanto, ela me contou tantas histórias contraditórias que foi impossível determinar o que era verdade e o que era inventado. Infelizmente, eu já não podia negar que o *status* nobre do meu pai entre os feéricos era uma das verdades.

– Os feéricos não são um povo especialmente fértil – Ethan disse. – Não costumamos ter muitos filhos entre nós e mais raramente ainda com humanos – sorriu. – Kimber é uma espécie de aberração da natureza, pois nasceu menos de dois anos depois de mim.

Kimber bateu no braço dele. Com força.

– A maioria das pessoas me considera um bebê milagroso, não uma aberração – ela disse, seu olhar porém, deixou claro que aquela não era a primeira vez que essa palavra era utilizada para descrevê-la. Instantaneamente gostei ainda mais dela, entendendo que a irritabilidade dela era um mecanismo de defesa.

– Normalmente – Ethan prosseguiu –, uma criança mestiça herda primordialmente os traços da mãe; não sei se essa é a melhor palavra.

– Talvez herança genética seja uma descrição mais acurada – Kimber sugeriu, pelo visto deixando a mágoa de lado.

Ethan refletiu sobre a palavra um instante depois assentiu.

– Sim, acho que sim. Por isso, uma criança com uma mãe feérica é mais feérica que humana e uma criança com uma mãe humana é mais humana que feérica.

– Isso explica porque uma criança nascida de uma mãe feérica não possa passar de Avalon para o mundo mortal e vice-versa – Kimber disse.

Ethan concordou.

– Exato. Contudo, o feérico mais poderoso tem os genes mais dominantes. Por isso, quando alguém como Seamus Stuart tem uma filha com uma mãe humana, a criança será mais feérica que a média dos mestiços. Em circunstâncias ideais, a criança pode ser *literalmente* meio feérica, meio humana. E, em vez de estar afiliada somente ao mundo da mãe, essa criança estará afiliada aos *dois* reinos.

– São os faeriewalkers – Kimber disse –, porque podem passar livremente entre Avalon e Faerie, ou ir para o mundo mortal, conforme sua escolha.

– O que os torna bem poderosos – Ethan prosseguiu, e foi como se os dois tivessem ensaiado aquela conversa, memorizando as falas a fim de provocar o maior efeito. – No entanto, o que torna os faeriewalkers ainda mais poderosos é o fato de eles poderem carregar tecnologia para Faerie.

– E magia para o mundo mortal – Kimber acrescentou.

Fiquei sentada de boca aberta como uma idiota e quase me senti tonta como quando... Esquivei-me da lembrança de olhar ao longe por sobre a grade de proteção.

Engoli em seco e finalmente redescobri minha voz.

– Puta merda! – exclamei. Não sou de praguejar, mas se havia uma ocasião certa para começar era essa. Aquilo era muito, muito pior que pensei em meus pesadelos mais sombrios. E lá estava eu em Avalon, acreditando que poderia ter uma vida *mais normal*. – Por isso, quando olhei ao longe... – comecei, mas minha voz saiu estranha e arranhada.

Ethan concordou.

– Você enxergou o que os faeriewalkers chamam de Glimmerglass – a janela que conduz ao mundo mortal e à Faerie ao mesmo tempo. Ouvi dizer que é... desorientador.

Consegui emitir um riso nervoso ao enxugar as palmas úmidas nas pernas da calça.

– É um modo de descrever a experiência. – Lembrei-me da náusea e da tontura, a lembrança foi tão forte que fez meu estômago revirar mesmo naquele instante. – Quantos de nós existem? – perguntei, já que não havia como negar que eu era uma faeriewalker. Bem que desejei poder me convencer de que não passava de uma alucinação, mas eu sabia o que tinha visto.

Senti, mais do que vi, o olhar que Ethan e Kimber trocaram. Num acordo tácito, foi Ethan quem respondeu.

– O último antes de você morreu cerca de setenta e cinco anos atrás.

Assenti circunspecta. Em seguida me levantei derrubando a cadeira, mal chegando a tempo ao banheiro para vomitar meus Honey Nutos.

Capítulo 10

Tranquei-me no banheiro e fiquei lá por quase uma hora. Tanto Kimber quanto Ethan tentaram me convencer a sair, desistiram, porém, quando não saí. Tenho certeza de que poderiam ter arrombado a porta se quisessem, mas para minha sorte, deixaram-me em paz.

Sempre desprezei minha mãe por ela beber, mas juro que se tivesse qualquer bebida alcoólica à mão, eu experimentaria na esperança de que fizesse tudo isso desaparecer. Sentei no vaso sanitário, os joelhos levantados contra o peito, os braços envolvendo as pernas, pensando se havia algum modo de me livrar daquela confusão. Tia Grace havia dito que mesmo que se eu saísse de Avalon, eu seria alvo das pessoas que sabiam a meu respeito. E já que ela tinha meu passaporte, de qualquer modo, não havia como eu sair dali.

Lágrimas queimavam meus olhos. Por que minha mãe não podia ser uma mãe normal? Por que não podia entrar num daqueles estúpidos programas de doze passos e ficar sóbria? Ela nem mesmo tentou. Se ao menos tivesse tentado parar de beber, talvez eu nunca tivesse perdido a paciência e fugido, e nada daquilo teria acontecido. Não queria que ela fosse perfeita, só precisava que ela ficasse sóbria. Era pedir muito?

Funguei, depois enxuguei os olhos. Se havia uma coisa que aprendi na vida, foi que chorar não resolvia nada. Era eu quem sempre mantinha a cabeça erguida, enquanto minha mãe ficava histérica diante do problema. Tornei-me bem experiente em deixar meus sentimentos de lado e lidar com eles mais tarde, por isso, foi o que fiz naquele instante. Foi mais difícil do que de costume, mas no fim consegui me aprumar.

Ethan já havia ido embora quando saí de minha caverna. Kimber estava ocupada na cozinha de novo, por isso segui aqueles sons. Senti cheiro de alguma coisa cozinhando. A princípio, pensei que fosse arroz, mas depois vi que não era isso. Meu estômago, tendo sido completamente esvaziado, acreditou que o que quer que fosse cheirava muito bem.

Quando entrei na cozinha, Kimber amassava alguma coisa de cor pastel e de consistência de vômito em um escorredor. De pronto, não me pareceu mais muito bom. Um líquido espesso de cor branco sujo escorria numa panela sobre o fogão. Quando ela forçou a última gota do líquido do escorredor, despejou o que restou no lixo.

– Quase pronto – disse ela sem olhar para mim, completamente concentrada em sua tarefa. O vapor subia até seu rosto, e eu vi uma leve camada de suor em sua pele. O que quer que ela estivesse fazendo, era um trabalho pesado.

– Estou com medo de perguntar – disse –, mas *o que* está quase pronto?

Ela despejou uma generosa colherada de mel na panela e mexeu, depois ligou o fogão e chamas levemente azuladas acariciaram o fundo da panela.

– Seu mingau quente – ela disse, pegando uma garrafa com um líquido âmbar do armário debaixo da pia.

– O que é esse mingau? – perguntei quando ela despejou uma dose generosa de... – estreitei o olhar para ler o rótulo – de uísque na panela.

– É o que se oferece a alguém com resfriado. Ou com dor de cabeça. Ou se teve um dia ruim. Ou se não consegue dormir. Ou se...

– Ok, entendi. Uma poção que cura tudo. Mas sou jovem demais para beber.

Ela riu, enxugando o suor da testa com o antebraço.

– De acordo com a lei, eu também sou, mas isso não vai me deter. Tomei meu primeiro mingau aos cinco anos de idade. Você tem mais de cinco, não tem?

Funguei o ar, tentando identificar o cheiro, mas tudo o que reconheci foi o uísque.

– Mas o que *é* isso? O que tem aí dentro, além de álcool o suficiente para me fazer trançar as pernas?

Ela deu de ombros e continuou a mexer o preparado, que fumegava vivamente.

– Leite, farinha de aveia, mel, uma pitada de noz-moscada, e excelente uísque irlandês, claro.

Eca! Farinha de aveia? Quem coloca aveia num drinque? Fiquei pensando como poderia deixar de tomar aquilo sem parecer rude.

Kimber desligou o fogão e pegou duas canecas, enchendo-as até a boca com o líquido espesso leitoso. Tive certeza de que fazia uma careta, mas isso não pareceu desencorajá-la. Ela só empurrou uma caneca na minha direção, e eu a segurei meio que por reflexo. Em seguida fiquei olhando para ela, pensando se eu teria de sair correndo na direção do banheiro de novo.

– Prometo que não é venenoso – Kimber disse ao assoprar o mingau e depois o sorver delicadamente. – E praticamente não existe ocasião em que um bom mingau quente não ajude.

Hesitei mais um instante. Então pensei a respeito de ser atacada por spriggans na noite anterior, de ver através do

Glimmerglass naquela tarde e de descobrir que sou a única faeriewalker existente, e resolvi que experimentar o mingau não seria um problema muito grande, no fim das contas.

Tomei um gole experimental e, claro, aquilo imediatamente queimou minha língua. E a golada continuou a me queimar descendo pela garganta até a boca do estômago. Bati no peito com o punho.

– Suave – disse exageradamente rouca.

Kimber sorriu, a expressão deixando-a mais parecida com Ethan do que nunca.

– Tome um pouco mais. O sabor se espalha.

– Como o que, bolor? – perguntei, mas tomei outro gole mesmo assim. O uísque e o mel estavam bem fortes, por isso eu meio que esqueci que estava bebendo leite misturado com farinha de aveia. E, apesar de nunca admitir isso em voz alta, a coisa era quente e reconfortante, com uma textura cremosa e decadente que me comandava a sequer pensar em quantas calorias havia ali.

Bebemos num agradável silêncio por um tempo, Kimber limpando a cozinha até que ela mais uma vez estivesse impecável, e eu somente recostada no balcão. O mingau queimava menos a cada gole, e eu tentei me convencer de que o álcool estava evaporando. Nunca antes tomei mais do que um gole ou dois de nada que fosse alcoólico, mas duvidei que fosse o leite quente o responsável por eu sentir os membros relaxados e aquecidos.

– Bebeu mesmo isso quando tinha cinco anos? – perguntei. As palavras saíram um pouco arrastadas ou foi só minha imaginação?

– Tenho certeza de que os que minha mãe fazia eram bem mais fracos, mas sim. – Ela sorriu de novo. Puxa, o mingau parecia estar surtindo efeito nela também. – Vê porque ele cura tudo?

Minha cabeça estava tonta quando assenti, mas não era ruim. O mingau tinha acabado com o resquício de náusea, e agora eu estava definitivamente faminta. Por sorte, Kimber havia antecipado a volta do meu apetite e antes que eu tivesse a chance de pedir comida, ela tirou um prato de frutas cortadas e sanduíches da geladeira.

Ainda de pé na cozinha, nos dividimos em turnos pegando as gostosuras do prato. Adorei o sanduíche de pepino e os morangos frescos, e teria, provavelmente, comido tudo sozinha. Mas pensando bem, o próprio mingau já enchia o estômago.

– Posso perguntar uma coisa? – perguntei enquanto Kimber jogava umas amoras na boca. Ela me lançou um olhar brincalhão, e eu me lembrei da piada que ela fez da última vez em que disse isso. Não esperei pela resposta dela dessa vez.

Concentrada, examinei o morango que tinha na mão.

– Ethan está mesmo me paquerando ou ele é assim com tudo o que é feminino? – As reações de Kimber sugeriam que ele estivesse de fato flertando, mas eu não conseguia entender por que ele se dava ao trabalho de fazer isso.

Kimber não respondeu de imediato, por isso olhei para ela curiosa. Seus lábios estavam comprimidos e havia uma tristeza no olhar dela que eu não entendia. Parecia o fim do efeito positivo do mingau.

– Não importa se ele estiver – garanti. – Sei lidar com isso – disse isso com a confiança de alguém que tivesse repelido avanços de garotos ousados a torto e a direito, mas claro que eu estava mentindo. Esquecia de respirar quando ele olhava para mim com aqueles olhos ávidos, e minha pele ainda sentia o resto do calor da lateral do corpo dele contra o meu.

Kimber balançou a cabeça e me encarou.

– Não, você não vai saber lidar com isso – ela disse de modo franco. – Ele encantou garotas mais experientes do que você além da conta.

Dei uma fungada pseudo-ofendida.

– Até onde você pode saber, posso ser a maior "piriguete" da escola.

Ela riu.

– Ah, tá bom, então é por isso que você fica vermelha toda vez que ele olha para você.

Pega em flagrante. Resolvi outra abordagem.

– Ok. Então ele está mesmo me paquerando. Por quê? Não achei que caras da idade dele se interessassem por colegiais. – Ainda mais aquelas que não são tão bonitas assim.

Kimber ficou com a expressão tensa ao redor dos olhos de novo e demorou um tempo para responder.

– Ethan gosta de se considerar um homem e tanto, mas só tem dezoito anos. Sei que você é mais nova, mas ele a considera a altura do jogo dele. Além disso, você não é uma típica colegial. É uma faeriewalker. Tem o potencial de ser... muito poderosa. E Ethan gosta de poder.

Desviei do olhar dela rapidamente para que ela não visse minha expressão, qualquer que fosse. Não sei o que esperava ouvir. Talvez tivesse esperanças de que ela afagasse meu ego um pouquinho e me dissesse que eu era inteligente e descolada, e que Ethan não poderia resistir, caindo aos meus pés em adoração. Claro que eu saberia que seria uma mentira. Eu não era nem tão inteligente nem tão descolada na vida real e, ao lado de Ethan, eu agia como se tivesse um QI próximo dos setenta.

Mas pensar que ele me paquerava porque eu era poderosa ou seria no futuro...

Minha opinião a respeito dele abaixou consideravelmente, ainda que suspeitasse que na próxima vez em que o visse de novo, meu bom senso pularia pela janela. Quero dizer, não era por que ele se sentia atraído por poder de forma geral que ele se sentia atraído por mim, certo? Podia ser uma mera coincidência a possibilidade de eu ser poderosa. Além disso, ele não tinha certeza disso até aquela tarde.

Balancei a cabeça. Nada daquilo importava. Contanto que eu ficasse com Kimber, Ethan não poderia fazer mais que lançar ocasionais olhares ardentes. Melhor agir como uma tagarela incoerente perto de um cara com o qual eu não tinha a mínima chance do que de outro com quem poderia dar certo.

– Tenho certeza de que Ethan gosta de você – Kimber disse com suavidade. Deduzi que ela entendeu que me contar da atração de Ethan pelo meu poder não me animava muito. – Ele não estaria flertando com você se não gostasse. É só que... – Ela balançou a cabeça. – É só que no que se refere a ele sempre há algo mais do que à primeira vista.

– Você e ele não se dão muito bem, não é? – perguntei com cautela. Não era da minha conta, mas mesmo um retardado conseguia ver que eles tinham problemas.

A expressão dela se fechou, e ela desviou o olhar.

– Não vamos mais falar de Ethan, está bem?

O celular de Kimber tocou, e eu andava tão nervosa que dei um grito. Kimber deixou de lado o ar sério e reprimiu um sorriso.

Pegou o aparelho de cima do balcão e leu a mensagem recebida. Seus olhos se arregalam, e ela disse algo numa língua desconhecida para mim. No entanto, tive a certeza de que se tratava de um xingamento.

Kimber bateu o telefone, pegou-me pelo braço e me arrastou para fora da cozinha.

– Ei! – protestei, cambaleando atrás dela.

– Shh! – ela sibilou. – Era Ethan. A sua tia acabou de sair do apartamento dele e pode apostar como ela está vindo para cá.

Engoli meus protestos e deixei que Kimber me arrastasse pela sala. Eu me opus quando ela abriu a porta do armário e tentou me empurrar lá para dentro. O resto do apartamento podia ser compulsivamente limpo, mas o armário era um pesadelo de roupas, sapatos, caixas e outras quinquilharias, todas enfiadas precariamente. Só com um pé-de-cabra para eu conseguir entrar ali.

– Você tem de se esconder! – Kimber insistiu. – Rápido, ou prefere passar mais um tempinho com Grace e Lachlan?

Eu ainda não tinha acreditado na teoria de que tia Grace queria desaparecer comigo para sempre. Entretanto, também não tinha vontade de ficar presa de novo, e por mais que eu não pudesse dizer que odiava tia Grace, eu seguramente não gostava dela.

Abri caminho no armário abarrotado, e Kimber foi empurrando e puxando coisas para que eu vencesse os obstáculos. Acabei encurralada num canto atrás de uma pilha de caixas de sapatos do chão ao teto e um enorme vestido fru-fru cheio de plumas que faziam cócegas nas minhas bochechas.

A campainha tocou. Kimber rapidamente enfiou tudo de volta no armário. Eu estava tão no fundo que nem via a porta, mas pareceu que foi uma batalha fechá-la.

Em seguida, o trinco do armário estalou, e eu fiquei sozinha no escuro. Suspirei e fechei os olhos, tentando esquecer que estava escondida num armário escuro e claustrofóbico, enquanto minha maldosa tia Grace estava perto demais para meu sossego. Toda vez que eu respirava, as plumas do vestido ridículo de Kimber roçavam minha pele, e a cócega tornava-se cada vez mais irritante. Tentei colocar a mão entre elas e meu rosto, mas, no fim, a minha mão sentia tantas cócegas quanto minha bochecha.

Não conseguia ouvir nada. Desejei que isso fosse indício de que tia Grace não estava vasculhando o apartamento atrás de mim. Se ela não estava procurando, talvez eu pudesse sair daquele lugar antes de enlouquecer. Levando-se em conta que isso já não tivesse acontecido. Caso ela estivesse me procurando, ocorreu-me que ela poderia usar magia para isso. Lembrete para mais tarde: perguntar a Kimber mais detalhes de como a magia funciona, se e quando tiver oportunidade.

É difícil determinar a passagem do tempo quando não se enxerga nem se ouve, mas pareceu-me que eu estava ali desde sempre. O lugar ficou sufocante quase que de imediato, e o suor começou a escorrer pelas costas e entre meus parcos seios. Senti-me tentada a arrancar as plumas do vestido de Kimber, mas temi que alguém pudesse me ouvir e assim eu acabar me entregando.

Bem quando eu me perguntava se Kimber havia me deixado ali só por brincadeira depois que Grace saiu, ouvi vozes se aproximando. Senti a respiração presa na garganta e o coração bater mais forte quando reconheci uma delas como sendo a de tia Grace.

Soltei o ar devagar e silenciosamente. O coração martelava no peito e o suor brotou em minha testa.

– Quer olhar debaixo da cama? – ouvi Kimber dizer, parecendo se divertir. – Que tal o armário? Se eu fosse você, porém, abriria a porta com cuidado. As coisas têm a tendência de cair. Não acho que ela caberia numa das gavetas, mas fique à vontade para verificar se quiser.

Será que Kimber perdeu o juízo? Por que ela sugeria a tia Grace que procurasse no armário?

Cobri a boca com a mão para não arfar quando ouvi a porta ser aberta. Não importava o quanto eu repetisse para mim mesma que minha tia não me mataria, não havia como negar que eu estava aterrorizada. Encostei-me no canto, mas assim como tivemos de afastar muitas coisas para que eu me escondesse, tia Grace também precisaria mover muitas coisas para conseguir me ver. Prendi a respiração ao ouvir os cabides rangendo juntos e os sapatos caindo no chão. Kimber ria despreocupadamente, e eu desejei poder segurá-la só para bater nela.

A porta voltou a se fechar e ouvi a fúria na voz de tia Grace.

– Está bem! – ela grasnou. – Você ou o seu irmão a esconderam em algum lugar. Não pense que não a encontrarei! E você ou quem quer que esteja envolvido no sequestro dela passará os próximos vinte anos atrás das grades.

Kimber disse algo em resposta. Não entendi, mas percebi o que tia Grace fez porque o que ouvi em seguida foi um sonoro tapa, seguido pelo arfar de Kimber. Cerrei os punhos e mordi a língua para não gritar em protesto. Desgostei de tia Grace – e a temi – desde que a conheci e, pelo visto, meus instintos estavam certos. Comecei a tatear às cegas à procura de uma arma. Se Grace batesse em Kimber de novo, eu estava preparada para sair do armário e defendê-la. (Sim, eu sabia que isso seria tolice, mas eu me sentiria uma covarde se continuasse escondida enquanto Kimber se machucava.) Felizmente, não houve mais nenhum som de violência antes de as passadas raivosas de Grace revelarem que ela estava indo embora.

Capítulo 11

Eu não estava no meu melhor humor quando Kimber voltou para me resgatar de dentro do armário. Meus nervos estavam em frangalhos, eu suava como muito e estava com tanta raiva que queria esmurrar o lindo e delicado rosto dela. (Esqueça que eu estava prestes a salvá-la momentos antes.)

– Que diabos estava pensando? – perguntei quando praticamente caí para fora do armário, tropeçando numa raquete de tênis largada no caminho. Quem haveria de dizer que os feéricos jogavam tênis? Tão... mundano.

Kimber me segurou pelos ombros antes que eu caísse de cara no chão, mas me soltei dela. Infelizmente nessa hora pisei num sapato. Meu tornozelo cedeu e acabei caindo sobre o traseiro. E pensar que eu achava estar de mau humor ao *sair* do armário!

Sentei no chão, afastando mechas de cabelo do rosto suado e grudento. Encarei com raiva primeiro a sandália vermelha de salto absurdamente alto que me levou por terra, depois Kimber, que parecia prestes a romper uma veia por reprimir uma gargalhada. Eu não estava achando nada engraçado.

Levantei-me com a dignidade que me sobrava – praticamente nula – e desejei ser alguns centímetros mais alta a fim de não ter de dobrar o pescoço para enfrentar Kimber.

– "Que tal o armário?" – eu disse, imitando precariamente o sotaque de Kimber. – Estava querendo que eu fosse pega?

Ela revirou os olhos – o que parecia fazer bastante – e me lançou um sorriso condescendente.

– Se eu tivesse agido como se tivesse algo a esconder, Grace teria levado este lugar abaixo procurando por você. Dessa forma, ela não esperava encontrá-la de qualquer modo, por isso não se esforçou muito.

Detestei admitir que a lógica de Kimber fazia sentido. Por isso não o fiz.

– Quase tive um infarto quando ela abriu a porta. Pelo menos podia ter me avisado do que planejava fazer.

– Desculpe. – Mas ela não parecia muito arrependida.

Ignorando-me, começou a enfiar as coisas para dentro do armário. Acho que poderia tê-la ajudado, mas não me sentia muito caridosa.

– Você está bem? – perguntei de má vontade.

Kimber esfregou a face avermelhada.

– Estou – ela disse com um sorriso sentido. – Eu deveria saber que não me daria bem sendo desaforada com alguém como ela. Acho que precisaremos encontrar outro lugar para você ficar – prosseguiu, ainda encaixando as coisas nos espaços disponíveis. – Grace pode aparecer para outra visitinha inesperada, e não quero supor que teremos sorte duas vezes.

– Já tenho um lugar para ficar – eu disse. – Com meu *pai.*

Kimber me olhou com desagrado.

– O que quer dizer é que *terá* um lugar para ficar quando ele sair da cadeia. Verifiquei a situação dele enquanto você se escondia no banheiro. Ele terá de comparecer diante do Conselho amanhã. Hoje, no entanto, ainda está preso.

Reprimi um xingamento. Senti o coração pesar ao perceber o quanto minha vida estava uma droga naquele momento. Estava por conta própria, sem um centavo sequer, nem mesmo uma troca de roupas, num país tão estrangeiro que deveria haver um novo nome para designá-lo, e sem ter para onde ir. Queria ir para casa. Quem haveria de dizer que eu chegaria a esse ponto depois de ter pisado em Avalon há apenas dois dias?

– Tenho de sair de Avalon – eu disse, mais para mim mesma que para Kimber. Grace havia dito que eu não estaria a salvo longe dali, eu, porém, não tinha tanta certeza. Minha mãe e eu nos tornamos muito boas em nos estabelecer nos últimos anos, e por ela estar sempre tentando evitar que meu pai nos encontrasse, aprendemos a nos mudar sem deixar rastros. Claro, eu queria conhecer meu pai, mas não se isso significasse ter de ficar e me esquivar de tia Grace, de spriggans, e, quem sabe, que outro tipo de pesadelo estava para aparecer.

– Parece uma boa ideia em teoria – Kimber disse, fechando a porta do armário e se virando para mim com empatia no rosto. – Mas sua tia Grace é a comandante da patrulha de fronteira, e sabe que ela colocará um alerta vermelho sobre você. Mesmo que você conseguisse passar pela imigração sem passaporte.

– Sou cidadã americana – reclamei. – Eles não podem me manter aqui contra a minha vontade. – Talvez eu conseguisse falar com a Embaixada Americana em Londres e eles viessem me buscar.

Kimber pôs as mãos em meus ombros, apertando-os.

– Você é uma faeriewalker. O governo de Avalon pouco se importará se mantê-la aqui contra a sua vontade provocar algum tipo de incidente internacional. O efeito colateral vale a pena.

Ótimo. Simplesmente perfeito. Eu estava presa em Avalon, minha tia me perseguia, meu pai estava na cadeia, e as únicas pessoas que pareciam estar do meu lado eram uma dupla de feéricos adolescentes que eu mal conhecia.

Kimber apertou meus ombros de novo antes de me soltar.

– Vai ficar tudo bem. Tenho certeza de que Ethan e eu a manteremos a salvo até que seu pai esteja livre.

– Obrigada – agradeci, sentindo a garganta apertar. Ela e Ethan eram, de longe, a melhor coisa que me aconteceu desde que pus os pés em Avalon. Se não fosse por eles, eu ainda estaria trancafiada na cela de tia Grace, ou coisa pior. – Estou muito contente de vocês terem ido me pegar ontem à noite.

Kimber sorriu para mim, havia, porém, algo de estranho na expressão dela.

– Teremos de ficar quietos durante o dia, mas, quando escurecer, sairemos daqui para algum lugar mais seguro.

– Mais seguro como a caverna de ontem? – murmurei, e embora Kimber tivesse me ouvido, não respondeu.

– Grace provavelmente pôs alguém para vigiar meu apartamento e o de Ethan, por isso terá de ficar longe das janelas.

Seria um dia bem divertido.

– Se vou ter de ficar me escondendo nas sombras até a noite cair – eu disse –, então quero ter um curso rápido sobre magia. O que ela pode fazer, como funciona, esse tipo de coisa. Não tenho noção nenhuma a respeito.

Ela não pareceu gostar muito da ideia.

– Ethan é o entendido em magia da família.

Dei de ombros.

– Não estou pedindo que me *mostre* magia. Estou pedindo que me *conte* a respeito. Pode fazer isso, não?

– Está bem. – Ela suspirou. – Mas acho que vou precisar tomar uma caneca de mingau antes.

Acho que posso me acostumar a beber esse mingau quente, por isso resolvi bebericar a minha caneca fumegante. Minha mãe tentou me oferecer leite quente algumas vezes quando eu era criança e não conseguia dormir, mas foi totalmente nauseante. Isso era muito melhor.

Por insistência minha, Kimber colocou muito menos uísque dessa vez, ainda que tenha colocado uma dose extra na caneca dela.

– Seus pais sabem que você põe uísque no seu mingau? – perguntei.

Kimber fungou com desdém.

– Não se importariam se soubessem.

Ela fez questão de ficar entre mim e a janela da sala quando voltamos para o quarto dela, onde as pesadas cortinas garantiriam que ninguém me visse. Ela sentou na beira da cama, e eu numa poltrona no canto perto de um abajur. Na mesinha ao lado da poltrona havia um livro que parecia pesar umas oito toneladas, e outro com as folhas cheias de orelhas, com o papel amarelado. Fui intrometida o bastante para espiar os títulos. Um era um livro texto chamado *Cálculos de uma Única Variável: Funções Transcendentais Primitivas,* e o livro de bolso era... *O Jardim Secreto* de Frances Hodgson Burnett, que me lembro de ter lido com cerca de oito anos. Pisquei e olhei de um livro para o outro e depois para Kimber. Seu rosto ficou levemente rosado.

– Às vezes, preciso de uma pausa da cansativa leitura acadêmica – ela disse, dando de ombros.

– Então você está se formando em matemática? – perguntei, porque não conseguia imaginar alguém ter um livro texto daquele a menos que fosse muito, muito aficionado pelo assunto. Ela não se parecia com nenhum dos *nerds* em matemática que conheci. Que coisa, Ethan disse que ela era dois anos mais nova do que ele, e Kimber disse que ele tinha dezoito anos, o que tornava Kimber jovem demais para a faculdade, a menos que ela fosse algum tipo de prodígio.

– Ainda não decidi minha especialidade – ela disse –, mas estou propensa à área de engenharia.

Uma feérica engenheira. Parecia... Bem, errado. E quantos empregos para engenheiros haveria em Avalon? Engenharia não me parecia útil em Faerie, portanto, se ela queria que a graduação de mostrasse útil, ela teria de cursá-la ali. Claro que se eu levasse em conta a qualidade das roupas e da mobília dela, Kimber podia ser uma daquelas pessoas metidas que não precisava trabalhar para viver.

– E para o caso de estar se perguntando – Kimber continuou –, Ethan entrará na faculdade no outono, enquanto eu estarei no segundo ano. Ele pode ter herdado a magia da família, mas *eu* herdei a inteligência.

Seu olhar me dizia que ela não estava muito feliz com isso, o que me surpreendeu. Considerando-se a óbvia rivalidade com o irmão, era de se acreditar que ela estivesse radiante por estar adiantada nos estudos.

– Isso deve enlouquecê-lo – eu disse, e, sim, eu estava bisbilhotando.

Kimber sorveu um gole do mingau antes de responder.

– Na verdade ele não poderia se importar menos com isso. Ele tem magia, e é isso o que conta.

Senti uma onda de indignação por causa de Kimber.

– Não acha que ser extremamente inteligente conta para alguma coisa?

Ela sorriu tristonha.

– Para os humanos talvez conte. Para os feéricos, nem tanto. – Ela inclinou a cabeça para o lado. – Em termos humanos, seria como se Ethan fosse o superastro do futebol e eu a irmã mais nova genial. Quem fica com as glórias nessa situação?

Entendi o ponto de vista dela, mas...

– Que droga.

Ela riu, mas não foi um som alegre.

– Nem me fale. – Ela ficou um pouco séria. – Na verdade, Ethan tem muitas semelhanças com os atletas superastros humanos. Tem o ego do tamanho do Monte Everest e está acostumado a ter garotas aos seus pés idolatrando-o.

O olhar dela funcionava como um aviso, fingi não notar. Eu podia chegar às minhas próprias conclusões em relação a

Ethan, muito obrigada. Não que eu duvidasse do que ela me contava, só que eu não conseguia deixar de desejar que eu significasse mais para Ethan do que mais uma marquinha na coluna da cama.

Não achei que continuar a falar de Ethan fosse uma boa maneira de aprofundar o que eu começava a considerar o início de uma amizade, por isso mudei de assunto. Pigarreei e disse:

– Então, a magia... – Nada muito sutil, mas eu não sabia ser assim.

Kimber me fitou longamente antes de deixar o assunto anterior de lado. Balançou a cabeça como um último sinal de desaprovação, então perguntou:

– O que quer saber?

Tomei mais um gole de mingau tentando decidir o que perguntar primeiro.

– O que ela pode fazer? – perguntei, depois vendo que essa devia ser a pergunta mais estúpida e vaga possível. Kimber, contudo, não a considerou tão estúpida quanto eu.

– Em teoria, a magia pode fazer tudo, se o mago é habilidoso o bastante. – Os olhos dela vagaram enquanto ela procurava o que dizer. – A magia é uma força elementar, inata à Faerie. Não é sensitiva, mas quase.

Estremeci, pois a ideia de uma magia sensitiva era... Bem, era assustadora.

– Quando você lança um feitiço, você puxa magia para dentro do seu corpo, como se estivesse prendendo o fôlego antes de mergulhar numa piscina. Então libera a magia acumulada e, se você for realmente bom nisso, ela faz o que você quer que ela faça. Nós variamos no quanto de magia conseguimos puxar; quanto mais magia acumulamos, mais poderoso será o feitiço que lançamos. Pelo menos em teoria. Na verdade, a captação da magia é a parte fácil. Conseguir que ela faça o que queremos... – Deu de ombros. – Isso é bem mais complicado.

– Então o que torna Ethan um tipo de prodígio na magia? – perguntei. Eu sabia que estava combinando dois dos assuntos menos favoritos de Kimber: Ethan e suas habilidades mágicas superiores; mas eu queria entender o assunto, e esse parecia ser um passo necessário.

Como previsto, os cantos da boca de Kimber penderam para baixo.

– Primeiro, ele consegue captar muita magia. Segundo, ele tem uma incrível resistência. Captar e direcionar magia são coisas muito exaustivas. Terceiro, ele é assustadoramente bom em conseguir com que a magia faça o que ele quer. Existem alguns feitiços que qualquer um de nós pode fazer. Coisas como trancar portas ou acender velas. São coisas comuns, fáceis. É como ensinar um cachorro a sentar; praticamente qualquer um consegue isso, porém, é preciso alguém com mais habilidade para ensinar um truque ao animal. Se você tem mais habilidade com a magia, você acaba fazendo mais do que as pessoas comuns.

– Como me fazer perder a voz? – perguntei.

Kimber sorriu.

– Na verdade, esse feitiço é bem comum, normalmente usado em crianças malcriadas. Não, coisas mais difíceis são os feitiços de cura ou ilusionismos. A maioria de nós pode realizá-los com muita prática e dedicação. Assim como muitos humanos podem ser neurocirurgiões, porém poucos desejam fazer o esforço absurdo de aprender para se tornarem isso. O que torna Ethan bom demais é o fato de ele conseguir com que a magia faça muitas coisas não relacionadas. Desculpe se uso outra analogia, mas é difícil explicar isso para um humano... Digamos que determinado tipo de magia – como a da cura – entenda uma língua específica como francês. Se você aprende a falar francês, então consegue que a magia faça o que você quer. Contudo, quanto mais complicado o feitiço, mais francês terá de saber para conseguir executá-lo.

E talvez o ilusionismo fale mandarim, e magia de ataque fale suaíli. Você precisaria falar três idiomas completamente diversos a fim de se comunicar com eles todos. É por isso que a maioria se especializa. Ethan, por sua vez, consegue "pegar" os idiomas num piscar de olhos.

E isso provocava um sério complexo de inferioridade em Kimber muito além da esperada rivalidade fraterna. Eu não podia culpá-la, ainda mais quando Ethan parecia se vangloriar de suas habilidades em relação a ela.

– Então quando lançam um feitiço estão falando algum idioma específico? – perguntei.

Ela balançou a cabeça.

– As palavras não importam. Essa coisa de idioma foi só uma analogia. Pessoas realmente boas em magia podem até usar gestos em vez de palavras. Só é preciso ensinar a magia quando você diz "abracadabra", isso significa que você quer que ela feche a porta.

Assenti solene, ainda incerta se havia entendido tudo, mas prevendo que pedir mais explicações só me traria uma bela dor de cabeça. Resolvi que era hora de fazer a pergunta que mais me incomodava, conforme Kimber me explicava as coisas.

– Tia Grace pode usar magia para me encontrar?

– Se pudesse, já a teria usado. Feitiços de localização são complicados, pois encontrar algo ou alguém que não está ali é um conceito um tanto abstrato e difícil de comunicar, portanto se encaixa na categoria dos que você teria de se especializar para ser muito bom nisso.

Pelo menos isso era um alívio.

– Tia Grace é especialista em alguma coisa?

– Hum-hum. – Kimber pareceu meio séria.

– Bem, no quê? – insisti.

Kimber suspirou.

– Magia de ataque.

E isso fez com que meu alívio temporário fosse por terra.

Quando Kimber terminou seu mingau superdosado, ela me parecia bem mais maleável. Não diria o mesmo de mim, apesar de me sentir bem mais relaxada desde que pisei em Avalon. Nunca tive uma amiga de verdade antes. Claro que almocei com diversas meninas nas várias escolas que frequentei e passeei com elas depois das aulas, mas toda vez que começava a me sentir próxima de alguém, mamãe insistia que era hora de nos mudarmos de novo, e eu era forçada a começar do zero na escola nova. Depois de algumas vezes, aproximar-me das pessoas se tornou muito trabalhoso para valer a pena.

Eu estava relaxada o bastante para fazer a pergunta que me atormentava desde que vi o apartamento de Kimber. Isso foi só na noite anterior? Parecia que havia sido há muitos anos.

– Como é que os seus pais permitem que você tenha o seu próprio apartamento? – Minha mãe não era a mais amorosa do planeta, mas eu sentia que mesmo ela acharia um absurdo uma garota de dezesseis anos morar sozinha.

Kimber abaixou e desviou o olhar, e eu entendi ter tocado num assunto delicado.

– Desculpe – eu disse, desejando retirar a pergunta. – Vou parar de ser tão enxerida.

Kimber levantou a cabeça e forçou um sorriso.

– Está tudo bem. É que você tocou num assunto complicado, é só.

Comecei a me desculpar de novo, mas ela me interrompeu com um gesto.

– Não, tudo bem, sério. – Ela soltou um suspiro profundo, como se quisesse se fortalecer antes de começar. – Minha mãe está fora dessa equação desde que completei dez anos – disse, remexendo nas pontas dos cabelos enquanto falava. – Ela resolveu que queria voltar para Faerie, mas meu pai nasceu em Avalon e não quis ir. Eles concordaram que Ethan e eu ficaríamos com papai, e desde então somos só nós três. Tenho certeza de que meu pai me ama a seu modo, porém não tenta esconder que Ethan é seu favorito. Bem, Ethan quis se mudar para a moradia estudantil assim que concluiu o colégio, e como Ethan consegue o que quer, papai permitiu. Papai e eu tivemos uma briga feia um pouco depois, e eu disse que queria me mudar. Eu disse que uma vez que estava na faculdade como Ethan, eu também merecia ter o meu próprio apartamento. – Os olhos dela estavam rasos de lágrimas, e a voz dela abaixou para quase um sussurro. – Ele concordou.

Senti pena dela.

– Seu pai deve ser meio idiota para não entender que tinha de dizer não.

Ela riu e piscou para afastar as lágrimas.

– Meu pai é muitas coisas, mas idiota não é uma delas. Ele sabia o que eu queria, só não se importava. – Respirou fundo e endireitou a coluna. – Mas isso não mudou muito as coisas. Ele é compulsivo pelo trabalho, por isso nunca está em casa. Não o vejo menos agora do que quando morava com ele.

Talvez minha mãe não fosse tão ruim assim. Todas as suas ações embaraçosas, negligentes e completamente cretinas eram causadas pelo álcool. Eu sabia que em algum lugar, debaixo daquele cérebro encharcado de bebida, havia uma mãe amorosa. Kimber não tinha nem isso.

– Eu acho que seu pai é tapado mesmo – eu disse a ela. – Ele tem de ser já que não percebe a sorte que tem por ter você.

As faces dela coraram.

– Obrigada. Mas não precisa tentar me fazer sentir melhor. Eu... eu já me conformei com isso.

Ah, tá, pensei, mas não disse.

– Importa-se se eu fizer uma pergunta? – Kimber disse.

– Depois de todas as que despejei em cima de você, é a sua vez.

– Por que fugiu de casa?

Fiz uma careta. Por que tinha de ser *aquela* pergunta?

– Oras, *todo mundo* sabe que eu fugi? – perguntei, evitando responder. Nunca contei a ninguém que mamãe era alcoólatra, na verdade, fiz de tudo para evitar que alguém descobrisse, e eu não estava preparada para mudar isso agora.

Um dos cantos da boca de Kimber subiu.

– O fato de não demonstrar nenhum interesse em ligar para casa para pedir ajuda foi um indício, mas eu não tinha certeza até agora.

– Ah. – Desviei do olhar sabe-tudo dela. – Não quero falar disso, está bem?

– Claro – Kimber concordou, mas vi que fechar a porta na cara dela a magoou. Ela forçou um sorriso. – Sinto que a vontade de comer algo se aproxima.

Ela se pôs de pé e, sem pensar, eu a segurei pelo braço para que ela não saísse do quarto. Depois de ela ter aberto o coração para mim, seria mesquinho da minha parte deixá-la de fora. Eu teria de ser corajosa e tocar no tópico mais detestável para mim.

– Sente-se – pedi, dando um puxão no braço dela. – Desculpe, é que...

Soltei do braço dela, e Kimber se sentou na cama.

– Não precisa falar a respeito se não quiser – disse com suavidade. – Faz menos de vinte e quatro horas que me conhece, não espero que me considere sua melhor amiga para sempre.

– Tudo bem, foram vinte e quatro horas bem intensas.

Ela deu uma risada de leve.

– Pode crer.

Soltei o ar com força. O coração batia tão forte como quando eu estava fechada no armário, e os músculos dos ombros estavam tão tensos que doíam. Mas eu sabia que estava reagindo além do normal. Kimber podia ter a aparência de uma líder de torcida popular e maldosa que me olharia com desdém ao saber de minha mãe, mas não agia desse modo.

Sem falar que não havia uma escola cheia de colegas para os quais ela pudesse espalhar a fofoca.

Preparando-me para receber choque, pena ou desgosto, deixei meu segredo vergonhoso escapar pelos meus dentes cerrados:

– Minha mãe é alcoólatra. – Pronto. Falei. Em alto e bom som.

Kimber ficou parada esperando que eu prosseguisse.

– E? – ela prontificou, quando eu não disse mais nada.

Olhei para ela.

– Precisa existir mais?

Ela piscou.

– Bem, não. Acho que não. É que você fez tanto suspense que pensei que houvesse algum segredo sombrio e horrível, como um namorado dela que tivesse abusado de você ou algo assim.

De todas as reações que eu esperava, aquela não era nenhuma delas.

– Então não acha nada demais o fato de minha mãe ser uma bêbada?

Ela deu de ombros.

– Claro, é um problema para você, já que teve de morar com ela. É só que... Não sei. Não é uma coisa do tipo: "Parem as máquinas! Alerta vermelho! Will Robinson, perigo!"

– Perigo, Will Robinson?

– Do *Perdidos no Espaço*, lembra?

Revirei a cabeça e ela fez uma cara de horror falso.

– É um clássico! De qualquer modo, a questão é, no âmbito das grandes notícias chocantes, uma mãe alcoólatra não fica no topo da lista.

Engraçado, mas eu me preocupei por ela me desprezar quando soubesse e fiquei contente por isso não ter acontecido. No entanto, foi um anticlímax tão grande comparado com o que eu esperava que quase fiquei desapontada. Quero dizer, contei esse terrível segredo, aquele que nunca contei a ninguém a vida inteira e... E ela só faltou bocejar.

– Os garotos da minha escola acharam que era bem chocante – protestei. – Transformaram a minha vida num inferno depois que descobriram.

Ela fez um gesto de dispensa.

– Tá bom, mas eram garotos...

– Hum, manchete: *nós* somos garotas.

– Mas não do tipo normal – ela disse, e as palavras dela me atingiram na boca do estômago. – Tenho dezesseis anos, estou no segundo ano de faculdade e moro por conta própria; você é faeriewalker. Normal não se aplica a nós.

A verdade nas palavras dela, era difícil de negar, embora fosse isso o que eu tentava fazer há muito tempo. Sempre procurei agir do modo mais natural possível, dadas as circunstâncias, e sempre soube que jamais consegui. Só que nunca quis admitir isso.

– Ei, pelo menos podemos ser anormais juntas agora – Kimber disse, e eu não consegui deixar de sorrir.

– Quem quer ser normal? – respondi. – Normal é *chato*!

E, pelo menos naquele momento, foi o que senti.

Kimber e eu levantamos num pulo quando ouvimos o som da porta da frente abrindo e fechando, depois passos indo na direção da cozinha.

– Sou eu – Ethan disse antes que ficássemos preocupadas demais.

Ele apareceu na porta do quarto um segundo depois, com um sorriso torto estampado no rosto. Meu coração deu uma pirueta ao vê-lo.

– Está com cara de quem está muito satisfeito consigo mesmo – Kimber disse, usando o tom azedo que certa vez pensei ser seu único.

O sorriso dele se alargou.

– Sou brilhante, se me permite dizer.

– Que é o que ele faz com certa frequência.

Ele não se perturbou com a farpa.

– Depois que vi Grace hoje à tarde, entendi que ela manteria alguém nos vigiando de perto – ele disse.

– Uau! Que dedução brilhante!

Ethan fez uma careta.

– Está acabando com a minha história.

Pude ver pela expressão dela o *quanto* ela lamentava isso, mas ela reprimiu outros comentários.

– Deduzi que a vigilância constante nos atrapalharia, por isso consegui despistar quem me vigiava e vim direto para cá.

Ele olhou direto para a irmã na expectativa, mas ela balançou a cabeça.

– Não estou com vontade de participar do seu joguinho...

Ele voltou o mesmo olhar ansioso para mim, e meu coração deu outro rodopio. Eu não conseguia deixar de lhe dar o que ele pedia, não quando olhava para mim daquele modo.

– Como o despistou? – perguntei na esperança de não parecer sem fôlego.

O peito dele inflou com óbvio orgulho.

– Finalmente consegui fazer o feitiço de invisibilidade funcionar.

– Esse seria o feitiço que usa para ficar invisível, mas que não funciona com as suas roupas? – Kimber perguntou, erguendo as sobrancelhas. – Ele se considerou tão esperto, tentando me pegar desprevenida, mas os sapatos, as calças e a camisa se movendo sozinhos o delataram.

Ethan não se mostrou intimidado.

– Esse mesmo! Só que dessa vez consegui que funcionasse nas roupas também.

– Como sabe? Consegue se ver mesmo estando invisível! – Ela relanceou para mim de novo. – Foi assim que ele achou que conseguiria me assustar, mesmo as roupas estando visíveis.

Ethan lançou um olhar altivo.

– O fato de eu ter dado meia volta e ter passado na frente do cara que me seguia sem que ele pestanejasse foi prova disso.

– Ok. Conseguiu despistá-lo e a primeira coisa que você faz é vir até aqui, onde sabe que estão me vigiando. De que adianta isso?

Ele pareceu exasperado.

– Ninguém sabe que estou aqui. Se você sair do apartamento, nossos amigos vão seguir você. Depois que você sair de vista, Dana e eu podemos sair também. – Havia um brilho no olhar dele que revelava o quanto ele achava aquilo divertido.

Fiquei me perguntando se ele havia se esquecido do pequeno e inconveniente ataque dos spriggans na noite anterior.

Kimber não gostou do plano. Eu podia apostar que ela não gostava da ideia de agir como isca, e eu garanto que não gostei da ideia de ficar sozinha com Ethan. No entanto, parecia improvável encontrarmos outro modo de sair sem sermos vistos, por isso ela concordou com relutância.

Ela me lançou um olhar cheio de significados antes de ir e eu assenti, dando a entender que captara a mensagem e que não deixaria Ethan tirar vantagem da situação. Imaginei que estaríamos ocupados demais tentando salvar a pele para que ele tentasse qualquer coisa.

O que não levei em conta foi que depois de nossa grande escapada, e quando a pressão tivesse diminuído, eu *ainda* estaria sozinha com ele.

Capítulo 12

Ethan e eu esperamos no apartamento de Kimber por uns cinco minutos depois que ela saiu. Todos os meus nervos estavam cientes dele, mas ele não prestou atenção em mim, os olhos permaneceram atentos à fresta entre as cortinas que cobriam a janela de Kimber. Sentei-me na beira da cama dela, com as mãos cruzadas no colo e o coração batendo rápido demais. Eu não tinha bem certeza se meu nervoso era por causa de Ethan ou por causa da nossa tentativa de fuga.

– Vamos – Ethan disse ríspido quando se sentiu seguro a respeito de Kimber ter levado o vigia para longe.

Eu o segui pelo apartamento até a porta de entrada, tendo que quase correr para acompanhá-lo.

– Para onde vamos? – Finalmente tive coragem o bastante para perguntar.

Ele segurou a porta para mim para me deixar passar primeiro, depois a fechou e fez um gesto com a mão para que eu continuasse.

– Terá de confiar em mim – Ethan disse, segurando minha mão e me conduzindo pelas escadas até o pátio.

A sensação da mão dele na minha foi o suficiente para me deixar muda e eu mal ouvi o que ele disse. Claro que ele só me segurava por estar liderando o caminho. Não era um gesto íntimo, e seria somente ilusão minha acreditar que houvesse algo mais por trás. Pelo menos foi isso o que repeti para mim mesma.

As palavras dele não foram registradas até pararmos diante das pedras que cobriam a entrada para os túneis.

– Ah, não, isso não! – exclamei, tentando me soltar.

Claro que ele não deixou.

– Não vamos voltar para a caverna – ele me assegurou. Murmurou algo baixo, e as pedras se afastaram.

Relanceei para as janelas que nos cercavam. Havia luzes em muitas delas, já que não era noite adentro como da última vez em que fomos para os túneis.

– Quantas pessoas você acha que estão nos observando neste instante? – perguntei, puxando a mão de novo, mas ele continuava me segurando.

– Não importa. Os túneis são como um segredo aberto, mas também são vastos, por isso, se alguém contar a Grace que fomos para lá, não bastará para nos encontrarem.

– E quanto aos spriggans?

– Cuidamos desse problema ontem – ele me garantiu. – Eles podem não ter tanta dificuldade para entrar às escondidas em Avalon como os humanos, mas duvido muito que alguém os enviasse duas noites seguidas. Venha agora! A menos que ainda queria estar aqui quando Kimber e seu vigia voltarem.

Falar que eu não gostava daquilo era dizer pouco, mas eu tinha de admitir que me sentia vulnerável por estar ali a céu aberto. Cerrando os dentes, assenti, e finalmente Ethan largou da minha mão para que eu pudesse descer a escada.

As pedras da rua selaram a abertura acima de nós quando pisei no chão do túnel. Estava escuro como o breu, exceto pelo facho vindo da lanterna que Ethan segurava em uma mão. Saí do caminho e ele pulou de cerca da metade da escada, aterrissando silenciosamente. Um humano teria, no mínimo, torcido o tornozelo tentando uma manobra dessas.

Tive uma súbita lembrança da aula de magia de Kimber, e ela não combinava com o que acabava de ver.

– Ontem à noite você não disse nenhum encantamento para abrir a passagem – eu disse. – Por que teve de fazer hoje?

– Ainda estou praticando os feitiços não verbais – explicou. – São muito mais complicados e requerem muito de mim. – Ele parecia sério, para variar. – Foi por isso que não consegui curar tão bem ontem. Se ao menos tivesse aberto a passagem do modo mais fácil... – Deu de ombros, deixando a frase inacabada.

Acho que eu deveria ter dito alguma coisa para livrá-lo dessa culpa, lembrei-me, porém, de como ele se vangloriou diante de Kimber quando fez seu "showzinho" e deduzi que ele merecia sofrer um pouco. Não importando o quanto fosse deslumbrante.

Como eu não disse nada, o silêncio que se seguiu foi constrangedor, mas Ethan interrompeu esse momento estranho me levando mais uma vez para o coração da montanha.

Na noite anterior, seguimos reto por um bom tempo antes de virar na direção da caverna. Dessa vez, tomamos um túnel lateral quase que imediatamente, depois mais um, e outro, até termos virado tantas vezes que eu não fazia a menor ideia de onde estávamos. Não deixei de imaginar se aquilo não foi proposital. Será que Ethan estava se certificando de que eu não conseguiria sair dali sem ajuda?

Até então, o único indício de que os túneis não estavam completamente desertos foi a caverna do Submundo Estudantil, mas Ethan e meu caminho naquela noite me levaram para uma parte bem diferente do sistema de túneis. Viramos numa esquina e, de repente, o túnel se alargou significativamente, sendo iluminado por luz elétrica. Uma escadaria larga conduzia para o que presumi ser a superfície, e um fluxo constante de pessoas subia e descia. As vozes delas ecoavam no espaço fechado, eu, porém, ouvia o som abafado de música alta acima dessas vozes e sentia o chão vibrando debaixo dos pés.

– Existe uma boate enorme aqui em baixo – Ethan explicou, apontando para outra escada. Uma placa de neon acima da escadaria dizia "Nesta direção para *O abismo*" com uma seta apontando para baixo. – Preciso levá-la lá um dia quando as coisas se acalmarem.

Eu não sabia bem o que dizer. Aquilo soou como se ele estivesse me pedindo para sair. Fechei o rosto. Na verdade não havia nenhum *pedido* naquilo.

Antes que eu terminasse de superanalisar essa simples frase, Ethan me guiou para outra ramificação do túnel, e voltamos para o território escuro, assustador e claustrofóbico. Tentei ao máximo me orientar depois disso a fim de poder voltar para a superfície, se necessário.

Caminhamos por cerca de mais quinze minutos, virando só duas vezes, poucas o bastante para que até mesmo *eu* pudesse ter a chance de "navegar" meu caminho de volta.

Por fim, paramos no meio de um túnel parecido com todos os outros que vi. Olhei nas duas direções, mas não vi nada de especial naquele ponto em particular.

E então Ethan murmurou uma coisa. Se eu fosse arriscar, eu juraria que ele havia dito "Abre-te Sésamo", mas só podiam ser os ecos inquietantes.

Do nada uma abertura em forma de porta apareceu na parede. Pisquei.

– É um feitiço de ilusionismo – Ethan disse com uma pontada de orgulho na voz. – Ninguém que passasse por este túnel desconfiaria da existência de uma porta aqui.

Ele gesticulou de maneira exagerada, fazendo um arco com o braço, e eu passei devagar pelo espaço que momentos antes tinha sido uma parede. Eu meio que esperei que ela reaparecesse quando estava na metade do caminho, mas nada aconteceu.

O cômodo por trás da parede ilusória não me fez dar pulos de alegria. Tinha aproximadamente o tamanho do quarto de Kimber e a única mobília era um par de camas de armar, uma mesa de jogo e duas cadeiras dobráveis, a menos que se contasse o enorme baú no canto como mobília. Além dos poucos móveis, havia uma lamparina de querosene na mesa e dois potes de cerâmica, um debaixo de cada cama.

– Não me diga que são penicos! – exclamei quando Ethan acendeu a lamparina.

Ele deu um sorriso tímido por sobre o ombro.

– Isto é apenas temporário – ele prometeu. – Como viu, há lugares no Subterrâneo com eletricidade e água corrente, mas esses não são bem escondidos.

– O que *é* este lugar? – perguntei.

Ethan terminou de regular a lamparina e apagou a lanterna.

– Uma das coisas que o Subterrâneo faz é tentar ajudar as pessoas com... Com certos problemas políticos. Às vezes, elas precisam de um esconderijo por um tempo. Não é luxuoso, mas ninguém, *nada*, vai encontrá-la aqui.

Meus olhos começaram a arder e mordi o lábio para que ele não tremesse. Esse pequeno esconderijo poderia passar como calabouço num antigo filme histórico. A desolação do lugar se assemelhava àquela da minha situação. Sempre lidei bem com pressões, postergando minhas reações até as crises acabarem. Desde porém, que pisei em Avalon, aconteceram uma sucessão de crises, e meu controle estava por um fio.

Ethan diminuiu a distância entre nós numa passada larga e, antes que eu tivesse alguma noção do que estava para acontecer, ele me tomou nos braços e me apertou forte.

– Não chore – murmurou ao encontro dos meus cabelos. – É só até seu pai sair da cadeia. Não mais do que uma ou duas noites, no máximo. E não vou abandoná-la aqui. Estamos juntos nisso.

Pensei no que seria se Ethan me deixasse ali sozinha e isso bastou para que eu caísse em pranto. Por mais que eu não quisesse admitir, era gostoso ser abraçada por ele. Lágrimas escorriam pelas minhas faces, e eu me agarrei a Ethan, perto do desespero. Ele me levantou nos braços, depois me depositou numa das camas, praticamente em seu colo. Ainda me segurava, uma mão amparando minha cabeça, mantendo-a ao encontro do seu peito, e a outra afagando minhas costas de cima para baixo.

As carícias me distraíram o suficiente para que eu lentamente esquecesse meu desespero e o ambiente que me cercava. O ar dentro dos túneis era frio, mas o corpo de Ethan era quente e aconchegante. E o cheiro delicioso... Ele usava algum tipo de perfume, sutil, mas com um aroma sensual e mundano. Inalei profundamente, em parte para refrear as lágrimas, em parte porque queria sentir de novo o cheiro dele.

Ele me levou para o colo dele de vez e eu não achei que aquele ainda fosse um abraço do tipo "não chore mais, por favor". Engoli em seco, com a pulsação acelerada, enquanto imaginava o que aconteceria em seguida. Eu deveria ficar sentada ali com o rosto escondido no peito dele? Ou deveria levantar a cabeça para que ele me beijasse? Ou deveria ir para o meio do cômodo ordenando que ele afastasse as mãos de mim?

Nunca fui uma pessoa indecisa, mas Ethan deixava minhas células cinzentas tão atrapalhadas que eu não conseguia fazer nada além de continuar sentada, com as engrenagens do cérebro girando sem utilidade alguma. O queixo afagava o topo da minha cabeça de um lado para o outro, as mãos massageavam os músculos das minhas costas. Em outras circunstâncias, eu poderia pensar que ele tentava me acalmar, mas com a cabeça apoiada em seu peito daquele modo, eu conseguia ouvir a aceleração das batidas do coração dele. Praticamente prendi a respiração em antecipação, o meu pulso estava acelerado para acompanhar o dele. Aproximei-me do seu calor.

Acho que eu estava um tanto tensa, porque Ethan riu de mansinho, o som me amoleceu por dentro.

– Relaxe, Dana – ele disse. – Eu não mordo. E prometo não devorá-la.

O calor do meu rosto seria capaz de queimá-lo por cima da camisa. Já era ruim eu estar nervosa, ainda pior era o fato de ele *saber* disso. E de rir de mim.

Está bem, ele ria de mim, mas ainda me abraçava, mais ainda...

Forcei-me a soltar a respiração.

– Eu, hum... Só tenho dezesseis anos – eu disse. – Isso tudo é meio que novidade para mim. – E eu não sabia bem o que um cara de dezoito anos esperaria de mim. Quero dizer, ele basicamente era um adulto e eu... E eu não.

– Não esquenta – ele garantiu. – Meus dezesseis anos não foram há tanto tempo assim. Lembro bem o que é isso.

Duvido sinceramente que ele fosse remotamente parecido comigo aos dezesseis anos. Ele tinha confiança demais para que eu acreditasse que fosse tímido com as garotas. Mas foi boa a tentativa dele de me fazer sentir melhor.

– Posso supor que você não tem namorado? – ele perguntou.

Eu tinha medo de falar porque eu poderia dizer alguma idiotice, por isso só balancei a cabeça. Ele colocou um dedo debaixo do meu queixo, e eu inclinei a cabeça para fitá-lo. Senti a respiração presa na garganta, e um tremor agradável percorreu minha espinha. Seus olhos, normalmente claros, estavam escuros e com as pupilas dilatadas, e ele olhava para mim como se eu fosse um bocado de doce que ele estava morto de vontade de comer.

Ele abaixou a cabeça e pressionou os lábios contra os meus.

Meu cérebro ficou completamente sobrecarregado. Os lábios de Ethan eram quentes e úmidos ao me acariciarem, e ele tinha sabor de cereja. Tentei imitar os seus movimentos, mas me senti totalmente desajeitada, certa de que não estava fazendo nada direito.

A língua dele contornou a junção dos meus lábios até que eu abrisse a boca. Ele aprofundou o beijo, e eu praticamente me afoguei no sabor, no toque e no cheiro dele. No entanto, por mais sensual que ele fosse, por mais atraída que eu estivesse, eu não tinha certeza de querer trilhar aquele caminho. Estava sozinha com ele numa caverna escondida e o beijava, sentia o quanto ele estava gostando daquilo, e não o conhecia o bastante para saber se ele pararia quando eu quisesse.

Ethan interrompeu o beijo e afastou meu cabelo do rosto com suavidade. Eu estava tão confusa e envergonhada que não conseguia encará-lo, mas também não conseguia desviar o olhar. Ele sorriu para mim.

– Você precisa parar de pensar tanto – ele disse num murmúrio hipnótico ao se inclinar para outro beijo.

Não sei onde encontrei coragem para falar, mas disse:

– Minha mãe decidiu não pensar muito quando estava com meu pai e isso não deu muito certo.

Ethan riu e se afastou.

– Permita-me discordar – disse ele, com a mão traçando o contorno do meu rosto, depois descendo de leve pelo meu pescoço. – Acho que deu *muito* certo.

Foi uma bela cantada e me senti corar de prazer. Uma parte minha pulava e gritava "Não seja criança!" Afinal, é só um beijo.

Mas não consegui deixar de me lembrar dos avisos de Kimber. Ethan era um jogador e não importava o quanto ele fosse delicioso, eu não queria ser o seu brinquedo.

– Não acho que essa seja uma boa ideia – eu disse e tentei sair do colo dele.

Não fiquei completamente surpresa quando ele me segurou mais firme.

– Não precisa ter medo de mim – disse ele.

Foi outra boa tentativa. Atingindo minha vaidade, atiçando-me a provar que eu não era medrosa. Mas era meio óbvia, e eu não cairia nessa.

– Solte-me – eu disse com calma, ainda que houvesse uma pontada de pânico em meu íntimo. Se ele quisesse me pressionar, eu não teria como detê-lo. Por isso, acho que sim, eu estava com um pouco de medo dele.

Estando preparada para enfrentar uma batalha, fiquei gratamente surpresa quando Ethan me tirou do colo colocando um pouco de distância entre nós. E nem parecia aborrecido comigo.

– Melhor? – perguntou, com um dos seus sorrisos de canto.

Duvido que ele já tivesse sido dispensado antes, mas me pareceu que estava levando numa boa. O que me deixou com remorso por desconfiar. Se ele estivesse mesmo querendo brincar comigo, por certo não iria desistir tão fácil.

Soltei um suspiro frustrado. Talvez ele estivesse certo, e eu devesse parar de pensar tanto. Mas eu não sabia como fazer isso. Cruzei as mãos no colo e olhei para elas, querendo saber o que havia de errado comigo. Se alguém como Ethan me beija, eu deveria me tornar uma poça de sei lá o quê, e não ficar analisando o beijo até a morte. Talvez eu seja frígida.

– Não fique tão triste – Ethan disse. – Você tem o direito de dizer não.

Arrisquei uma olhada na sua direção, e ainda não havia sinal de aborrecimento ou de frustração no rosto dele.

E então – totalmente contra a minha vontade, juro – meus olhos abaixaram e eu pude ver que, por mais que ele não estivesse com raiva nem nada, ele ainda sentia bastante vontade que eu mudasse meu não para um sim. Naturalmente, desviei o olhar rápido, mas meu rosto se aqueceu com novo rubor.

Em um de seus momentos sóbrios, quando minha mãe insistiu que tivéssemos a "conversa", apesar de eu saber a história da "cegonha" há muito tempo, ela me advertiu que os garotos alegariam sofrer quando excitados se eu me recusasse. Já que eu tinha certeza de que Ethan notara a direção do meu olhar, e ele teria de ser cego para não ver meu rubor, pensei que aquela seria a hora perfeita para ele iniciar uma viagem de mea-culpa. Mas ele não fez isso.

Ethan riu, mas o som era quente e amigável, sem sinal algum de zombaria.

– Isso não vai me matar – ele disse. – E lembre, prometi não tirar vantagem de você. Mantenho minhas promessas. Tudo o que eu queria era beijar você.

– Mesmo? – perguntei, e tenho certeza de que minha voz traiu minha incredulidade. Relanceei para ele por baixo dos cílios.

– Por que acha isso tão difícil de acreditar?

– Bem, hum... Você é... hum... mais velho do que eu. E, hum... – Ai, Deus, por favor, me mate agora. Eu não queria ter tido aquela conversa, muito menos fazer papel de tola, mas meu cérebro ainda não havia se recuperado de sua última paralisação, e eu parecia não conseguir fazer que sequer uma frase coerente saísse da minha boca.

Ethan me livrou do meu suplício dizendo o que fui tímida demais para dizer:

– Só porque não sou virgem não significa que beijar tenha se tornado um meio para chegar a um fim. Acredite ou não, na verdade eu gosto dos beijos por si sós. – Ele me deu um daqueles sorrisos sensuais peculiares que fizeram minhas entranhas farfalharem.

– Então você só quer um beijo? – perguntei. Uma vozinha na minha cabeça me dizia que eu estava me encaminhando para um lugar bem escorregadio. Mandei essa voz se calar.

– Bem, talvez mais do que um, mas é isso, sim.

Hesitei mesmo assim.

– Olha, se eu tentar forçá-la a fazer algo que não quer, você vai me impedir e nunca mais confiar em mim. Não quero arriscar isso.

Meus ombros penderam um pouco. Era muito cansativo estar sempre na defensiva, sempre de olho em ameaças potenciais. Há tanto tempo eu fazia isso porque não podia confiar que mamãe me protegesse. Estava cansada disso, e parte dos motivos que me levaram a Avalon era tentar me livrar do peso constante e opressor da responsabilidade. Por isso, ao diabo com os avisos de Kimber e ao inferno os meus próprios receios!

Levantei o queixo e me obriguei a encarar Ethan como se eu tivesse toda a coragem do mundo.

– Está bem.

Não me sentei no colo dele dessa vez, só me aproximei e ofereci minha boca. Quando os lábios dele tocaram os meus, senti um choque, como se uma descarga elétrica tivesse percorrido meu corpo, dos lábios à ponta dos pés e dos cabelos, de repente foi surpreendentemente fácil parar de pensar e só sentir.

Ele me provocou com beijos suaves, e eu arfei de prazer. Ele não precisou me coagir a abrir a boca dessa vez, e sua língua avançou para saborear. Outro choque elétrico delicioso me atravessou e eu o abracei pelo pescoço, deliciando-me com o sabor e com o toque dele. Meus braços e pernas formigavam, e era como se uma camada de neblina encobrisse minha mente.

Respirei a fragrância de Ethan, deliciei-me com o calor do corpo dele, devorei seus beijos de sabor cereja, e meu bom senso não tinha nada a ver com isso. De algum modo, acabei deitada na cama, e com a cabeça no travesseiro enquanto Ethan se curvava sobre mim, com o peito contra o meu. Em um canto distante da minha mente, notei que o peso dele pressionava o camafeu na minha pele, e que ele, mais uma vez, estava estranhamente quente. Em seguida, ele começou a me acariciar na lateral do corpo por cima da camiseta e eu parei de pensar de vez. Ele se mantinha distante de qualquer coisa... sensível, mas meu corpo estava bem ciente das possibilidades. Se minha boca não estivesse ocupada, eu poderia ter pedido que ele quebrasse sua promessa.

A língua dele começou a entrar e a sair da minha boca num ritmo sugestivo que me fez gemer. Todos os meus nervos tiniam, um calor se acumulava em meu centro, e tudo isso era muito, muito bom...

Como eu disse, eu não estava pensando e, no mínimo, meu cérebro estava enevoado, mas suponho que em algum nível subconsciente, minha guarda nunca chegou a abaixar por completo. O formigar, o calor, a mente velada... Tudo isso me fazia lembrar alguma coisa. Eles me lembravam como me senti ao beber o mingau extra dosado de Kimber.

Essa percepção foi como um balde de água na cabeça, e a névoa se dissipou como se nunca tivesse estado lá. Definitivamente havia algo de muito errado naquilo tudo. Eu não poderia ter passado do feixe de nervos de alguns instantes antes a essa mulher sensual, relaxada e completamente à vontade de agora. Não sem alguma ajuda externa, isto é... Empurrei o peito de Ethan e fiquei aliviada de verdade quando ele parou. Minha respiração saiu entrecortada e a pulsação estava nas alturas, mas tive certeza absoluta de que Ethan havia feito alguma coisa. Além de beijar, claro.

– O que fez comigo? – exigi saber, esforçando-me para sentar.

Ethan nem tentou fingir não saber do que eu falava.

– Calma – ele disse –, foi só um feitiço simples para você relaxar.

Eu estava de pé num segundo, encarando-o horrorizada.

– Quer dizer que fez algum tipo de feitiço sedativo? – exclamei. A humilhação ardia em meu rosto, fazia-me querer me enrolar numa bola e morrer. Será que eu podia ser mais ingênua que isso? Por que não dei ouvidos a Kimber?

Ele franziu o cenho, mostrando-se genuinamente surpreso com a minha reação.

– Não, não é nada disso. – Ele se levantou e deu um passo na minha direção.

Eu não pensei. Só reagi com toda a dor, fúria e, sim, medo do que havia dentro de mim. Quando ele me alcançou, levantei o joelho e acertei-o onde mais doeria. Ele se dobrou ao meio, segurando as partes privadas. Tremendo numa reação tardia, agarrei a lamparina de querosene e saí na direção do túnel, esperando que meu senso de direção, pela primeira vez, não me deixasse na mão.

Capítulo 13

As lágrimas corriam pelas minhas faces enquanto eu corria, tentando contar os túneis que passavam a fim de virar no certo ao mesmo tempo em que procurava aumentar a distância entre mim e aquele horrível quarto, antes que Ethan se recuperasse. Nem ao menos me preocupei em enxugá-las, só continuei a correr até sentir os pulmões implorando por oxigênio e os músculos das pernas queimando. Fiz as duas curvas necessárias que deveriam ter me levado diretamente à civilização, mas não vi nenhum sinal da boate e da escadaria que levaria para a superfície, muito menos ouvi o eco distante de vozes. Continuei correndo na esperança de apenas ter calculado mal a distância, no entanto, nada. Tentei voltar para ver se tinha virado no túnel errado, perdi, porém, a noção de quanto havia corrido e isso só serviu para que eu ficasse ainda mais confusa.

O pânico se infiltrou nos cantos da minha mente, enquanto eu admitia estar completamente perdida. Continuei correndo, tentando refazer meus passos, e procurando me movimentar a fim de não ter de enfrentar o pavor que se avolumava em meu cérebro.

No fim, tive de parar, a exaustão venceu o terror. Caí no chão do túnel e arfei à procura de ar, tão resfolegante que pensei que fosse vomitar.

Aquela boate estava ali embaixo em algum lugar e não poderia estar tão longe, tentei me convencer. Além do mais, Ethan havia dito que existiam outras partes povoadas ali. Mesmo que não conseguisse encontrar a boate, eu acabaria me deparando com algum sinal de civilização. Só porque eu estava perdida não significava que eu morreria, não importando o quão... assustador isso fosse.

Com um gemido, forcei-me a levantar. Eu estava tão cansada e angustiada que não parecia capaz de enfrentar a aparente impossível missão de sair dali. No entanto, eu não tinha alternativa. Relanceei para a lamparina e estremeci ao constatar que o querosene não duraria para sempre.

Arrastei-me pelo que pareceram quilômetros, tentando manter uma linha reta na esperança de que se continuasse a andar, no fim eu chegaria ao outro lado da montanha e lá houvesse uma saída. Entretanto, toda vez que eu parecia estar progredindo, o túnel chegava ao fim ou fazia uma guinada abrupta. Até onde eu podia saber, estava andando em círculos.

Meus pés e minhas pernas doíam, o querosene estava no limite e eu estava com tanto medo que mal raciocinava. Parei no meio de um corredor parecido com todos os outros e me sentei com as costas contra a parede, permitindo-me um ou dois minutos de precioso descanso antes de me enfiar na escuridão de novo.

Dobrei os joelhos contra o peito e pendi a cabeça contra eles. Imaginei que chorar seria a coisa certa a fazer, mas meus olhos permaneceram secos. Eu estava sobrecarregada emocionalmente e me sentia entorpecida e sem forças.

– Pode me perdoar a ponto de permitir que eu a leve para fora daqui? – Ethan perguntou, e eu a princípio imaginei que tivesse cochilado.

Levantei a cabeça e lá estava ele, a poucos metros de distância, sentado com as costas contra a parede, exatamente como eu. Ele tinha a lanterna na mão e mal se parecia com o feérico metido e cheio de si que conheci. Os ombros estavam caídos, a cabeça pensa e a expressão do rosto desolada.

Eu só podia estar sonhando, um daqueles sonhos que a gente tanto quer que seja verdade. Embora eu tivesse de admitir que ele parecia bem real.

– Isso só pode ser um sonho – disse eu voz alta. – Não é possível que você tenha me encontrado.

– Não se eu tivesse perdido você – ele disse, girando a lanterna entre as mãos. – Corri rápido e você estava segurando a lamparina, por isso consegui alcançá-la antes que você se afastasse demais. Deduzi que você precisava de tempo para se acalmar, então mantive a distância até agora.

O que quer dizer é que manteve a distância até ter certeza de que eu não conseguiria sair daqui sozinha, pensei, mas não disse. Resolvi que aquilo não era um sonho no fim das contas, no entanto, a minha vontade de falar com Ethan era nula no momento, por isso só o encarei friamente.

O olhar gélido teria surtido mais efeito se ele estivesse de fato olhando para mim, mas ele ainda parecia fascinado pela lanterna.

– O feitiço não anulou o seu livre arbítrio, Dana – ele disse para a lanterna. – Se tivesse, você não teria conseguido despertar dele. Foi só um feitiço calmante. Você não fez nada que já não tivesse concordado em fazer.

– Ok – eu disse, esquecendo meu plano de não falar com ele –, em vez de ser um tipo de sedativo, foi algo parecido com embebedar a garota na esperança de se dar bem.

A cabeça dele levantou de súbito, e ele olhou para mim pela primeira vez.

– Também não é nada disso! – exclamou com certo calor nas palavras. Isso pareceu envergonhá-lo e ele desviou o olhar de novo. A voz suavizou. – Eu só imaginei que você aproveitaria mais se não estivesse tão nervosa. Entendo que foi uma idiotice. Mas não houve nenhuma malícia nisso, e eu não tinha intenção alguma de me aproveitar de você. Desculpe por agir como um idiota.

Minha respiração saiu num assovio. Ele parecia tão derrotado que foi difícil duvidar que estivesse dizendo a verdade. Mas eu não estava nem um pouco perto de perdoá-lo.

– Lembra que disse que se você tentasse alguma coisa, eu nunca mais confiaria em você? Bem, no que me diz respeito, você tentou uma coisa. E eu não confio mais em você.

Ele se retraiu fisicamente, e eu quase me senti mal a respeito. Quase.

– Entendido – ele disse. – Mas presumo que aceitará minha ajuda para sair daqui.

– E ir aonde?

– Onde você quiser.

Refleti a respeito um instante. Eu tinha certeza absoluta de que não queria voltar para aquele quartinho horroroso do túnel, mas tampouco queria ser prisioneira de tia Grace. Não até eu ter tempo para considerar minhas opções, pelo menos. Eu estava sem dinheiro e sem documento, por isso ainda precisava de ajuda, apesar de que, àquela altura, eu preferiria não ter de depender de ninguém. Ethan me forçara a encarar que a única pessoa na qual eu podia confiar totalmente era eu mesma.

– Você poderia me registrar num hotel incognitamente? – perguntei. Não era o que eu chamava de solução permanente, pois eu, *de fato*, tinha esperanças de encontrar meu pai no dia seguinte, mas era melhor que me esconder no Submundo ou dormir no sofá de Kimber aguardando que tia Grace aparecesse para mais uma inspeção surpresa.

Vi de cara que Ethan não gostou nem um pouco da sugestão, mas sua resposta foi branda o bastante.

– Você estaria bem mais segura num lugar menos público.

– Se está pensando que vou voltar para aquele buraco, você enlouqueceu. Por isso, a menos que queira me manter aqui contra a minha vontade, é um hotel ou nada.

Ele soltou um suspiro dramático.

– Está bem, então. Conheço um lugar um pouco afastado. É menos seguro do que eu gostaria, mas... – Ele deu de ombros.

Com um gemido de dor, forcei-me a ficar de pé.

– Mostre o caminho.

A hospedaria para a qual Ethan me levou era pequena, do tipo acomodação e café da manhã, em vez de um hotel de verdade. Estava encravada bem na lateral da montanha e tinha presença com as heras agarrando-se às paredes e floreiras nas janelas carregadas de flores, mas sem nenhuma rosa, o que me dizia que os donos eram humanos. Eu estava farta dos feéricos de modo geral, por isso fiquei bem satisfeita.

Ethan me fez esperar do lado de fora enquanto reservava o quarto. Ele não achava uma boa ideia eu ficar frente a frente com o dono do lugar e acho que ele tinha razão. Eu era meio jovem para pagar pelo quarto e parecia americana até a raíz dos cabelos. Tudo isso formaria um quadro um tanto suspeito.

Era quase meia-noite e as ruas de Avalon estavam sossegadas. Não havia pedestres, e só um carro ou outro passava de vez em quando. Obviamente a vida noturna de Avalon era bem monótona.

Enquanto eu esperava que Ethan voltasse me dizendo que eu podia entrar, atravessei a rua e mais uma vez fiquei de frente para a grade de proteção, olhando ao longe além de Avalon. Era muito mais difícil perceber as mudanças no escuro, mas o modo como as luzes ao longe ligavam e desligavam conforme eu mudava o foco da minha visão, provava que elas não sumiam miraculosamente – nem era fruto de algum feitiço lançado por Ethan.

Dei as costas quando a visão começou a me deixar tonta de novo. Ethan estava saindo da hospedaria e vi um momentâneo alarme em seu rosto quando ele percebeu que eu não estava exatamente onde havia me deixado. Então seus olhos me localizaram, e ele soltou um suspiro de alívio.

Atravessou a rua correndo na minha direção, tentando não se aproximar demais. Ele sabia que ficaria permanentemente na minha lista negra e, embora ele merecesse, eu não consegui deixar de sentir falta da paquera e do humor fácil. Acho que seus sorrisos e suas brincadeiras me ajudaram a deixar a maior parte do medo de lado, e eu desejei poder ter isso de volta.

Ethan se recostou no gradil, olhando para Faerie, e eu me recostei ao contrário, fitando a pousada.

– Precisei acordar o dono para conseguir um quarto – Ethan disse. – Acho melhor esperarmos uns quinze minutos antes de entrarmos.

Bufei.

– E o que o faz acreditar que vamos entrar juntos?

– Porque não vou acomodá-la num quarto até verificá-lo pessoalmente e me certificar de que ele é seguro. E estou com a chave.

Levantei uma sobrancelha.

– Acha que tia Grace pode estar se escondendo debaixo de uma das camas?

Estava bem escuro e eu não tinha muita certeza, mas podia apostar que ele corou diante disso.

– Acho que estou sendo meio paranoico – ele disse. Mas eu não conseguia deixar de pensar que talvez ele tivesse esperanças sobre o que poderia acontecer se estivéssemos sozinhos num quarto confortável.

Estendi a mão.

– Me dê a chave.

Ele colocou uma coisa na minha mão, mas não era a chave; era um celular.

– Programei o telefone da minha casa nele. E o da casa e do celular de Kimber também. Se tiver qualquer problema, ou se algo a deixar nervosa, ligue para um de nós. De preferência para mim, já que sei fazer o feitiço da invisibilidade, podendo vir para cá sem que ninguém me siga. Mas entenderei se eu não for a sua primeira escolha depois do que... – Ele deu de ombros.

– Obrigada – eu disse, enfiando o aparelho no bolso da calça. – Agora me dê a chave.

Não havia como não perceber a relutância dele, mas Ethan me entregou a chave mesmo assim.

– Quarto 201, logo à direita das escadas. Por favor, não saia do quarto até que tenha falado com Kimber ou comigo. Se seu pai ainda estiver preso, tentaremos encontrar um lugar melhor para você. Esta pousada fica bem afastada, mas tive de usar meu cartão de crédito para pagar pelo quarto. Se alguém conseguir acessar os registros do cartão – o que não me parece muito aquém do que Grace é capaz de fazer – então você ficar aqui é o mesmo que colocar um imenso e luminoso cartaz dizendo "Dana está aqui".

Ah, Deus. Mais uma coisa com que me preocupar. Naquela noite, porém, eu estava exausta demais para gastar energia com mais preocupações.

Acenei de leve para Ethan em vez de me despedir, e atravessei a rua, indo direto para a pousada sem olhar para trás.

Dormi como uma pedra. O que foi bom, senão eu teria passado a noite obcecada, e não pela coisa certa.

Imagino que eu tivesse todo o direito de me preocupar com a situação, com meus medos com o futuro, sobre em quem eu poderia confiar. Mas quando despertei naquela manhã, qual foi a primeira coisa na qual pensei? No beijo de Ethan. Alguém viu meu senso de proporção em algum lugar? Porque, obviamente, eu o perdi por aí.

Tentei não pensar a respeito enquanto fazia minha primeira visita ao banheiro antes do café da manhã. Tentei não pensar nisso ao tomar banho e escovar os dentes. Tentei não pensar de novo enquanto me vestia – ainda as roupas doadas por Kimber, já que, claro, não tinha nada para chamar de meu.

Obviamente, tentar não pensar a respeito, estimar o quanto de prazer se originara de mim e o quanto proviera do feitiço, imaginar se eu havia exagerado em minha reação, de nada adiantaria, já que minha mente não tinha mais nada com que se preocupar. Por isso tentei focar em outra coisa.

Tirei o celular de Ethan do bolso, depois fiquei olhando para ele por uns bons minutos de indecisão antes de ligar para o número da minha mãe. Sim, era tarde da noite nos Estados Unidos, mas não achei que ela se importaria. Também não achei que ela pudesse me ajudar – era bem difícil conseguir fazer alguma coisa quando seu cérebro estava cercado por uma poça de álcool. Mas seria legal ouvir uma voz familiar, mesmo que ela passasse a ligação inteira gritando comigo, que é o que eu esperava.

Que tola otimista fui ao imaginar que ela atenderia. Ela devia estar superchateada por eu ter fugido, e eu bem sabia o que ela fazia quando estava aborrecida. Tentei calcular quanto tempo essa última bebedeira duraria.

Desliguei sem deixar mensagem. De que adiantaria?

Relanceei para o relógio. Passava pouco das nove e eu não fazia ideia de quando Ethan ou Kimber me procurariam. Kimber havia me contado que meu pai se apresentaria ao Conselho em algum momento daquele dia. Era cedo demais ainda para esperar que ele estivesse em casa, mesmo que o Conselho o visse logo cedo.

Passei o dedo por debaixo da camiseta e toquei no camafeu. Em toda a... a excitação da noite anterior, eu me esqueci como ele havia esquentado de novo. Ele estava fresco e normal agora. Talvez fosse uma espécie de anel do humor. Tentei me lembrar de todas as vezes em que senti o calor estranho e percebi um padrão: ele esquentava toda vez que alguém usava magia ao meu redor. Não o notei toda vez que magia era usada, mas ele só ficava em contato com a minha pele estando debaixo da camiseta.

Fiz uma careta. A primeira vez que notei que ele esquentava foi quando cantei na cela debaixo da padaria de Lachlan. Talvez a magia estivesse sendo usada por perto sem que eu soubesse. Ou talvez eu estivesse simplesmente inventando um padrão inexistente. Depois disso, eu não conseguia me lembrar especificamente se o camafeu estava sobre ou sob a camiseta todas as vezes que não o senti esquentar quando a magia era utilizada.

Mesmo tendo resolvido que era cedo demais para meu pai ter saído da cadeia, peguei o telefone de novo e teclei o número dele. Afinal, não custava nada tentar.

Ele atendeu no terceiro toque.

– Alô?

Fiquei tão surpresa que não consegui responder. Será que eu tinha tanta sorte assim? Ou a história de ele estar preso não passou de uma grande mentira?

– Oi, pai – eu disse quando reencontrei a voz.

– Dana! – O grito dele foi tão alto que tive de afastar o telefone. – Onde você está? Estou morto de preocupação com você!

Engoli em seco, desejando poder abafar os sinos de alerta que tocavam em minha cabeça.

– Tia Grace me prendeu num calabouço – eu disse, o que foi um ligeiro exagero. O quarto no qual fiquei presa era bem confortável, mas mesmo assim...

Papai deu um suspiro profundo.

– Dana, querida, sinto muito. Eu deveria ter previsto que Grace tentaria algo assim, mas às vezes fico cego no que se refere a ela. Apesar de que ela não a teria machucado. Tenho certeza disso. E eu teria encontrado e tirado você de lá em seguida.

– Bem, outras pessoas chegaram antes, e tenho de admitir que estou me sentindo meio assustada.

– É perfeitamente aceitável depois de tudo que passou. Diga-me onde está que vou buscá-la agora mesmo.

O que eu mais queria era dizer minha localização, deixar que meu pai viesse e cuidasse de mim, afastando todas as coisas ruins. No entanto, conexão genética ou não, ele era um estranho para mim, e eu queria algumas respostas antes de me jogar em seus braços.

– Tia Grace me contou que você estava preso. – Tentei fazer que não soasse como uma acusação.

– Sinto que isso seja verdade – ele admitiu. – Suspeito que Grace tenha orquestrado isso para garantir que ela a pegasse antes de mim.

Um bolo se formou na minha garganta porque o instinto, ou o cinismo, disse-me que eu não gostaria da resposta da minha pergunta seguinte.

– Quando você saiu?

– Ontem – ele respondeu, e apesar de eu ter antecipado a resposta, senti os joelhos bambos a ponto de ter de me sentar na beira da cama. – Estou procurando você desde que fui libertado – prosseguiu. – Grace disse que Lachlan foi atacado e que você foi sequestrada. Eu sabia que trazê-la para cá provocaria certo drama, porém, jamais imaginei nada parecido. Sinto muito.

No dia anterior contei um segredo a Kimber que nunca contei para ninguém antes. Eu de fato me permiti confiar nela. E o tempo todo ela mentiu para mim, fingindo ser minha amiga a fim de poder me manter longe do meu pai. Saber disso fez meu corpo todo, dos pés à cabeça, doer. Toda a minha precaução de sempre e eu caí como um patinho.

– Sim, foi mais ou menos isso o que aconteceu – eu disse, com minha voz rouca por causa das lágrimas que reprimia.

– Você está bem? – ele perguntou, soando como um pai preocupado deveria soar. Sua preocupação era apenas mais um ato? Será que alguém em Avalon me contaria a verdade?

– Estou bem – menti.

Papai hesitou. Qualquer idiota poderia dizer ao ouvir minha voz que eu estava muito longe de me sentir bem, mas eu não estava pronta para falar. Ainda bem que ele deixou passar.

– Deixe-me ir buscá-la – ele pediu. – Podemos falar mais pessoalmente.

– Estou na Pousada Stone's Throw – informei. – Quarto 201.

– Estarei aí no máximo em quinze minutos.

– Ok. – Desliguei o telefone de Ethan sem me despedir, deixando-o no criado-mudo.

Capítulo 14

Os quinze minutos que esperei até a chegada do meu pai foram mais que suficientes para que eu imaginasse como seria o nosso encontro. Todos os que conheci em Avalon até ali mentiram para mim de algum modo, meu pai era um deles. Afinal, enviou-me o camafeu sem me dizer que usá-lo seria o mesmo que afirmar que eu torcia pelo Time Seelie. E sempre me perguntei por que ele me mandou a passagem sem perguntar se minha mãe estava de acordo. Eu estava preparada para passar por cima desse pequeno detalhe porque eu queria muito o que ele me oferecia, mas hoje eu sabia que devia ter feito mais perguntas.

Pensei que ouviria seus passos na escada antes que ele chegasse, mas não ouvi. A batida repentina à porta me sobressaltou e não respondi de pronto, com meus pés estando praticamente grudados no chão.

– Dana? – ele perguntou. – Você está bem, querida?

Soltei o ar que nem sabia que estava prendendo e enxuguei o súbito suor de minhas palmas nas calças. Então destranquei e abri a porta, vendo meu pai pela primeira vez.

Os feéricos, pelo menos depois de chegarem à idade adulta, tornavam-se imutáveis. Intelectualmente eu sabia isso, mas não fiquei menos chocada ao abrir a porta para um homem que eu sabia ser meu pai e ver alguém que aparentava vinte e cinco anos.

Ele tinha a típica estrutura física dos feéricos, alto e delgado, mas exalava um senso de força rígida. O cabelo era loiro claro, cortado bem curto entorno do rosto aristocrático. Os olhos eram do mesmo tom de azul dos de Grace – e dos meus, para falar a verdade –, havia, porém, um tipo de... peso neles que o tornava mais velho. Apesar da aparência jovem do rosto, os olhos não eram de um moço.

– Dana – ele disse, a voz soava quase maravilhada ao me olhar de cima a baixo. Senti como se estivesse sendo inspecionada, mas já que eu fazia o mesmo, não poderia reclamar.

Por um instante pensei que ele iria me abraçar; fiquei tensa. Na verdade não sou do tipo de pessoa que toca os outros nem nos melhores momentos, e aquele não era um deles.

Fiquei mais aliviada do que conseguia admitir quando ele estendeu a mão e segurou a minha em vez disso. Ah, a famosa reserva feérica. Quase me esqueci dela, já que Ethan não se enquadrava no padrão.

Esquivei-me de pensar em Ethan.

– Oi, pai – eu disse, sentindo-me completamente esquisita ao chamá-lo assim. Pelo telefone não me pareceu tão estranho.

– Minha pobre criança – ele disse com suavidade, apertando minha mão. – Não posso imaginar o que passou nesses últimos dias.

Estremeci. Não, ele não poderia.

– Vamos para casa – ele continuou. – Peguei sua mala e o *laptop* com Grace. – Sorriu. – Suspeito que ficará mais à vontade em suas próprias roupas.

– Antes de irmos – eu disse –, gostaria de perguntar uma coisa.

Ele assentiu gravemente.

– Está bem.

– Por que estava tão ávido para que eu viesse para Avalon?

Ele piscou surpreso.

– Descubro que tenho uma filha que nunca vi e é uma *surpresa* que eu queira encontrá-la? – perguntou incrédulo.

– Mas nem perguntou sobre minha mãe. Nunca achou engraçado só falar *comigo* a respeito dos planos. Há mais nisso do que se pensa na superfície. – Minha garganta apertou, mas acho que consegui esconder a dor da voz.

Papai suspirou.

– Dana, entendi o que significava a sua mãe ter desaparecido de minha vida sem que me dissesse que estava grávida. Significava que ela queria manter-me longe de você. Desde a primeira vez em que você e eu conversamos, eu sabia que você agia pelas costas dela e que ela a teria detido se soubesse.

Parecia plausível, eu tinha de admitir. Mas se havia uma coisa que eu sabia com certeza agora era que todos os avisos de minha mãe quanto à minha posição difícil na política de Avalon eram verdadeiros. Talvez meu pai desejasse mesmo encontrar sua, há tempos desaparecida filha, só por minha causa mesmo, mas não achei que fosse só isso.

– Então você querer que eu viesse para cá nada tem a ver com o fato de você desejar se tornar Cônsul e de que talvez eu seja uma faeriewalker.

Ethan e Kimber tinham mentido para mim a respeito de muitas coisas, mas vi de pronto pela expressão no rosto do meu pai que essa não era uma delas. Esse silêncio foi ainda maior que o anterior. Quando ele por fim o quebrou, vi que ele escolhia as palavras com cuidado.

– Entendo que minha posição possa tornar difícil para você confiar em meus motivos. Sim, eu adoraria ser Cônsul. Mas eu desejava conhecê-la porque você é minha filha, não por fazer parte de minhas ambições políticas.

Minha garganta fechou de novo. Ele me dizia exatamente o que eu queria ouvir. E eu também queria muito que isso fosse a verdade.

Papai pressionou os lábios.

– Vou arriscar dizer que foi o chamado Submundo Estudantil que a raptou. Estou certo?

Lancei um olhar cético.

– Já que liguei do telefone de Ethan, eu diria que seu palpite é bem certeiro.

Ele assentiu.

– De fato. E quando foi que Ethan lhe contou a respeito dele próprio e de seu Submundo?

Ai, Deus! Por favor, não me diga que vou ouvir algo que não quero saber de jeito nenhum!

– Vou tomar seu silêncio como uma resposta de que você não sabe muito – papai disse. – Ethan é filho de Alistair Leigh, que é o candidato líder dos unseelie para o posto de Cônsul. Naturalmente, Ethan e seu Submundo apoiam a candidatura de Alistair, portanto, o que quer que ele tenha lhe dito a meu respeito pode ter sido tingido pela sua própria tendência política.

Sim, isso é algo que eu preferiria não saber.

Então era por isso que Ethan estava interessado numa não tão atraente colegial mestiça. Não por ter se apaixonado por mim à primeira vista. Já era ruim o bastante acreditar que me desejava só como mais uma em sua lista, mas pensar que ele me seduziu com frios objetivos políticos era insuportável.

Como desejei ter sido forte o bastante ontem à noite e não ter deixado que ele me beijasse. Senti um gosto amargo na boca, e naquele momento eu diria que o odiava. Ele acabou com o meu primeiro beijo!

Lembrei o quanto Kimber tentou me convencer que Ethan não era bom para mim. Ela até mesmo disse que ele se sentia atraído pelo meu poder. Ela tentou de todos os modos me prevenir sem exatamente explicar sobre o que ela me prevenia. Uma pena que ela mesma estivesse ocupada demais me esfaqueando pelas costas enquanto me "ajudava".

Engoli o bolo formado em minha garganta, determinada a lidar com meu coração partido mais tarde. Não podia mais confiar em Ethan nem em Kimber; nunca considerei a ideia de confiar em tia Grace; e mesmo que quisesse confiar em minha mãe, ela não atenderia o telefone. Havia um limite no quanto eu podia confiar em *qualquer pessoa*, mas meu pai, o desconhecido, parecia minha melhor opção.

– Podemos sair daqui agora? – perguntei, e meu pai, com um olhar de empatia, concordou.

A Pousada Stone's Throw estava localizada relativamente num ponto mais baixo da montanha, e eu fiquei contente por meu pai ter ido de carro, um esportivo vermelho que deduzi ser um modelo italiano. Sabe, um daqueles que jamais cometeria a gafe de por o ano e o modelo onde qualquer um conseguisse enxergar. Os assentos ficavam tão baixos que acreditei que meu traseiro fosse tocar o chão se passássemos em alta velocidade sobre alguma lombada. Não que eu tivesse visto alguma em Avalon, mas até que seria uma boa ideia.

Papai riu quando entrei.

– Eu sei, é um tanto excessivo para ser usado em Avalon – ele disse, afagando o painel como se fosse seu bichinho de estimação. – Eu adoraria poder dirigi-lo numa estrada do mundo mortal só para ver qual velocidade ele consegue atingir.

O motor roncou quando ele ligou o carro e saiu da vaga do estacionamento indo para a estrada serpenteante e inclinada que nos levaria para o alto da montanha.

– Aposto como conseguiria um monte de multas por excesso de velocidade antes de descobrir isso – murmurei, sentindo a potência do motor conforme ele acelerava sem esforço algum, apesar da inclinação da estrada.

Ele riu.

– É bem provável.

Eu não sabia qual era o limite de velocidade em Avalon – pelo visto não existiam placas de trânsito –, mas eu podia apostar que meu pai o infringia conforme serpenteava pelas curvas. Num momento de pouco juízo, olhei pela janela. Nesse dia claro e iluminado, eu enxergava a quilômetros de distância. Infelizmente, eu via quilômetros e quilômetros de mata verde. Faerie.

Virei-me sem nem piscar. O carro veloz demais já era o bastante para meu estômago sem ter que lidar com a náusea provocada pelo Glimmerglass. Quando olhei para frente de novo, captei o olhar de relance de meu pai, e me preparei para ele me perguntar o que vi. Mas ele não perguntou, e eu fiquei aliviada. Eu não queria falar sobre aquele lance de faeriewalker naquele instante.

A casa do meu pai não era nem um pouco esquisita como a de tia Grace. O andar inferior inteiro era uma garagem para dois carros, mas no espaço destinado ao segundo, havia uma baia de cavalo. Estava vazia no momento, o chão sem palha, mas o leve odor de estábulo deixava claro que a baia não era só para demonstração. Será que papai fazia visitas frequentes a Faerie?

Tivemos de subir uma escada em espiral para chegar ao segundo andar, onde a área de convivência realmente começava. Entrar e sair daquela casa devia ser um pesadelo. (Diz a garota que passou pela tortura de mudar de casa tantas vezes que perdeu a conta.) O simples fato de levar uma única mala por aquelas escadas seria um desafio.

No topo da escada, paramos numa espaçosa sala de estar, com uma minúscula cozinha num dos cantos. A parede inteira que dava para a rua era de vidro do teto ao chão. Tentei evitar a vista – sabe, aquela coisa toda de ver dois mundos ao mesmo tempo – apesar de supor que ela fosse espetacular.

Em vez disso, observei a sala, procurando entender que tipo de homem meu pai era por meio da decoração de sua casa.

O estereótipo dos feéricos me dizia que eles eram antiquados (em grande parte pela maioria deles ter zilhões de anos). A casa de Grace e o apartamento de Kimber se encaixaram nesse estereótipo em sua decoração conservadora. A casa de papai não se parecia com o tipo de moradia escolhido por um feérico. Não com aquelas janelas grandes e modernas, ou a arte moderna nas paredes ou a mobília moderna dinamarquesa. Sempre detestei o dinamarquês moderno, mas era o estilo preferido de minha mãe e eu começava a entender por quê.

– A suíte principal fica no segundo andar – ele disse – e também há um quarto de hóspedes e uma pequena biblioteca no terceiro. – Pelo visto, ele não considerava a garagem um piso. – Gostaria de mudar de roupa e se refrescar? Quem sabe depois podemos nos sentar e nos conhecer melhor?

– Isso seria ótimo – disse, tentando parecer alegre, apesar de agora que eu estava lá, sentir-me nervosa e sem jeito.

– Fique à vontade – meu pai disse, indicando a porta que eu pensei se tratar de um armário para os casacos, mas que no fim se mostrou ser uma escadaria. Acho que, já que os feéricos não eram adeptos a casacos, não precisariam de armários para isso.

Parei com o pé no primeiro degrau, virando para fitá-lo por sobre o ombro.

– Não vai me trancar, vai?

Ele pareceu chocado com a sugestão.

– Claro que não! Você é minha filha, não minha prisioneira. E eu não sou a sua tia Grace.

Era o que eu esperava. Assenti e subi as escadas, apesar de admitir que estava bem tensa ao subir. Quando cheguei ao terceiro andar (ou quarto, dependendo do ponto de vista), vi que o quarto de hóspedes era tão convidativo quando a sala de estar. Parcamente mobiliado, tudo seguindo o estilo moderno dinamarquês e, em vez de uma cama convidativa, havia um futon* duro.

Eu me senti melhor com o quarto quando vi minha mala e a mochila acomodadas num canto.

Nunca antes eu me senti tão contente em ver minhas roupas. Escolhi minhas calças de algodão favoritas e um blusão de moletom pesado que deveria dar um jeito na manhã fria de verão de Avalon. E eu estava mais que pronta para mudar de roupas íntimas, já que a que eu vestia ainda estava úmida por ter sido lavada na pia na noite anterior.

Sentindo-me um tanto paranoica, não fechei a porta do quarto, temendo que, se o fizesse, acabaria presa, apesar da promessa do meu pai. No entanto, fechei a do banheiro enquanto me trocava rapidamente. Continuei temendo ouvir o terrível clique da porta sendo trancada, ou de uma trava, mas nada aconteceu.

Quando terminei de me trocar, escovei os cabelos e os prendi num rabo de cavalo, depois apliquei um *gloss* transparente. Um leve toque de *blush* no rosto, e eu quase parecia com o meu *eu* usual, apesar da expressão assustada nos olhos.

Oras, eu tinha o direito de parecer assustada.

Sentindo-me muito mais confortável em minhas próprias roupas, desci as escadas para ficar frente a frente com meu pai mais uma vez.

Ele estava sentado no sofá, que ficava de frente para uma gigantesca TV de plasma, graças a Deus. Um balde de gelo num tripé estava ao lado do sofá, e havia um par de taças de champanhe na mesinha de centro. Acho que pareci tão surpresa quanto me senti, porque papai respondeu minha pergunta sem que eu tivesse de fazê-la.

– Não é todo dia que um homem conhece sua filha perdida – ele disse. – É o caso para uma comemoração, não acha?

---

* Tipo de colchão japonês. [N.T.]

– Bem, eu... só tenho dezesseis anos. – Essa desculpa não adiantou com Kimber e seu mingau, e também não funcionou com papai.

– Garanto que não seremos presos pela polícia. Venha, junte-se a mim. Temos muito que conversar.

Àquela altura eu não queria falar sobre nada. Eu queria fingir por um tempo que a viagem tinha transcorrido exatamente como eu planejara, que eu tinha vindo direto do aeroporto e que aquele era o início de uma vida melhor.

Sentei-me na outra ponta do sofá enquanto papai se ocupava em abrir a garrafa de champanhe. Estava tensa à espera do estouro da rolha, mas isso não evitou que eu desse um pulo de qualquer modo. Os cantos dos olhos de papai se enrugaram, mas ele não chegou a rir de mim.

Ele serviu as duas taças, depois me entregou uma. Olhei para ela com dúvida. O leite, o mel e a noz-moscada do mingau de Kimber tinham atenuado o sabor do uísque, mas aquilo era champanhe puro. Sei que muitos dos garotos da minha idade estariam exultantes em beber algo alcoólico, mas esses garotos não viveram com minha mãe.

– Pode beber, filha – ele disse.

Devia servir para demonstrar o estado da minha mente o fato de eu não beber nem um gole até vê-lo tomar o seu. Por que eu haveria de desconfiar que meu pai me envenenaria, só Deus podia saber. A qualquer momento eu começaria a me preocupar que "eles" estavam vigiando cada movimento meu. Revirei os olhos para mim mesma e me forcei a experimentar o champanhe.

O mingau se revelou bem saboroso. O champanhe... nem tanto. Não consegui deixar de enrugar o nariz ante seu sabor, ainda que considerasse esse gesto um tanto rude.

– É um gosto adquirido – meu pai me disse.

Deixei a taça na mesinha de centro.

– Não é um sabor com o qual eu queria me familiarizar.

– Por quê? – ele perguntou, inclinando a cabeça.

Desviei o olhar e dei de ombros.

– Bem, sabe, por causa da mamãe.

Um instante de silêncio.

– O que tem ela?

Ela é uma bêbada desde que me lembro. Nunca me ocorreu que em algum momento em seu passado não o tivesse sido. Engoli em seco.

– Ela não bebia muito quando vocês namoraram?

– Ah – papai disse ao abaixar a taça. – Entendo. Ela não bebia nem mais nem menos do que as garotas da idade dela. – Suspirou. – Mas não me surpreendo que ela tenha desenvolvido problemas com álcool. Não há nenhum lugar no mundo como Avalon, e só posso imaginar que se distanciar por completo seja... difícil para alguém que tenha passado a vida inteira aqui.

Suas palavras detonaram uma bomba dentro de mim.

Minha mãe não fora alcoólatra enquanto vivia em Avalon. E ela saiu de Avalon não porque *queria*, mas por estar determinada a me proteger do inferno que era a política de Avalon. E deixar seu lar foi tão difícil para ela que ela passou a beber demais.

Ai, Deus. Todos esses anos que a desprezei, que a culpei... E o fato de ela ser uma alcoólatra era *minha* culpa.

Capítulo 15

Ou eu escondia o que sentia melhor do que imaginava, ou meu pai não era muito observador. Ele estilhaçara completamente minha opinião a respeito de minha mãe em algumas palavras casuais e nem sequer notou.

– Bem, se não quer o champanhe, que tal chá? – ele perguntou.

Eu não queria chá. Não queria nada, exceto, talvez, não ter ouvido o que ouvi. Mas assenti de qualquer modo e papai seguiu para a cozinha, concedendo-me alguns minutos para que eu me recuperasse. Não o suficiente, eu, porém, vinha lidando com tantos choques nesses últimos dias que a dor se transformou em torpor rapidamente. Eu não acreditava que esse torpor durasse para sempre, e a realidade quando se dissolvesse seria cruel, mas, por agora, eu estava agradecida por sentir isso.

O telefone tocou, o som tão corriqueiro que me ajudou a sair de dentro de mim mesma e enfrentar o mundo real. Ouvi meu pai responder da cozinha.

– Sim, ela está aqui – ele disse, parecendo se divertir. Houve um silêncio, durante o qual a chaleira começou a apitar. – Claro que fiz – meu pai continuou, e a chaleira ficou muda. – Que tolo seria eu se não o fizesse? – Fez uma pausa para quem quer que estivesse do outro lado dizer alguma coisa e depois riu. O som arranhou meus nervos por algum motivo que não soube definir. Ou talvez fosse somente minha imaginação. – Mandarei suas mais calorosas saudações a ela, mas duvido sinceramente que ela queira falar com você agora. Foi gentil de sua parte ligar para saber dela.

Houve o "bip" do telefone sendo desligado, e depois algumas batidas na cozinha. Papai voltou à sala com um serviço de chá numa bandeja. De forma geral, as pessoas em Avalon não eram tão britânicas quanto imaginei que seriam, no entanto, pareciam adorar chá.

Ele já havia servido duas xícaras com os restos de folhas no fundo que indicavam que ele nem por sonho usou saquinhos. Eu estava triste o bastante para que o chá se mostrasse mais convidativo que antes. Coloquei dois cubos de açúcar na minha xícara e, distraída, mexi o conteúdo.

– Era Ethan? – perguntei, porque, ao pensar na metade da conversa que ouvi, só fazia sentido que quem estivesse falando fosse Ethan.

– Sim – meu pai respondeu. – Ele ligou para se certificar de que você tivesse chegado em segurança. – Seu sorriso se tornou sardônico. – E para descobrir se eu havia lhe contado ou não quem ele era, claro. Agi bem em pensar que você não queria falar com ele?

Assenti e parei de mexer no chá. O açúcar já havia se dissolvido há muito tempo.

– Teria permitido que eu falasse com ele se eu quisesse?

Suas sobrancelhas se arquearam em surpresa.

– Claro. Não gosto muito dele, muito menos do pai, mas não vou ditar com quem você pode ou não falar.

Inclinei a cabeça na direção dele. Até então ele não parecia uma figura muito paternal.

– Existem muitos pais que não permitiriam que suas filhas de dezesseis anos falassem com rapazes que eles não aprovam.

Ele abaixou a xícara e se virou para me fitar com expressão séria.

– Você não é criança, e eu procurarei não tratá-la como tal – ele disse.

Eu quase discuti com ele. Na minha idade, eu passava a maior parte do tempo tentando convencer as pessoas de que eu *não era* só uma criança, mas naquele instante, eu queria ser. Eu queria que cuidassem de mim, que tirassem as responsabilidades dos meus ombros, que houvesse alguém para tomar as decisões difíceis por mim.

Se é isso mesmo o que você quer, a vozinha em minha mente sussurrou, *poderia ter ficado com tia Grace de cara. Dessa forma não precisaria tomar decisão nenhuma.*

– Tem alguma pergunta a me fazer? – meu pai perguntou. – Avalon costuma subjugar o turista comum; mal posso imaginar o que você deve estar pensando depois de tudo o que aconteceu.

Passei do estado de "subjugada" há muito tempo, mas apesar do meu tumulto, eu tinha algumas perguntas. Primeiro e mais importante:

– O que impede tia Grace e Ethan de me raptarem de novo?

– Meus recursos são consideráveis – ele respondeu. – Sempre estará segura nesta casa. Nem Grace nem Ethan são fortes o bastante para superar os feitiços de proteção que lancei sobre ela.

– E quanto a Lachlan?

Papai o dispensou com um gesto de mão.

– Lachlan não é importante. Ele pode ser um espécime fisicamente impressionante, e eu jamais gostaria de enfrentá-lo num combate, contudo, seria preciso algo mais sofisticado do que força bruta para penetrar minhas defesas. – Sua voz tinha uma pontada de desprezo que eu não compreendi.

– Mas ele é feérico, certo? Mesmo não parecendo?

Papai não chegou a enrugar o nariz, mas sua expressão facial não se afastou muito disso.

– Ele é uma criatura de Faerie, porém, pertence a uma das ordens inferiores. Seu tipo não costuma ter a entrada permitida em Avalon, mas com Grace patrocinando-o...

Ao que tudo indicava, papai era um esnobe. Lachlan pode ter sido meu carcereiro, mas foi uma das pessoas mais gentis que conheci em Avalon. Senti-me praticamente ofendida com a atitude do meu pai. Devo ter demonstrado isso também, pois ele mudou sua expressão de nariz altivo por outra de lastimável diversão.

– Somos um grupo bem interessado na divisão das classes, nós, os feéricos – ele disse. O divertimento se abrandou. – Precisa entender que, embora oficialmente Avalon tenha se separado de Faerie, os feéricos ainda são feéricos. Reconhecemos uns aos outros como sendo seelie ou unseelie, ainda que, tecnicamente, não devamos mais lealdade às Cortes. E em Faerie, o conceito dos homens serem iguais uns aos outros é tão ridículo que chega a ser quase um sacrilégio. Os sidhe – que é aquilo que imagina quando pensa num feérico – são a aristocracia em Faerie. Lachlan não é sidhe. Eu sou.

Estreitei meu olhar, ainda me sentindo defensiva no que se referia a Lachlan.

– Então o que está dizendo é que porque você é sidhe, você é melhor do que ele?

Esperei que ele dissesse algo apaziguador. Em vez disso, só me encarou e disse:

– Sim.

Pisquei chocada. Havia muitas pessoas no mundo que se consideravam melhores que os outros, mas não me lembro de ouvir ninguém *admitir* isso.

– Lachlan é um troll – meu pai continuou. – Ele veste um *glamour* humano – se não fizesse isso, nem mesmo Grace seria capaz de trazê-lo para cá legalmente –, mas isso não muda quem ele é por baixo do verniz.

Senti enjoo. Meu pai não era só esnobe, era fanático. Eu queria gostar dele, até mesmo amá-lo, mas eu não conseguiria me ver amando um fanático.

Papai se inclinou na minha direção, e tive de me esforçar para não me inclinar na direção contrária.

– Os feéricos de Avalon brincam de serem seres humanos – ele disse –, mas não somos. Sempre seremos criaturas de Faerie em primeiro lugar, cidadãos de Avalon em segundo. Alguns mais jovens como Alistair Leigh acreditam que podem mudar isso, mas os feéricos não mudam. Jamais seremos um povo igualitário, tampouco nos libertaremos das Cortes. Pertencemos à Corte de nossos pais, e pertenceremos a ela até o fim da vida. Qualquer um que acredite ou diga o contrário está iludido ou é ingênuo.

Tive a sensação de haver uma mensagem sutil nas palavras do meu pai. *Pertencemos à Corte de nossos pais.* Em outras palavras, mesmo eu sendo meio-humana, eu "pertenço" à Corte Seelie. Claro, ele já havia me mandado essa mensagem quando me presenteou com o camafeu. Eu só não a havia entendido.

– Essa é a razão da tensão sempre tão presente quando é a vez de um feérico assumir a posição de Cônsul – meu pai prosseguiu. – Quer o Cônsul seja seelie ou unseelie pouco importa para os cidadãos humanos de Avalon, para os feéricos, contudo... – Ele deu de ombros de modo teatral, depois lançou outro sorriso tristonho. – Eu gostaria de odiar sua mãe por levá-la daqui, sem nem permitir que eu soubesse da sua existência. – O sorriso sumiu e ele suspirou. – Mas por mais que eu tente, não consigo culpá-la.

Eu não sabia o que dizer, por isso não disse nada. Eu poderia culpar minha mãe por muitas coisas feitas, mas tentar me manter afastada de Avalon não era uma delas. Se eu tivesse sabido a verdade desde o início, eu jamais teria vindo.

Inclinei-me para depositar a xícara, ainda meio cheia, na mesinha de centro. Como se tivesse vida própria, o camafeu deslizou para fora da minha camiseta. Tive certeza de que meu pai o notou, embora não dissesse nada. Aquela seria uma boa hora para confrontá-lo quanto aos motivos que o levaram a me presentear com ele sem explicar seu significado, mas eu não queria ter de lidar com esse pequeno engodo no momento.

– Acabei não respondendo à sua pergunta – meu pai disse, e eu fiquei contente por ele não forçar o assunto do camafeu. – Você está protegida nesta casa por causa da força do meu feitiço. Fora dela, você estará vulnerável, portanto, não deve nunca sair sozinha.

Senti o coração pesar. Talvez papai acabasse me mantendo prisioneira como tia Grace.

– Vou contratar um... um acompanhante para você – ele continuou. – Quando sair de casa, terá de estar comigo ou com seu acompanhante.

– Por "acompanhante", você quer dizer "guarda-costas"? – A simples ideia era estranha demais.

– Sim, algo nesse estilo. É para o seu bem.

Sim, acho que também foi para o meu bem que Grace me trancou. No entanto, eu sabia quando não podia vencer uma disputa, por isso nem tentei. Ao menos eu não ficaria trancafiada o dia inteiro. Quem sabe eu não conseguisse conhecer alguns pontos pitorescos de Avalon em vez de explorar túneis escuros e sombrios no coração da montanha?

Essa ideia me animou um pouco e eu consegui lançar um sorriso para meu pai. Eu não estava tão feliz com aquela coisa de ele ser classista, mas, fora isso, papai parecia ser um cara legal. Eu tinha minhas próprias roupas e um quarto quase confortável para chamar de meu. E eu finalmente teria a chance de bancar a turista, mesmo que por pouco tempo.

As coisas pareciam estar melhorando.

Capítulo 16

Papai me levou para almoçar num café singular no coração do bairro comercial de Avalon, que é o último reduto na batalha contra as cadeias de lojas e restaurantes do tipo *fast-food.* A maioria das lojas era do tipo familiar e os restaurantes eram únicos. Avalon, no entanto, não estava imune à mudança dos tempos. Diante do café onde almoçamos, havia uma Starbucks e um pouco mais para baixo, na rua, uma loja da Gap.

A "companhia" que papai contratou se juntou a nós logo após o almoço. Eu estava recostada na cadeira, observando os passantes quando um homem chamou minha atenção. Ele caminhava em nossa direção de propósito e parecia saído da Central de Distribuição de Papéis após ter feito o teste para o papel de agente secreto. Alto, musculoso, sério, vestindo um terno escuro e – olha só – óculos escuros. Tudo o que ele precisava era uma daquelas engenhocas de borracha pendurada no ouvido e ele estaria perfeito.

Quando o Homem do Serviço Secreto se aproximou, papai sorriu, levantou-se e estendeu a mão. O Homem do Serviço Secreto não retribuiu o sorriso, embora apertasse sua mão e assentisse no que parecia ser um cumprimento.

– Chegou bem na hora, Finn – papai disse. – Acabamos de almoçar. – Na verdade, a garçonete escolheu aquele instante para devolver o cartão de crédito dele. Papai assinou o recibo sem nem olhar. – Eu gostaria que conhecesse minha filha, Dana.

Finn me lançou o mesmo aceno formal que deu a meu pai. Tive de me esforçar para não rir, perguntando-me se havia algum estereótipo de guarda-costas no qual ele não se encaixava. Imitei o cumprimento e, se Finn percebeu que eu zombava dele, não demonstrou.

Papai voltou a se sentar, embora Finn permanecesse de pé superalerta.

– Tenho alguns negócios a tratar hoje à tarde – papai me disse, e eu percebi que nem sabia o que ele fazia para viver. Prosseguiu antes que eu tivesse a chance de perguntar: – Finn cuidará de você enquanto eu estiver fora e a acompanhará até em casa quando quiser. – Abriu a carteira e retirou uma quantia generosa em euros. – Suponho que queira fazer compras já que está no bairro. Acredito que seja o que vocês, americanos, chamam de "terapia do varejo".

Isso me fez rir. Sim, um pouco de terapia do varejo bem podia ser o que o médico recomendaria. Embora eu nunca tivesse ido às compras acompanhada de um valentão corpulento com seus óculos escuros à espreita atrás de mim. Isso seria... interessante.

Peguei o dinheiro que papai me entregou, depois fiquei de queixo caído quando vi que eram uns quinhentos euros. Acho que quando se faz parte da turma da alta, não se fica preocupado em ser assaltado. Abri a boca para protestar, dizendo que era dinheiro demais, ele, porém, interrompeu-me antes que eu pudesse dizer qualquer coisa.

– Perdi dezesseis anos em presentes de aniversário e Natal – ele se justificou. – Acho que estou no direito de mimá-la agora que finalmente tenho a oportunidade.

Mesmo assim eu não queria aceitar o dinheiro. Quero dizer, aquilo representava mais que vi em toda a minha vida. Entre tantas mudanças de endereço e as faltas por embriaguez, minha mãe nunca conseguiu manter um emprego decente. Tínhamos o bastante para assegurar um teto sobre a nossa cabeça e comida na mesa, mas não muito mais que isso.

Engoli meu protesto e enfiei as notas no bolso da perna da calça, depois me certifiquei em fechar o botão.

– Obrigada – eu disse. – É muita generosidade da sua parte. – Minha paranoia começou a pular e a exclamar: "Ele está tentando comprar a sua afeição!" Credo. Detesto ser tão desconfiada.

Partilhamos mais um afetuoso dar de mãos entre pai e filha antes que ele se afastasse para trabalhar e me deixasse com Finn, o brutamontes, que não havia dado indício algum de saber falar. Talvez fosse mais fácil para mim se eu só fingisse que ele não estava ali, que eu estava me lançando numa farra de compras sozinha.

O que acabou acontecendo foi que fazer comprar com Golias espiando atrás de mim não foi tão divertido quanto imaginei. Não que eu de fato acreditasse que conseguiria ignorar a sua presença, mas me dei conta que a inspeção constante dele me deixava nervosa. Sem falar que ele também incomodava as vendedoras das lojas, pairando por ali com sua presença intimidadora.

– Seria possível você me dar um pouco mais de espaço? – perguntei ao sairmos da loja do artesão de prata. Eu adoraria ter ficado mais tempo admirando as joias, mas Finn deixou o dono da loja tão obviamente nervoso que resolvi que a única coisa decente a fazer seria sair dali.

Finn balançou a cabeça.

Fechei a cara.

– Você fala? – Talvez isso beirasse a grosseria, mas estava cansada de sua atitude de homem forte e silencioso.

Um dos cantos da boca dele se torceu, como se ele estivesse reprimindo um sorriso.

– Só quando necessário – respondeu. O tom de voz dele era profundo, combinando com seu porte. Ele não era tão grande quanto Lachlan, ainda assim era um dos maiores feéricos que já vi. Pelo menos eu supunha que ele fosse feérico. Um guarda-costas humano não adiantaria muito contra sequestradores feéricos e sua magia.

– Acho que seria bom você explicar por que precisa ficar tão perto o tempo todo.

Ele abaixou os óculos para que eu pudesse ver seus incríveis olhos cor de esmeralda com a indefectível inclinação feérica. Aqueles olhos eram um tipo de arma secreta, tão belos que senti meus olhos se arregalarem de surpresa. Então ele lançou um sorriso, e minha respiração ficou presa na garganta. Ele deixaria Ethan no chinelo no quesito "Ai, meu Deus, que lindo!"

– Preciso ficar perto o bastante para me colocar entre você e o perigo, se necessário – ele disse. O sorriso desapareceu, e ele empurrou os óculos de volta ao lugar certo, transformando-se mais uma vez de garanhão gostoso a Agente Supersecreto. Pelo visto, nossa conversa chegava ao fim.

Para falar a verdade, fiquei contente por ele recolocar os óculos, ou eu acabaria tropeçando por ficar olhando para ele. Não que eu nunca tivesse visto um homem bonito antes, mas convenhamos, os feéricos elevavam o conceito "bonito" a outro patamar.

Continuei caminhando, sem comprar nada. Então vi uma das cadeias de loja que conseguiu se estabelecer em Avalon: Victoria's Secret. Cruel que sou, não resisti e entrei, imaginando como Finn reagiria.

Claro que *não* reagiu. Só me seguiu como sempre, com os óculos a postos. Mesmo com os olhos escondidos e sua vibração "sou um cara assustador", vi que uma das vendedoras se virou para ter uma visão por trás. Isso me fez rir.

Fui para a seção de calcinhas em promoção – eu poderia comprar um sutiã, mas isso seria demais para minha evidente falta de peito. Desejando que Finn se rebelasse, levantei uma calcinha do tipo "fininha", verificando a etiqueta de preço enquanto o espiava de canto de olho. Nada ainda. Acho que ele não é do tipo que se envergonha facilmente. Eu, por outro lado, provavelmente corava como uma louca. Esse plano estava saindo pela tangente.

Por não querer que Finn soubesse que só fui ali para aborrecê-lo, comprei a calcinha, bem como algumas outras peças mais práticas. Roupas íntimas nunca são demais. Ainda mais quando se detesta lavar roupa. Em seguida, entreguei a sacola para que ele carregasse. Finn hesitou um segundo, e juro que senti o *laser* do olhar dele mesmo através dos óculos escuros. Pisquei de modo inocente, adorando a prova de que consegui rachar a compostura dele. Ele, porém, recuperou-se bem rápido, pegando a sacola sem comentários. Desejei ter uma máquina fotográfica, porque ele estava muito engraçado carregando a sacola da Victoria's Secret ao mesmo tempo em que procurava manter a aparência assustadora e digna.

Meus pés começaram a doer, então, apesar da falta de material para demonstrar sucesso nos meus esforços de compra, virei-me na direção da Starbucks que vi antes. Claro que, com meu senso de direção, acabei tendo que virar um monte de vezes pelo caminho. Quando Finn percebeu que eu estava perdida, reencontrou a voz pelo tempo suficiente de me perguntar para onde eu queria ir. Depois se fechou como uma ostra de novo ao me conduzir até a Starbucks.

Comprei um *mochaccino* supergrande com muito chantili. Ofereci-me para comprar algo para Finn, mas ele negou com a cabeça.

Eu tinha acabado de pegar minha bebida e perscrutava a pequena loja à procura de um lugar para sentar quando Finn, de repente, se colocou diante de mim. Eu quase derrubei todo o conteúdo do copo em suas costas, já que havia tirado a tampa para sorver um gole.

– Ei! – protestei, mas ele continuou ali como uma muralha. Acho que nem sentiu o calor do café que empapava as costas de seu terno elegante.

– Não quero fazer mal – uma voz disse. A voz de *Ethan.*

Senti um bolo se formar na boca do estômago quando espiei em volta do corpo de Finn para me certificar de que meus ouvidos não me enganavam. Mas não, era mesmo Ethan, parado logo na entrada. Meu coração se apertou dentro do peito.

Ethan erguia as duas mãos num gesto de rendição.

– Só quero falar com Dana por um minuto – disse. Ele devia ter me visto, mas só tinha olhos para Finn naquele instante. Não posso culpá-lo. Não por aquilo, pelo menos.

O camafeu se aqueceu ao encontro da minha pele de repente, e eu o peguei na mão. Não estava quente a ponto de se tornar incômodo, mas estava definitivamente mais quente que deveria. Minha pele formigava como se houvesse uma corrente de eletricidade me atravessando.

– Senhor eu o aconselho a manter distância – Finn disse, parecendo mortalmente sério. Alguns outros fregueses notaram o impasse e agora nos observavam com curiosidade. Eu só desejava que não começasse uma briga.

Ethan desviou do olhar de Finn e me fitou.

– Eu preciso mesmo falar com você a respeito de uma coisa – ele disse.

Cruzei os braços na altura do peito – tomando cuidado para não derrubar mais nenhuma gota preciosa de *mochaccino* – e o encarei.

– Não tenho nada para falar com você. – Esperei ter parecido brava, ainda que olhar para ele fizesse meu peito doer. Eu não deveria me sentir tão traída, não quando eu sabia que ele era bom demais para ser verdade. Mas era assim que eu me sentia.

Ethan passou a mão pelos cabelos.

– Eu não poderia estragar mais as coisas do que já estraguei – ele disse –, mas você não sabe de tudo ainda. Há mais uma coisa que preciso lhe contar.

A sensação de formigamento ainda não havia sumido. Será que um raio estava prestes a cair? Descruzei os braços e revirei os ombros, tentando me livrar dessa sensação.

– Pode falar – disse no tom mais neutro possível.

– Em particular – Ethan pediu.

– Isso não será possível – Finn intercedeu.

Ethan pareceu exasperado – talvez um pouco amedrontado.

– Não estou falando de particular num cômodo com a porta fechada. Estou falando em particular com nós dois sentados a uma mesa e você observando a alguns metros de distância. Não sou páreo para um Cavaleiro, e nós dois sabemos disso. Ela não corre perigo.

Lembrete para mais tarde: perguntar a papai o que é um Cavaleiro. Isso porque eu notei a letra maiúscula e sabia que aquilo tinha outro significado além daquele que eu conhecia.

Finn ficou em silêncio um minuto. O bastante para que os espectadores ficassem entediados e parassem de prestar atenção. Eu começava a achar que o camafeu acabaria me queimando no fim das contas – e que a sensação de formigamento me deixaria louca – quando de repente tudo parou. O camafeu esfriou mais rápido que deveria e o formigamento desapareceu.

– Será como minha dama desejar – Finn disse, e eu fiquei feliz por não ter tomado um gole de *mocha* ou teria engasgado.

Minha dama? Fomos subitamente transportados para a Idade Média? Mas não, de algum modo não acredito que existisse Starbucks naquela época.

Ethan voltou um olhar suplicante na minha direção.

– Dana, é muito importante. Acredite em mim, eu não me arriscaria à fúria de um Cavaleiro se não fosse.

Eu não queria falar com ele naquele momento. Na verdade, tinha certeza absoluta de que não queria falar nunca mais com ele. Duvido, porém, que conseguisse dormir à noite se não ouvisse o que quer que ele quisesse me dizer.

– Está bem – respondi.

Finn me guiou para um par de assentos confortáveis no canto. Havia uma mulher humana – turista provavelmente, baseado na camiseta EU ♥ AVALON que vestia – nesse lugar. Finn nem precisou dizer nada para intimidá-la a liberar a poltrona. Olhei para ele.

– Você é um cretino, sabia? Ela chegou aqui primeiro.

Finn não deu indício algum de ter ouvido minha reprimenda, quanto menos de tê-la considerado, mas Ethan teve um acesso de tosse que suspeitei não se tratar de tosse alguma.

Sentei-me na poltrona antes vazia e deixei que Ethan ficasse com o lugar da turista da camiseta. Finn se afastou para perto da porta, e eu fiquei absurdamente feliz pela distância.

Tentei manter a expressão fria e distante ao sorver um gole da minha bebida, focando meu olhar em algum ponto além do ombro esquerdo de Ethan, em vez de olhar para o rosto dele.

– Desculpe – ele disse, e isso foi tão inadequado que prontamente perdi a expressão fria que tanto almejava. Por um instante, considerei seriamente presenteá-lo com um tratamento facial de *mocha*. Ele balançou a cabeça antes que eu dissesse o que ele podia fazer com as suas desculpas. – Não foi isso que eu queria lhe contar – continuou. – Eu só queria dizer isso apesar de saber que não melhora em nada a situação e mesmo que você não acredite em mim.

– Tem razão, não acredito. – Tomei mais um gole e vi que minha mão tremia. Eu controlava a dor, mas não seria preciso muito para que ela explodisse para fora da minha pele, e eu me recusava a ser responsabilizada pelo que aconteceria quando isso acontecesse.

Ethan respirou fundo, como se fosse *ele* o magoado.

– Antes de dizer o que quero lhe dizer, preciso que saiba que eu nunca, jamais deixaria que nada de mal lhe acontecesse.

Caramba. Isso não parecia nada bom. Resolvi que seria melhor abaixar o *mochaccino*, porque se minha mão tremesse mais ainda, eu logo o estaria vestindo. Fechei as mãos e olhei para Ethan com o que tenho certeza, foi uma expressão de terror. O fato de ele também estar assim não era um bom indício.

– Trata-se do ataque dos spriggans – ele disse. – Sei que Kimber disse que eles estavam atrás de mim, e ela acredita nisso mesmo. Ela não fazia parte do plano.

– Que plano? – perguntei, minha voz tão baixa que me surpreendi por ele ter me ouvido.

Ethan soltou um suspiro pesado.

– Do ataque dos spriggans.

Engoli em seco.

– Kimber não estava envolvida no ataque dos spriggans. Isso quer dizer que *você* estava. – Não havia outro modo de interpretar as palavras dele.

Ele fez uma careta.

– Sim, mais ou menos isso. Mas não era para acontecer daquele jeito.

Tenho de conceder uns pontos a Ethan: ele tinha coragem de me olhar nos olhos enquanto confessava o tipo de bastardo que era.

– Eu tinha de trazer você para o nosso lado – Ethan disse. – Para o lado do meu pai, quero dizer. Eu queria que ficasse agradecida a mim e não só por arrancá-la das garras de Grace.

– Por isso arranjou para que eu fosse atacada? – perguntei, minha voz saindo num guincho sem graça. – Permitiu que aquelas criaturas machucassem seus amigos? Eles poderiam ter morrido! – Dei um pulo, mas Ethan se esticou para segurar meu braço.

– Deixe-me terminar – pediu.

O camafeu esquentou e o formigamento detestável ressurgiu. Vi Finn vindo em nossa direção, mas se eu permitisse que ele interferisse agora, eu jamais ouviria a história inteira. Não importava o quanto doesse, eu precisava conhecê-la por completo.

Sentei-me num baque. Ethan me soltou, e eu acenei para que Finn se afastasse. Mais uma vez o formigamento se foi e o camafeu esfriou. Tinha de estar relacionado com magia, embora eu desconhecesse o motivo de isso me transformar numa enguia elétrica.

Ethan respirou fundo de novo.

– Sim, meu pai e eu providenciamos para que você fosse atacada. Foi assim que os spriggans nos encontraram na caverna. Mas Dana, era para ser só *um* spriggan e ele tinha de ignorar os outros e vir direto na sua direção. Era por isso que eu estava sentado ao seu lado o tempo inteiro, para que o spriggan tivesse de passar por mim. Isso a teria assustado, e um spriggan não seria páreo para mim. Eu conseguiria desempenhar o papel de herói corajoso e ninguém se machucaria. Juro, Dana, nem eu nem meu pai queríamos que você se ferisse de modo algum. Queríamos que ficasse do nosso lado, e não machucá-la. Mas claro que alguma coisa deu errado, e os spriggans atacaram em grupo. E o que quer que tenha saído errado, não foi um acidente.

– O quê?

– Meu pai e eu jamais faríamos com que se ferisse. Mas alguém sim. Alguém descobriu o que planejávamos e aumentou a aposta.

Decidi que precisava de cafeína apesar das mãos trêmulas. Na verdade, o que eu precisava mesmo era um dos mingaus de Kimber, extraforte. Eu mal sentia o sabor do *mocha* ao engoli-lo.

– O que está tentando dizer, mesmo que não tenha dito claramente, é que acha que alguém está tentando me matar. – Ele já dera umas pistas de que tia Grace poderia querer desaparecer comigo, contudo, por mais que isso me assustasse, a ameaça nunca me pareceu verdadeira.

– Sim. E não sei quem. Tenho certeza de que seu pai a está mantendo a salvo. – Os olhos se dirigiram a Finn, depois voltaram para mim. – Porém, ele precisa saber o que está em risco.

Balancei a cabeça.

– Por que contou para mim? Poderia ter falado com ele. – E se houvesse misericórdia nesse mundo, meu pai não teria me contado e eu não teria de lidar com mais esse golpe.

Ethan baixou o olhar para as mãos.

– Não falei com seu pai porque achei que você merecia saber por meu intermédio. E se desejar que seu Cavaleiro me surre, não vou reclamar. – Olhou para Finn de novo. – Acho que ele vai adorar.

Era uma fantasia e tanto. Pena que eu não fosse impiedosa a esse ponto.

– Tem mais alguma bomba para soltar ou acabamos? – perguntei.

Ethan parecia infeliz. Fiquei supercontente com isso.

– Eu disse o que precisava dizer – ele respondeu.

Peguei minha bebida e me levantei. O copo ainda estava pela metade, mas eu não queria mais beber. Além disso, já estava morno. O que significava que eu não teria de me preocupar em escaldá-lo ao jogar os restos em seu rosto. E foi o que eu fiz. Na cara!

Acho que Finn chegou a sorrir ao segurar a porta aberta para mim, mas não tive certeza.

Capítulo 17

Minha terapia de varejo não foi tão bem-sucedida quanto eu esperava. Tudo o que eu trazia como prova das minhas compras por impulso foi a única sacola da Victoria's Secret, contudo, por mais que o instinto me dissesse que meu pai não gostaria do pouco que fiz de seu presente, eu não me via comprando depois do meu encontro com Ethan. Não que eu estivesse me divertindo muito antes disso.

Acreditei que Finn fosse me perguntar a respeito da minha conversa com Ethan, ainda mais depois do incidente do *mochaccino* na cara, mas ele não disse nada. Ele bem poderia trabalhar mais em suas habilidades sociais. Na verdade, porém, eu não estava muito ansiosa para falar nisso, portanto, o silêncio não foi completamente mal recebido.

Finn me levou de volta para a casa do meu pai. Pensei que ele fosse me deixar lá, visto que papai garantiu que a casa era completamente segura, mas entrou comigo.

– Para o caso de você decidir sair mais tarde – ele informou, o que foi um belo discurso, no caso dele.

Era uma explicação plausível, mas não consegui deixar de imaginar se ele fazia turno duplo como carcereiro. Por isso pressionei o assunto.

– Estou exausta. Acho que não vou sair de novo hoje. Pelo menos até papai voltar.

Ele deu de ombros.

– Estarei aqui se mudar de ideia.

– Não pode simplesmente deixar o número do seu telefone? Posso ligar se decidir sair e assim você não desperdiçará o resto da tarde sentado aqui em casa.

– Este é o meu trabalho – disse ele.

Sim, definitivamente um carcereiro.

– Existe algo que eu possa dizer que fará com que você saia? – perguntei. – Porque eu adoraria ficar um pouco sozinha.

– Posso ir para a garagem se minha presença a perturba.

A garagem, pela qual eu, convenientemente, teria de passar se quisesse sair. Não que eu *quisesse* sair, já que havia algumas pessoas interessadas em me matar correndo por aí. Não sou a cabeça de vento das histórias repletas de guarda-costas que pensa: "Olha, tem alguém tentando me matar. Vou despistar este guarda-costas só para me tornar um alvo fácil, fácil..." Eu só queria saber que *poderia* sair caso desejasse.

Eu queria tantas coisas desde que cheguei a Avalon. E não consegui nenhuma delas até então.

Estava me sentindo vingativa o bastante para fazer que Finn ficasse na garagem, mas sabia que isso não seria justo. Como ele mesmo disse, ele só estava fazendo o seu trabalho. Não era culpa dele se eu não gostava disso.

– Está bem! – disse num acesso de raiva. Peguei minha sacola da Victoria's Secret e fiz uma saída grandiosa, batendo os pés nos degraus. Criancice, eu sei, mas achei que eu merecia.

Havia um telefone em meu quarto, por isso tentei ligar para mamãe de novo. Eu não sabia o que diria, ainda mais depois de descobrir por que ela se tornara uma alcoólatra, mas tudo o que me aconteceu desde que cheguei a Avalon me parecia tão surreal que a ideia de um toque de realidade – mesmo a deprimente realidade de minha mãe e sua bebida – tinha um grande apelo.

Fui recebida pela secretária eletrônica de novo. Não consegui pensar em nada para deixar registrado, por isso desliguei.

Se eu não me mantivesse ocupada, tinha certeza de que passaria o resto da tarde ruminando, por isso peguei meu *laptop* e finalmente comecei a ler um dos livros proibidos que havia baixado, porém, não consegui me concentrar. No instante em que algo remotamente sensual aparecia, eu me via lembrando da sensação dos lábios de Ethan sobre os meus, do calor do corpo dele quando se inclinou sobre mim. O que levava imediatamente à memória de como ele mentiu para mim e me traiu.

Meu espiral de infelicidade foi interrompido pelo som da campainha. Por meio segundo tive esperanças de que fosse Ethan, vindo para se jogar aos meus pés, implorando perdão. Eu, contudo, jamais o perdoaria, e mesmo que fosse gratificante vê-lo se rastejar, eu não suportaria encontrá-lo novamente.

Passos ecoaram pelos degraus e, segundos depois, Finn apareceu na soleira. Ele havia tirado o paletó e a gravata, bem como os óculos e tudo o que eu conseguia pensar foi... Uau! Se ele andasse sem seu disfarce de Homem do Serviço Secreto, ele seria uma ameaça porque todas as mulheres atrás do volante dos carros se esqueceriam de olhar para a rua. Se não fosse pela inclinação feérica de seus olhos, juro que ele seria o principal candidato para o próximo James Bond.

– Você tem visita – ele disse, e eu tive de reprimir uma risada porque o sotaque dele era britânico o bastante para me fazer pensar: "Bond. James Bond."

– Se for Ethan, pode dizer para ele esquecer – respondi, a vontade de rir subitamente indo embora.

Finn meneou a cabeça.

– É Kimber, mas se não quiser falar com ela, o que é perfeitamente compreensível, ficarei feliz em mandá-la embora.

Talvez mandá-la embora fosse o correto a fazer. Ela me magoou tanto quanto Ethan, nem que fosse por eu ter abaixado a guarda e confiado nela, por mais que eu sempre ficasse alerta ao redor de Ethan. Meu coração doía só de pensar como ela mentiu para mim. Contudo... Ontem, quando nos sentamos no quarto dela, tive o tentador vislumbre de como seria ter uma amiga de verdade, uma da qual eu não escondesse nada, e gostei muito. Demais.

Eu não sabia se poderia perdoá-la – levando-se em consideração que ela gostasse de mim de fato e quisesse meu perdão –, mas eu nunca saberia se não a deixasse falar. Além disso, dei a Ethan a oportunidade de se explicar naquela tarde. Era justo que Kimber também tivesse essa chance.

– Desço em um minuto – disse a Finn, que assentiu.

Respirei fundo algumas vezes enquanto o ouvia se afastar. Juntei o que pude de coragem e dignidade, depois desci para a sala de estar.

Kimber estava sentada ereta no sofá quando apareci na escada. Procurei por Finn, mas ele não estava por perto.

– Ele desceu – Kimber disse, levantando-se e virando-se para me enfrentar.

Fiquei feliz por não ter de passar por aquilo com uma plateia, embora detestasse a ideia de Finn ter de ficar na garagem. Aproximei-me de Kimber, com os braços cruzados sobre o peito, e o queixo um pouco levantado. Kimber olhou para os pés por um segundo, depois encontrou a coragem de me fitar.

– Meu pai me fez jurar que eu não contaria nada a você – disse ela, parecendo infeliz. – Não me pareceu que estivéssemos fazendo nada de muito terrível a princípio. Só a tiraríamos de sua tia Grace e seríamos amigáveis. Convenci-me de que não havia nenhum mal nisso. Mas então Ethan começou a paquerá-la e percebi que havia mais por trás desse plano do que simplesmente ser "amigável".

Senti a garganta doer.

– Claro, por que mais um rapaz feérico como ele olharia duas vezes para uma garota como eu? – perguntei, e quase me retraí com a amargura na minha voz. Lembrei-me pela milésima vez que eu sabia desde o começo que o interesse de Ethan era bom demais para ser verdade.

Kimber arregalou os olhos.

– Não foi isso o que eu quis dizer!

– Não? Porque não consigo imaginar de que outro modo você teria tanta certeza de que isso fosse parte de uma grande conspiração.

Kimber se deixou cair no sofá, parecendo tão magoada que foi difícil lembrar a princesa de gelo que ela era quando a conheci.

– Não é nada disso – ela disse, e eu podia jurar que ela lutava contra as lágrimas. – É que sou uma cínica, e era tão... conveniente que ele "simplesmente" se apaixonasse por você, dadas as circunstâncias.

Soltei um suspiro pesado.

– De uma cínica para outra, diga por que eu tenho de acreditar no que está me contando?

Ela olhou para mim e vi o brilho das lágrimas naqueles lindos olhos.

– Não consigo pensar num motivo sequer pelo qual deva acreditar em mim – ela disse com uma fungada. – Mas eu gostaria que isso acontecesse, de qualquer modo. Detestei mentir para você, mas meu pai ficaria furioso comigo se eu o desobedecesse... Ethan jamais erra na opinião dele, mas eu sou outra história.

– Você me disse que meu pai estava na cadeia quando sabia que ele já havia saído.

Ela assentiu.

– Foi o que o meu pai me mandou dizer. Discuti com ele sobre isso. Você acabaria descobrindo a mentira e isso arruinaria qualquer boa impressão que tivesse de nós. Mas ele não me deu ouvidos. – Uma única lágrima desceu pelo canto do olho e ela a enxugou. – Desculpe – disse com outra fungada. – Não tenho o direito de chorar quando a magoada é você.

Estava claro, no entanto, que ficar no meio dessa história também magoou muito Kimber.

– Você conquistou alguns pontos por tentar me alertar quanto a Ethan, pelo menos – eu disse. E, por mais que ela tivesse traído a minha confiança ao mentir sobre meu pai, eu não podia deixar de lembrar o modo tranquilo como ela aceitou o que eu considerava meu segredo embaraçoso.

Eu não desejava perdê-la, percebi surpresa. A mentira seria como uma ferida entre nós quem sabe por quanto tempo ainda, mas eu não sabia como poderia sobreviver em Avalon sem um amigo.

Decisão tomada, encarei-a.

– Se prometer nunca mais mentir para mim, talvez possamos recomeçar.

Ela me lançou um olhar arregalado cheio de esperanças.

– Mesmo?

– Podemos tentar.

Seu sorriso estava positivamente radiante, e não havia como confundir o alívio em seu olhar.

– Obrigada por me dar uma segunda chance – ela disse, depois me surpreendeu com um abraço exuberante. Ficando um pouco mais séria, soltou-me. – É melhor eu ir embora antes que o seu pai volte. Ele pode não ficar muito feliz em me ver agora.

Eu esperava que papai não fosse um problema. Ele disse que não me impediria de falar com Ethan, mesmo desaprovando, o que parecia um bom sinal.

– Vai fazer alguma coisa amanhã? – perguntei. – Porque tentei fazer compras hoje, e sozinha não é tão divertido.

Os olhos dela se iluminaram.

– Eba! Fazer compras é um dos meus passatempos prediletos. E eu posso levar você para as melhores butiques.

– Com certeza teremos Finn nos observando por cima dos ombros o tempo inteiro – avisei.

Ela deu um sorriso levado.

– E isso é uma coisa *ruim*? – ela brincou. – Dei uma bela olhada antes de ele me deixar entrar e tudo o que posso dizer é... Humm!

– Ele parece menos "hum" e mais "arre" quando está no modo Homem Serviço Secreto.

O sorriso dela não diminuiu.

– Ainda melhor. Ele pode ser nosso segredinho...

Um peso saiu dos meus ombros e eu sorri de volta.

Meu pai só chegou em casa depois das sete; a essa altura o almoço já havia sido digerido há muito tempo, ou seja, eu estava faminta. Presumi que ele me levaria para jantar fora, mas não me desapontei quando desci e vi que ele trouxera comida chinesa. Eba! Eu podia comer logo!

Não havia uma sala de jantar de verdade na casa, apenas uma mesinha redonda com duas cadeiras escondidas num canto, e foi ali que comemos. Finn saiu assim que papai chegou, por isso estávamos sozinhos. Pensei que estava gostoso assim, meio caseiro. Até papai começar a falar.

– Finn me contou que vocês se depararam com Ethan esta tarde – disse ele, e a comida se transformou em cinzas em minha boca.

Engoli, em seguida chutei meu traseiro mentalmente. Eu devia saber que Finn daria um relatório completo a ele, ainda mais depois de Ethan ter enfatizado tanto que havia uma coisa importante para me contar. Portanto, eu *devia* ter passado mais tempo à tarde decidindo o que diria a meu pai – eu temia que uma ameaça de morte me tornasse ainda mais prisioneira do que já era –, mas claro que eu não quis pensar nisso.

– Sim – eu disse, tentando parecer casual enquanto enfiava mais uma garfada de frango agridoce na boca. Ele ainda tinha sabor de cinzas, mas enquanto estivesse mastigando, eu não teria de falar.

Papai se recostou na cadeira e eu conseguia sentir o seu olhar ainda que estivesse me concentrando em meu prato.

– E então? – insistiu. – Gostaria de me contar o que aconteceu? Ouvi dizer que ele tinha algo muito urgente para lhe contar.

Eu não estava ansiosa em contar a ele o que aconteceu, no entanto, também não tinha vontade nenhuma de ser assassinada, por isso, não contar a papai provavelmente seria uma péssima ideia. Tomei uma golada de água para empurrar o frango para dentro, depois me recompus o melhor que pude.

– Na noite em que Ethan e Kimber me resgataram de tia Grace, fomos atacados por spriggans. – Reserva feérica ou não, papai arfou de leve. – Kimber achou que eles estivessem atrás de Ethan porque ele é muito poderoso, mas Ethan acha que eles estavam atrás de *mim*.

Deixei de contar tantas coisas que seria possível atravessar pelos buracos da minha história com um caminhão. Não me pergunte por que não contei o papel de Ethan no ataque. Eu estava magoada o bastante para magoá-lo também, mas o instinto me deteve.

Pela expressão no olhar de papai, deu para ver que ele sabia que eu não havia contado tudo. Fiquei tensa ante o iminente interrogatório, mas ele me surpreendeu deixando isso passar.

Ele deu um suspiro pesado e empurrou o prato para o lado.

– Acho que já posterguei isso o quanto pude – disse ele. – Está na hora de falarmos de seu papel como uma faeriewalker.

– Você diz isso como se soubesse que sou uma. – Eu não havia dito nada para ele, procurando evitar o assunto até que ele o trouxesse à baila.

Ele deu um sorriso torto.

– Isso se tornou óbvio quando eu a trouxe para casa. Você mal olhou pela janela; a maioria das pessoas, imediatamente, comenta sobre a vista, e hoje o dia foi ensolarado.

– Talvez eu tenha medo de altura.

Os olhos dele se estreitaram.

– Não se faça de tola. – Ele não brigou comigo, mas definitivamente havia uma nota de aborrecimento em sua voz. – Você consegue enxergar Faerie.

Dei de ombros. Dando uma de tola, suponho. Era como se aquilo não fosse verdade se eu não admitisse em voz alta.

– E Ethan e sua turma explicaram o que isso significa? – ele sondou.

Outra sacudida de ombros.

– Para falar a verdade, não me parece grande coisa. Não para justificar todo esse drama.

– Então não pensou o bastante a respeito. – Ele ainda estava bravo comigo, embora eu não entendesse bem por quê. – Você conhece bem História?

A pergunta me pegou desprevenida. Eu não fazia a mínima ideia do que isso tinha a ver com a nossa conversa.

– Digamos que não é minha matéria predileta na escola – eu respondi, porque, convenhamos, as aulas de História são um tédio, tédio, tédio.

– Americana típica – papai sussurrou entre os dentes. – Ouviu falar de Ricardo III?

Lancei um olhar exasperado.

– Eu disse que não é minha matéria predileta, e não que sou uma completa ignorante no assunto.

– Ricardo III subiu ao trono quando seu irmão, Eduardo IV, morreu. No entanto, ele se tornou mais conhecido pela possibilidade de ter assassinado os príncipes, filhos de seu irmão, na Torre.

– Como eu disse, não sou uma completa ignorante. – Eu não podia alegar saber muito mais que papai disse até então, mas eu considerava seu tom um tanto condescendente.

Seus olhos mais pareciam duas lanças me perfurando, e eu deduzi que ele não estava acostumado a ter pessoas retrucando seus comentários. Ele teria de se acostumar se eu continuasse por perto. Mesmo assim, aquilo foi intimidante o bastante para me fazer afundar na cadeira.

– A suspeita de Ricardo III ter matado esses garotos ou não tem sido objeto de grande debate entre os historiadores.

Ele fez uma pausa à espera de que eu fizesse algum comentário sagaz, pronto para pular sobre minha garganta caso eu o fizesse. Mantive a boca fechada, ainda me perguntando o que isso tinha a ver com os faeriewalkers.

– Naquela época, Avalon estava sobre controle mortal, governada pelos reis da Inglaterra. Era uma época de grandes disputas pela Coroa, já que as casas de York e de Lancaster lutavam pelo trono. O período ficou conhecido como Guerra das Rosas, e durou mais de trinta anos. Os feéricos tomaram partido na disputa, os seelie favorecendo os York, e os unseelie, os Lancaster. – Ele lançou um sorriso que só pude definir como amargo. – Lembre-se de que eu disse que os feéricos não mudam. Os seelie atuais ainda usam a rosa branca dos York, e os unseelie, a vermelha dos Lancaster. Os unseelie destruíram sozinhos a casa de York ao raptarem os príncipes da Torre, deixando toda a responsabilidade para Ricardo. Por ser o suspeito da morte dessas crianças, ele nunca conseguiu assegurar o trono e, quando foi morto em combate, a coroa passou para a casa dos Lancaster.

Está bem, não era preciso ser um gênio para entender onde papai queria chegar. Estava claro que os faeriewalkers estavam envolvidos nessa história de algum modo, mas eu ainda não entendia como. Concentrada, franzi a testa.

– Então existe algum tipo de feitiço que faz as pessoas simplesmente desaparecerem? E um faeriewalker o lançou na Torre de Londres, fazendo essas crianças sumirem?

– Não. Os unseelie enviaram um faeriewalker e um Cavaleiro unseelie para o mundo mortal. O Cavaleiro lançou uma série de feitiços para provocar desordem possibilitando a infiltração deles na Torre e chegando até os príncipes.

– Espere um minuto! – exclamei, sentando-me ereta na cadeira. – Pensei que os faeriewalkers só pudessem carregar magia para o mundo mortal. Eles conseguem transportar *pessoas*?

Papai assentiu.

– Há uma aura de magia feérica que fica impregnada nos faeriewalkers. Se os feéricos tomam o cuidado de ficar próximos a essa aura, ele, ou ela, pode entrar no mundo mortal, com toda a sua magia intacta. Assim, como os faeriewalkers podem levar os mortais até Faerie fazendo tecnologia funcionar.

– Então o que aconteceu com os príncipes? O Cavaleiro e o faeriewalker os raptaram e levaram para Faerie?

– Sim.

– O que aconteceu com eles depois que chegaram lá?

Papai olhou sério e pesaroso.

– Os mortais não sobrevivem em Faerie. Não sem a magia específica de um faeriewalker para protegê-los. O faeriewalker os abandonou e eles morreram. Está começando a entender por que ser uma faeriewalker é "uma grande coisa"?

Sim, isso estava cada vez mais óbvio. Não era de se admirar que ninguém soubesse ao certo o que aconteceu aos príncipes. Ninguém levara em consideração sequestro com magia em Faerie.

– Ter um faeriewalker do seu lado equivale a ter uma arma nuclear. Mesmo que ninguém tenha a intenção de lançá-la, a ameaça é imensa. Grace queria tê-la ao seu lado à força; Alistair queria conquistá-la por meio da amizade dos filhos.

Levantei o queixo, detestando ter de me lembrar de Ethan.

– E você? – perguntei. – Como planeja fazer que eu fique do *seu* lado?

Ele sorriu para mim, inclinando-se e cobrindo a minha mão com a dele.

– Sendo seu pai. Protegendo-a e tratando-a com consideração. E sendo honesto com você.

Com cuidado, extraí minha mão debaixo da dele, pois ainda não estava pronta para sinais físicos de afeto.

– Gosto mais do seu modo – murmurei baixinho.

Ele sorriu de novo, com um brilho no olhar.

– Eu contava com isso.

Fui para a cama otimista quanto à minha situação. Por certo eu me sentia mais segura, mais confortável e mais livre agora do que desde que pousei os olhos em tia Grace. Contudo, eu não conseguia deixar de pensar se a atitude de papai em relação à mim mudaria se eu parasse de fazer o que ele queria. Ele ainda me trataria com "consideração"? Ou suas garras surgiriam? Isso porque eu sabia que ele as tinha, mesmo que ainda não as tivesse mostrado.

Capítulo 18

O dia seguinte amanheceu como eu passava a considerar um dia típico de verão em Avalon. Isto é, estava úmido e nublado com uma brisa fria bem pouco característica de verão. Dormi até mais tarde, apreciando a novidade de dormir numa cama relativamente confortável. O futon não se mostrou tão ruim quanto imaginei e os lençóis eram bem macios.

Tomei uma chuveirada e me vesti, decidindo pôr outro par de calças de algodão, dessa vez com uma camiseta e um blusão com capuz. Estava contente por poder ir às compras de novo, pois eu precisava de roupas mais pesadas. Eu sabia que ali não seria quente como nos Estados Unidos, mas a umidade conferia um ar mais frio ao qual eu não estava preparada para enfrentar.

Enfiei o que restava do dinheiro de papai – ou o que representava a maior parte dele – em um dos bolsos e desci para esperar por Kimber. Notei que papai não ficou muito contente com a ideia de eu passear com o "inimigo", mas não tentou me proibir. Ele recebeu muitos créditos por isso.

Achei que o encontraria lá embaixo, em vez disso encontrei Finn sentado no sofá. Ele estava vestido do mesmo modo que no dia anterior, apesar de o paletó estar dobrado no braço do sofá e os óculos escuros enfiados no bolso da camisa. Ontem fiquei aborrecida pelo fato de tê-lo pairando por perto, mas naquele instante não me importei muito mais com isso.

– Onde está meu pai? – perguntei ao seguir para a cozinha para ver se conseguia fazer café.

– No trabalho – Finn respondeu. – Acho que vai ter de me aguentar o dia inteiro de novo.

– Vou encontrar um modo de conviver com isso – disse por sobre o ombro, e acho que ele chegou a dar uma risada, ainda que curta e quase imperceptível.

Minhas esperanças de tomar café foram por água abaixo quando vi que meu pai não tinha cafeteira. Encontrei um monte de chá, mas mesmo que eu soubesse prepará-lo solto sem os saquinhos, eu teria desistido. No fim, acabei encontrando um vidro de café instantâneo, que resolvi ser melhor que nada. Não fiquei muito certa disso depois de experimentá-lo, mas me forcei a bebê-lo com fins medicinais.

Kimber apareceu às dez em ponto, muito animada. Eu nunca fui uma compradora entusiasmada – era difícil ficar assim quando se conta cada centavo na esperança de se pagar a conta de eletricidade. Mas tive de admitir, com Kimber, parecia divertido. Ela tinha um olho crítico, e praticamente tudo o que ela sugeriu que eu experimentasse ficou fabuloso em mim, se é que posso dizer isso de mim mesma.

Sendo do tipo prático, foquei no básico: suéteres, camisas de manga longa, calças mais pesadas em diversos padrões de algodão e lã. Kimber, porém, constantemente tentava me convencer a comprar coisas mais extravagantes: vestidos, saias, blusas esvoaçantes. Como eu disse, ela tinha um olhar crítico, mas, embora eu experimentasse tudo, eu não conseguia gastar dinheiro em coisas que nunca vestiria. Minha seleção "sem graça" a entediou até não poder mais.

– Você precisa comprar *alguma coisa* interessante. – Ela fez beicinho quando saímos de outra loja sem nada em seda, veludo ou renda na sacola. Finn já carregava tantas sacolas para mim que mais parecia um carregador bonitão, eu, porém, ainda tinha uns duzentos euros para gastar. Eu tinha de admitir, a ideia de comprar algo completamente pouco prático tinha certo apelo.

Kimber deve ter sentido minha fraqueza.

– Já sei! – exclamou com os olhos cintilando de excitação. – Meu aniversário é no mês que vem e vou dar uma grande festa. Precisamos começar a procurar o vestido perfeito para você.

Olhei para ela de olhos arregalados.

– Você espera que eu use um *vestido* para a sua festa de aniversário?

Kimber arrebitou o nariz, lembrando-me brevemente a princesa de gelo.

– A festa é minha, minhas regras, portanto. E acontece que gosto de vestidos.

Lembrei-me da monstruosidade cheia de fru-frus e penas no armário dela, esperando que não fosse aquele tipo de vestido que ela pensava para mim. Protestei debilmente quando ela me arrastou para outra butique.

Se eu estivesse sozinha, daria uma olhada nas etiquetas de preço e sairia na mesma hora. Mas Kimber numa missão era uma força a ser levada a sério, e eu logo me vi no provador com os braços cheios de vestidos lindos, caros e pouco práticos.

Com a ajuda de Kimber, diminuí as opções ficando com duas apenas, mas eu ainda não estava certa se poderia gastar aquela quantia num vestido de festa.

– Gosto mais do azul – Kimber opinou. – Ele ressalta a cor dos seus olhos.

Emiti um som sem compromisso. O azul era, claro, o mais caro dos dois. Estava na cara que Kimber nunca teve de economizar um centavo na vida.

Ela emitiu um suspiro de exasperação.

– Vou procurar alguma coisa para mim enquanto você pensa a respeito. Mas nem pense em sair daqui de mãos abanando. – Ela sacudiu o dedo na minha frente e revirou os olhos.

Ela só havia saído há um minuto quando ouvi um baque de dentro da loja. Não fiquei muito alarmada. Não até sentir o camafeu esquentar e voltar a sentir o formigamento estranho. Aquilo não podia ser nada bom.

Rapidamente vesti minhas roupas normais – se eu tinha de enfrentar bandidos, preferia fazê-lo com algo mais, além de calcinha. Eu tinha acabado de vestir as mangas do blusão quando a porta do provador se abriu num estrondo.

Dei um grito e um pulo para trás quando vi Finn voar pela porta, batendo com tudo no espelho de corpo inteiro na outra parede. O espelho se quebrou com o impacto e Finn soltou um gemido de dor.

Dois homens o seguiram, andando como se nada demais estivesse acontecendo. Um deles parou para fechar a porta do provador enquanto o outro avançava na direção de Finn.

Os dois também eram altos e musculosos, com a estrutura física semelhante à de Finn. Também tinham a aparência dos agentes do filme *Homens de preto* (MIB, até os óculos escuros que eles nem precisavam usar *lá fora* naquele dia cinzento. Tive o palpite de que se tratavam de Cavaleiros. E de que eu estava com sérios problemas.

Tentei gritar só porque parecia apropriado à ocasião, mas isso não pareceu aborrecer os Cavaleiros. Provavelmente as únicas pessoas que podiam me ouvir eram Kimber e a dona da loja, mas os Cavaleiros teriam de ter passado por elas para chegar ao provador. Desejei que elas estivessem bem.

Finn sangrava por um corte feio na testa, e o espelho quebrado o machucava no corpo inteiro. Os Cavaleiros estavam entre mim e a saída, mas tentei correr para lá de qualquer modo, na esperança de que por serem tão grandes, fossem lerdos. Infelizmente, não funcionou. Um deles me agarrou e me segurou pelo peito, logo abaixo dos seios, com o outro braço pressionando minha garganta. Tentei chutá-lo, mas era difícil chutar com força para trás e isso não o incomodou em nada.

– Lute, e a garota morre – o outro Cavaleiro disse a Finn, que havia conseguido se ajoelhar.

O olhar de Finn recaiu sobre mim, e o Cavaleiro que me segurava me apertou com mais força, impedindo-me de respirar.

– Não a machuque – ele disse devagar. – Não vou lutar.

A pressão no meu pescoço afrouxou, e eu arfei procurando por ar. O segundo Cavaleiro avançou na direção de Finn, depois puxou as pernas dele para trás e o chutou com força no estômago.

– Não! – gritei. Finn era um incômodo, mas eu não queria que ele se machucasse.

O Cavaleiro que me segurava riu quando o parceiro atingiu Finn de novo. Tentei me soltar, mas eu só o moveria se conseguisse movimentar um trator. Eu nem conseguia desviar o olhar do que acontecia com Finn, não com o braço do Cavaleiro me apertando daquele modo pela garganta. Eu podia fechar os olhos, mas isso não melhoraria as coisas. Eu ainda ouviria o impacto dos punhos e pés no corpo indefeso de Finn, e os gemidos de dor que ele não conseguia reprimir.

O Cavaleiro atingiu Finn sem parar, às vezes, com tanta força que eu ouvia ossos se quebrando. Solucei e lutei, e implorei para que Finn se protegesse, mas ele não fez nada. No fim, ele já nem conseguia mais reagir.

Finn ficou caído com o rosto no chão, e se não fosse por ele arquejar à procura de ar, eu o teria considerado morto. O

Cavaleiro que o surrou sorriu e puxou uma longa adaga da bainha escondida na bota.

– Não! – exclamei, embora soubesse que de nada adiantaria. – Por que está fazendo isso?

O Cavaleiro se ajoelhou ao lado de Finn, e mesmo com seus óculos escuros, eu sentia o olhar dele preso ao meu. Seu sorriso era frio e cruel, e não vi nada de remotamente humano no rosto dele.

– Saia de Avalon – ele disse para mim. – Saia e nunca mais volte. Senão, da próxima vez será *você*.

Gritei quando ele levantou a cabeça de Finn, cravando a adaga nas costas dele. Finn gritou e tentou se mexer. Percebi horrorizada que a adaga o prendia ao chão.

O Cavaleiro que me segurava finalmente me soltou, empurrando-me para o chão. Os pés deles esmagaram o espelho quebrado enquanto saíam do provador.

Aterrorizada, fui para junto de Finn, sem notar o vidro. O cabo da adaga se sobressaía logo acima do ombro direito e o sangue jorrava do ferimento. Pousei a mão trêmula sobre ele, sem saber o que fazer. Cuidei da minha mãe depois de alguns acidentes por ela estar embriagada, mas nada que se assemelhasse àquilo. Seria melhor tirar a adaga ou isso só pioraria a situação?

Com um gemido de dor, Finn se virou na minha direção.

– Ai, meu Deus! – exclamei. – Não se mexa!

O rosto dele estava... arruinado. Era o único modo de descrevê-lo. Não sei quantos ossos foram quebrados, mas eram muitos. No entanto, pelo visto, os Cavaleiros eram feitos de estofo bem forte.

– Vou viver – ele conseguiu dizer. – Procure ajuda.

Eu não sabia se deveria acreditar na declaração dele, mas suas palavras bastaram para que eu agisse. Agora coberta de sangue e cacos de vidro, cambaleei pela loja.

A dona estava no chão atrás da caixa registradora. Kimber, mostrando o que logo se tornaria um imenso hematoma, a ajudava a se levantar. Eu ficaria aliviada em ver que elas estavam bem se meu medo por Finn me deixasse pensar.

– O telefone! – gritei para a lojista, a histeria ameaçava tomar conta de mim. – Onde está o telefone? Preciso chamar uma ambulância.

Ela apontou para o aparelho, que estava praticamente na minha frente. Eu o peguei com as mãos trêmulas, mas as palmas estavam cobertas de vidro, por isso o deixei cair. A lojista havia se recuperado o bastante para ficar de pé e esticou a mão.

– Deixe que eu faço isso – disse ela.

E já que eu nem sabia que número ligar e não saberia fornecer o endereço, e provavelmente nem teclaria o número certo por causa do tremor nas mãos, entreguei o aparelho.

Capítulo 19

A ambulância e os paramédicos chegaram ao mesmo tempo em que a polícia. Eu ainda tremia muito, mas conseguia raciocinar o bastante para saber que era melhor ficar junto de Finn – mesmo que ele não pudesse fazer nada para me ajudar – que permitir que a polícia me levasse para a delegacia para colher meu testemunho, declaração ou o que quer que fosse. A polícia havia prendido meu pai por causa de uma acusação forjada e eu não fazia ideia de que lado eles estavam. Eu não queria arriscar a minha precária liberdade, por isso fingi estar mais histérica e machucada que estava na verdade. Havia bastante sangue em mim para que meu ato parecesse bem convincente.

Kimber e a lojista foram examinadas por alto pelos paramédicos e logo foram dispensadas por não precisarem de cuidados. Finn, por sua vez, era outra história. Estava inconsciente e havia perdido sangue demais.

Fui na ambulância ao lado dele até o único hospital de Avalon. Os paramédicos – um feérico e outro humano – não pareciam nem um pouco preocupados com as condições dele como eu.

– Ele vai ficar bem – o paramédico feérico disse. – Se quisessem matá-lo teriam usado uma adaga de ferro em vez de uma de prata.

– E não a teriam cravado no ombro – o humano acrescentou.

Os feéricos eram normalmente vulneráveis ao ferro frio, por isso o chamavam de ferro puro. Ele é inexistente em Faerie, onde a prata é um metal muito mais comum.

Olhei bem para a adaga, mais que devia, enquanto fiquei ao lado de Finn à espera da ambulância. O cabo era feito de algum tipo de madeira, talvez ébano, porque era bem escura. Não foi isso que chamou minha atenção, contudo. Não, meus olhos se fixaram na rosa de marfim incrustada na madeira. Eu não conseguia deixar de pensar que aquela adaga – deixada para trás na cena do crime – servisse para apontar a responsabilidade do ato. Ou era um seelie por trás do ataque... Ou alguém querendo que pensássemos assim.

Não havia nada que eu pudesse fazer para evitar que nos separassem ao chegarmos ao hospital. Finn foi levado para a ala de traumas graves, e eu acabei ficando com um feérico mal-humorado que achava que eu *queria* ter lascas de vidro perfurando minhas palmas e meus joelhos.

Eu cerrava os dentes tentando ser valente enquanto o curandeiro feérico caçava cacos de vidro com uma pinça maligna quando meu pai chegou. Fiquei mais aliviada que queria admitir quando o vi.

Acho que papai planejava me abraçar – ou ao menos me dar um apertão camarada no ombro –, mas o curandeiro lançou um olhar ordenando que ele ficasse fora de seu caminho que o fez dar um passo para trás.

– O que aconteceu? – papai perguntou.

Abri a boca para responder, depois pensei melhor. Indiquei o curandeiro que parecia ter terminado de caçar vidro e que agora usava magia para curar os ferimentos. Papai assentiu indicando que havia entendido.

– Finn vai ficar bem? – perguntei, por mais que um batalhão de pessoas tivesse me dito que sim. Mas aqueles Cavaleiros o haviam machucado demais, e, por minha causa, ele não havia tentado se defender.

– Ele vai ficar bem – papai me assegurou. – Nós, feéricos, somos osso duro de roer, e nossos Cavaleiros mais ainda do que a maioria.

– O que, exatamente, *é* um Cavaleiro? – Finalmente lembrei-me de perguntar.

– Eles pertencem à casta dos guerreiros, os protetores de Faerie. Às vezes, também são conhecidos como Daoine Sidhe. A maioria reside em Faerie e nem vem para Avalon. Mas aqueles que vêm para cá são os melhores guarda-costas do mundo.

– Pronto – o curandeiro disse com um aceno satisfeito. – Pode ir para casa quando quiser.

Pisquei, surpresa. Nenhuma papelada de seguro para preencher? Nenhuma conta para pagar? E, o mais estranho, nenhuma polícia para depor?

Olhei confusa para papai, mas ele só sorriu para mim.

– Vamos levá-la para casa para que você possa trocar de roupa, sim?

Não fiquei triste com a proposta, por isso o segui apesar da minha apreensão. Saindo da sala de exame, ele pegou uma camisola de hospital de uma pilha numa prateleira.

– Depois devolvo – ele garantiu ao ver que o fitava surpresa.

Não entendi para que ele precisava daquilo – graças a Deus não me fez vesti-la – até chegarmos ao estacionamento ao lado do hospital. Então me lembrei do lindo carro esporte vermelho e entendi que papai não queria que eu manchasse o assento. Não foi uma sensação muito agradável e reconfortante, mas ele pareceu não notar nada ao cobrir o assento com a camisola e segurar a porta aberta para mim.

Está bem, eu sei, se eu tivesse um carro como aquele, com bancos de couro, eu também detestaria que ele ficasse coberto de sangue. Mas eu tinha quase certeza de que se a magia feérica curava machucados e podia salvar Finn, provavelmente limparia bancos de carro também.

Papai não me perguntou sobre o ataque até chegarmos em casa, eu tomar banho e trocar de roupa. Então me sentei ao lado dele no sofá, com o sempre presente chá esfriando na mesinha de centro, e eu lhe contei tudo o que podia lembrar. Quando cheguei à parte da adaga com a rosa branca no cabo, ele ficou visivelmente rígido.

Os lábios se comprimiram e ele emitiu um suspiro zangado.

– Maldição! – exclamou. Ficou de pé e começou a andar de um lado para o outro, parecendo pensar furiosamente.

– O que está acontecendo? – perguntei com cautela, tenho de admitir.

Ele voltou a se sentar, mas sua postura não relaxou.

– Ethan disse que os spriggans estavam tentando matar você, mas isso não faz sentido, não enquanto você estava, pelo menos naquela hora, nas mãos dos unseelie.

Eu lembrei que Ethan disse a mesma coisa.

– E agora você foi atacada pelos seelie enquanto mora comigo.

– Eles atacaram a Finn, não a mim.

Ele fez um gesto de dispensa com a mão.

– Eles machucaram Finn. Mas foi *você* quem eles atacaram. E feriram. – Ele pôs a mão no meu ombro e apertou. – Finn é um guerreiro, e por mais que não goste de se ferir em combate, isso faz parte do seu trabalho. Não há por que se sentir culpada por isso.

Mas eu me sentia, de qualquer modo. Não conseguia deixar de lembrar como Finn olhou para mim e escolheu não se defender a fim de me proteger. Como eu poderia *não* sentir culpa?

– Então, o que tudo isso significa para você? – perguntei a papai. – Se nenhum dos ataques faz sentido, por que acredita que estejam atrás de mim?

Ele me olhou longamente, de um modo que deu a entender que eu não gostaria do que estava para ouvir.

– Os feéricos de Avalon, tanto os seelie quanto os unseelie, querem você, viva e sob a influência deles. No entanto, estou começando a imaginar se as rainhas de Faerie têm outras ideias.

– O quê? – exclamei. Já era ruim ter uma horda de políticos manipuladores querendo me capturar e me moldar para os seus ideais! Agora papai dizia que as rainhas de Faerie também estavam atrás de mim? – Por quê?

Papai se recostou nas almofadas do sofá, ainda com a expressão contemplativa.

– O último faeriewalker antes de você se aliou à corte unseelie. Um dia, ele foi para Faerie e nunca voltou. Seu corpo foi encontrado no fim, decapitado.

Engoli em seco, levando a mão ao pescoço sem pensar.

– Há aqueles que especulam que o Cônsul tivesse ambições em Faerie e pudesse ter usado o faeriewalker numa tentativa de assassinato contra Mab, a rainha unseelie. Se isso for verdade, as rainhas podem encarar os faeriewalkers mais como uma ameaça do que como peões ou aliados políticos.

Gemi e apoiei a cabeça nas mãos. Aquilo tudo era demais para mim. Minha vida, desde que pisei em Avalon, foi um desastre depois do outro. Eu queria ter um par de sapatos de rubi para poder bater um no outro e ser teletransportada de volta para casa, como Dorothy, em *O mágico de Oz.* Eu não sabia o quanto o meu lar era bom até ele estar longe.

– Preciso sair de Avalon – murmurei atrás das mãos. Eu não gostava da ideia de ser obrigada a ir embora, mas se eu ficasse, era bem capaz de acabar morrendo, e levando todos ao meu redor junto comigo.

– Não, Dana – meu pai disse e começou a esfregar a mão para cima e para baixo nas minhas costas. Era para ser um gesto reconfortante, mas eu passara do ponto de ser confortada.

Sentei-me ereta e olhei para ele.

– Não pode querer que eu fique aqui agora! Não caso se importe comigo de verdade. Ou ainda tem esperanças de me usar para dominar Faerie, assim como esse outro homem de quem me falou?

O olhar de meu pai estava furioso o bastante para deter as palavras em minha garganta e, por um momento, pensei que ele fosse bater em mim de tão bravo que ficou. As faces estavam coradas e os lábios comprimidos estavam brancos de tão tensos.

– Não tenho ambições em Faerie – ele disse entre dentes. – Fiz de Avalon meu lar e tenho toda intenção de permanecer aqui.

Acreditei nele, mesmo tendo muitas ambições em Avalon.

– Então por que quer que eu fique se corro risco de vida?

– Porque pode ser protegida aqui de maneira que não pode no mundo mortal. Se sair de Avalon, isso pode bastar para satisfazer a rainha seelie, já que você é, tecnicamente, membro da corte dela. Mas, duvido, no entanto, que Mab a deixe em paz mesmo assim. Afinal, é sempre possível que você decida voltar um dia. Ela pode mandar agentes atrás de você no mundo mortal, e eles a perseguirão para o resto da sua vida. Não pense que só porque esses agentes teriam de ser humanos significa que eles não a matem. Ou a sua mãe. Ou qualquer pessoa que lhe seja cara.

Eu bem que queria discutir a lógica dele. Mas mesmo que acreditasse em *metade* do que ele dizia, ainda assim eu estaria enrascada. Infelizmente, eu ainda não estava convencida de que estaria mais segura em Avalon.

– Acho que chegou a hora de eu me encontrar com Alistair e Grace – papai anunciou.

Passei por surpresas demais num dia só para reagir àquele anúncio.

– Pensei que eles fossem o inimigo.

Ele levantou só um ombro.

– No que se refere à manipulá-la para causas próprias, sim, eles são. Porém, os dois são muito poderosos. Não acredito que nenhum deles seja frio o bastante para querê-la morta, mas, mesmo que isso fosse verdade, eles não deixariam isso acontecer enquanto tivessem a esperança de conquistar a sua lealdade.

E aquilo era extremamente animador.

– Você acha que um dos dois queira desafiar as rainhas? – perguntei.

Papai balançou a cabeça.

– Alistair nasceu em Avalon e morou aqui a vida inteira. Não acredito que tenha alguma ambição em Faerie, uma vez que sua plataforma se refere à quebra dos laços com as cortes e nos tornarmos "cidadãos de Avalon", como ele mesmo diz. E Grace... tem seus motivos para não querer viver em Faerie.

– Quais seriam...?

Papai não respondeu.

– Já que é a minha vida que está em jogo, acho que tenho o direito de saber – argumentei.

Sua expressão mostrou desgosto.

– Lachlan.

Esperei um segundo, mas aquilo parecia tudo o que ele estava disposto a falar a respeito.

– O que *tem* Lachlan?

Os lábios de papai se curvaram em desdém.

– Minha irmã tem certa... ligação com Lachlan. Uma que não é aprovada nem mesmo em Avalon, mas pela qual ela seria totalmente menosprezada em Faerie.

Em outras palavras, Grace e Lachlan formavam um casal. De certo modo. Lembrei de como Lachlan falava dela, com certa reverência. Eu duvidava que o relacionamento deles fosse uma parceria entre iguais.

Papai deixou de lado seu desgosto por Lachlan.

– Acredito que os curandeiros terminem os cuidados com Finn nas próximas horas. Vou providenciar um encontro com Grace e Alistair, mas me certificarei de que esteja protegida em minha ausência.

Estreitei os olhos na direção dele.

– Eu não deveria ir junto? Tenho muito em jogo nesse assunto.

Papai fez que ia dizer alguma coisa, depois mudou de ideia. Pensou mais um pouco, depois fixou seu olhar no meu.

– Prometi ser honesto com você, por isso serei. Claro que você é quem tem mais a perder dependendo do que decidirmos. No entanto, minha filha, você não tem nenhum poder decisório.

Fiquei de olhos arregalados.

– A honestidade nem sempre é bela – ele disse. – Você é jovem e inexperiente, e está apenas começando a entender a extensão dos seus poderes. Também sou seu pai, e tenho custódia legal sobre você.

– Minha *mãe* tem a custódia. – E ai meu Deus, eu lhe devia um imenso perdão quando... Se eu voltasse a vê-la. Naquele instante, eu estaria cuidando dela na pior das ressacas ao mesmo tempo em que providenciaria uma nova mudança, enquanto *tentaria* esconder seus problemas dos meus amigos. Isso tudo parecia tão fácil se comparado com duas rainhas de Faerie tentando me matar.

– Acredite em mim, Dana – meu pai continuou. – No que se refere à Avalon, meu direito é incontestável. Sua mãe não está aqui, eu estou. Isso é tudo o que importa. – Ele esticou a mão na minha direção, mas eu me esquivei do seu toque.

– Não venha me tocar todo paternal. Não depois desse discurso!

Ele levantou uma sobrancelha.

– Prefere que eu minta? Porque, por mais que há muito tempo eu tenha dado as costas às cortes de Faerie, eu era uma figura importante naquela época e ninguém sobrevive sem aprender a mentir com facilidade impressionante.

Eu não era tola a ponto de pensar que ele fosse incapaz de usar esse talento contra mim num piscar de olhos se lhe fosse proveitoso. Inferno! Até onde eu podia saber, tudo o que ele me contou podia ser inventado. No entanto, a verdade nua e crua era que, se ele quisesse me manter ali, poderia. Disso eu tinha certeza.

Sem nenhuma outra palavra para meu pai, levantei e saí da sala, subindo até meu quarto enquanto ele planejava o encontro dos meus três principais representantes. E pode apostar que a primeira coisa que fiz ao chegar ao meu quarto foi arrancar o camafeu com a rosa branca e jogá-lo no lixo mais próximo.

Capítulo 20

A tarde foi longa. Depois da conversa com meu pai, fiquei no quarto ruminando por mais tempo que eu gostaria de admitir. O telefone tocou algumas vezes, e por mais que eu estivesse tentada a espreitar, era melhor eu não saber o que estava acontecendo.

Finn voltou do hospital um pouco depois das seis. Eu não queria muito ficar perto do meu pai, mas eu *queria* ver Finn, certificar-me de que ele estava, miraculosamente, bem.

Dizer que ele estava bem era ser um tanto otimista. Eu poderia dizer, pelo modo cauteloso com que ele caminhava e pela rigidez ao redor da boca, que ele ainda sentia muita dor. Até mesmo papai notou, porque com presteza pediu que o Cavaleiro se sentasse. Finn se sentou no sofá de bom grado.

– Está bem o bastante para protegê-la? – meu pai perguntou. Acho que sua compaixão tinha limites.

Finn, um tanto rígido, deu de ombros.

– Não se tiver de acompanhá-la pela cidade. Mas na casa, com o acréscimo de seus feitiços de proteção, sou capaz, sim.

– Não pode encontrar outra pessoa que não esteja machucada? – perguntei a papai, mordendo o lábio ao observar Finn. Eu odiava a ideia de ele ter de me defender já estando ferido. Acho que eu não suportaria uma repetição do pesadelo daquela manhã.

– Eu consigo – Finn repetiu antes que meu pai pudesse responder. – Eu não diria isso se não fosse verdade.

Papai assentiu em concordância e se virou para mim.

– Mesmo não estando cem por cento, não encontrará um guardião melhor que Finn. Além disso, vou me encontrar com Alistair e Grace para jantar, para um planejamento estratégico em menos de meia hora. Eu não teria tempo para encontrar um substituto.

Nem tentei discutir.

Eu preferia guardar energia para as batalhas que podia vencer.

Papai saiu dez minutos mais tarde, e eu fiquei me perguntando o que faria para o jantar. Eu havia pulado o almoço e, embora papai tivesse me chamado para o chá da tarde, eu havia recusado a oferta. Por isso estava faminta.

Finn saiu do sofá, e eu me retraí com seu sofrimento.

– Por favor, não se levante! – eu disse, apesar de ele já estar de pé. – Precisa de alguma coisa? – Minha mente continuava a voltar para a imagem da surra, da adaga perfurando o ombro dele até a ponta ficar cravada no chão. E por mais valente e forte que fosse, ele não conseguiu abafar um grito quando o paramédico extraiu a adaga.

– Não sou um inválido – disse ele, indo para a cozinha.

Fiquei horrorizada quando o vi tirar comida da geladeira e percebi que pretendia cozinhar. Aquilo respondia minha pergunta quanto ao jantar.

– *Você* não vai cozinhar – eu disse na voz que usava com minha mãe quando ela estava bêbada demais para ficar perto da boca do fogão.

Sua resposta foi arquear a sobrancelha enquanto continuava a juntar ingredientes. Parecia que ele havia pensado em espaguete e almôndegas, baseado no que havia juntado até aquele momento.

– Eu cozinho desde que tinha seis anos – eu lhe disse. – Sei fazer espaguete. Por favor, sente-se.

Minha voz tremeu um pouco, para meu embaraço. Mas depois do que ele passou por minha causa, algo dentro de mim ficou mexido por ele estar fazendo aquilo por mim quando eu mesma poderia fazer. Eu vim para Avalon em parte para que alguém cuidasse de mim, para eu ser a criança que nunca tive a chance de ser. Engraçado como agora que eu podia, eu só queria ter as rédeas da minha vida de volta em minhas mãos.

Finn abaixou o pimentão verde que estava examinando e se virou para me encarar, apoiando o quadril contra o balcão.

– Eu também venho cozinhando desde os seis anos, e isso foi há muito mais tempo do que foi para você.

– Mas...

– Se tivesse conseguido me mandar para casa, eu estaria na minha própria cozinha preparando meu jantar neste instante.

Engoli em seco algumas vezes, detestando o fato de estar com vontade de chorar por causa de algo tão insignificante como quem iria cozinhar. Consegui passar pelo ataque e os momentos seguintes sem chorar; por certo conseguiria fazer isso agora.

Finn deu uns passos na minha direção e sua voz ficou mais suave. Na verdade, ele tinha uma voz muito bonita – profunda e meio sensual – naquelas raras ocasiões em que decidia usá-la.

– Dana, aprecio sua preocupação comigo – disse ele. – Mas a verdade é que você se feriu muito mais que eu.

Isso abriu as comportas e as águas rolaram, por mais que eu me esforçasse. Cobri o rosto com as mãos, num último esforço para mandar as lágrimas de volta para dentro dos olhos. Finn me empurrou e antes que eu notasse, eu estava na sala de estar, no sofá, com um lenço de linho de verdade pressionado contra os olhos enquanto chorava como um bebê bobão.

Finn não disse nada por um bom tempo, permitindo que as piores ondas de violenta emoção se acalmassem. Eu ainda fungava e soluçava quando ele voltou a falar.

– Sou um Cavaleiro de Faerie – ele disse. – Sou Cavaleiro desde que completei dezoito anos e isso foi... há um bom tempo. Já fui perpassado por espadas, atingido por flechas e por balas, torturado de maneiras que prefiro não descrever para você. Esse é meu trabalho, sei muito bem o que ele requer de mim, e eu escolho fazê-lo.

– Mas eles poderiam tê-lo matado! – protestei, tentando enxugar as últimas lágrimas com o lenço ensopado.

Finn chegou a sorrir.

– Assim como aqueles que me perfuraram, alvejaram etc. De fato, na maioria dessas vezes tentaram mesmo me matar, enquanto os Cavaleiros de hoje não. – Ele voltou a ficar sério. – Não lamente a minha dor. Reconheça a sua, porém, e deixe que eu cuide de você.

Balancei a cabeça.

– Então cozinhar faz parte das funções do seu trabalho também?

– Hoje sim. Deixe que eu faça essa pequena tarefa para ajudar a reparar o mal por ter sido usado como uma arma contra você. Por favor.

Nos tempos antigos, quando eu morava com minha mãe, eu me acostumei a vencer uns noventa por cento das nossas discussões. Convenhamos, minhas vontades eram muito mais fortes que as dela. Desde que cheguei a Avalon, não venci nenhuma, pelo que podia me lembrar. E Finn estava jogando sujo com aquela coisa de reparar o mal...

– Está bem! – eu disse de má vontade.

Finn, porém, sorriu, e concluí que havia feito a coisa certa.

Finn não estava exatamente pronto para desafiar o *chef* Jamie Oliver pela supremacia, mas até que se saiu bem. Mesmo com seus olhos à la feérica, que sempre me pareciam um tanto femininos, ele tinha aquele ar másculo de um cara, cujas especialidades vinham de latas e do *freezer*, mas tive de dar a mão à palmatória, ele pareceu mais à vontade na cozinha que eu. Não digo que fiquei satisfeita em vê-lo me servir, mas consegui engolir cada protesto que tentava escapar da minha boca.

Ele voltou ao seu costumeiro eu taciturno, mas agora que eu sabia que ele era capaz de sustentar algo semelhante a uma conversação, e já que eu ainda tinha muitas perguntas referentes ao ataque, decidi interrogá-lo enquanto comíamos.

– Você conhecia aqueles dois Cavaleiros? – perguntei.

Ele, deliberadamente, enfiou uma almôndega na boca a fim de não responder, mas eu só tamborilei os dedos no tampo da mesa, esperando que ele terminasse de mastigar e engolir. Se ele tinha esperanças que a demora me fizesse esquecer a pergunta, estava muito enganado.

– E então? – insisti.

– Sim.

– Sim, você os conhece?

Ele assentiu, depois colocou mais comida na boca. Eu, obviamente, teria muito trabalho para obter informações.

– Já que os conhecia, conseguiu identificá-los para a polícia e é por isso que ninguém me fez perguntas? – Isso ainda me parecia um pouco... estranho. Não havia *dúvidas* de que eu não escaparia de uma sessão com a polícia se isso tivesse acontecido nos Estados Unidos.

– Isso não é assunto para a polícia – Finn disse quando terminou de mastigar.

– Como? Como isso pode não ser assunto de polícia? – Minha voz se elevou para quase um grito, mas forcei-me a abaixá-la. – Que tipo de lugar às avessas e estranho *é* este?

Seus lábios se retorceram, mas aquilo mal se pareceu com um sorriso, mesmo que ele considerasse meu acesso engraçado.

– Não é assunto de polícia porque os Cavaleiros são de Faerie. Tenho certeza de que atravessaram a fronteira antes mesmo de a polícia chegar à loja.

– Bem, não existem feéricos na força policial? Eles não podem segui-los até Faerie?

– A polícia dos Estados Unidos pode perseguir criminosos em países estrangeiros? – Estava claro que ele sabia a resposta, porque nem parou para ouvir a resposta. – As chances de conseguir extraditar alguém de Faerie para cá são quase nulas. Isso explica porque se permitiram um ataque tão atrevido.

Deixei o garfo pousar no prato.

– Deixe-me ver se entendi direito. Qualquer um de Faerie pode entrar em Avalon quando bem quiser, cometer o crime que lhe der vontade e depois flanar de volta para Faerie? E ninguém pode fazer nada a respeito?

– Isso é um exagero. Entrar em Avalon não é algo simples. Temos de patrulhar as fronteiras contra diversas criaturas de Faerie que não têm permissão para entrar. Mas se a pessoa que quer entrar é sidhe, e não existe nenhuma ordem específica impedindo a sua entrada... – Ele deu de ombros. – Sua comida está esfriando.

Maravilha! Agora eu tinha *dois* pais em Avalon. Como eu ainda estava com fome, peguei o garfo de novo e comi mais um pouco antes de retomar meu ataque.

– E quanto a *sair* de Avalon? – perguntei. – Eu teria de passar pela imigração para sair. E quanto àqueles Cavaleiros?

– Você passaria pela Imigração para *entrar* na Inglaterra, não para *sair* de Avalon. Agora me deixe comer em paz.

Ele, provavelmente, falou mais durante esse jantar que em toda a última semana. Parei com as perguntas, mas continuava a pensar vertiginosamente. Se os sidhe podiam ir e vir de Faerie quando bem quisessem, então minha vida estaria constantemente em perigo. Eu teria Finn para me proteger, mas o episódio daquele dia provou que um homem – não importando sua força ou sua magia – nem sempre bastaria para me proteger. Quando aquele Cavaleiro me agarrou, eu me senti tão inútil quanto uma rainha da gritaria num filme de terror.

– Acha que pode me ensinar o básico em autodefesa? – perguntei a Finn depois que terminamos de comer e estávamos lavando a louça.

Ele levantou uma sobrancelha para mim.

– Nem alto nível de autodefesa teria ajudado contra os Cavaleiros – ele me disse. – Caso seu pai tivesse a mínima noção de que Cavaleiros seriam mandados atrás de você, ele não teria permitido que saísse de casa sem um acompanhamento consideravelmente maior.

Não era o que eu queria ouvir.

– Não estou pedindo que me transforme numa superninja. Só não quero me sentir tão indefesa.

– Contra Cavaleiros, você é.

– Essa não é a questão – disse, em dúvida se ele estava sendo propositalmente estúpido. – Se ao menos eu tivesse alguma noção de como me defender, eu saberia como *tentar* me esquivar. Além disso, com o ritmo com que venho angariando inimigos, eu bem posso ser atacada por alguém que não seja Cavaleiro.

Pela primeira vez, Finn pareceu considerar a ideia. Cruzou os braços sobre o impressionante peito e me avaliou.

– Vai contra o código dos Cavaleiros partilhar nosso treinamento com alguém que não seja Cavaleiro. – Abri a boca para protestar, mas ele me cortou com um gesto. – *Mas* – ele disse –, com a aprovação do seu pai, posso conseguir que outra pessoa lhe dê instruções básicas.

Havia um sinal de sorriso nos lábios dele, o que levantou minhas suspeitas.

– Tem alguém especial em mente? – perguntei.

Finn parecia satisfeito consigo.

– Tenho. E posso praticamente garantir que ele lhe dará a motivação necessária para que você descubra sua guerreira interior.

– E o que isso quer dizer? – perguntei, começando a acreditar que talvez eu não conseguisse o que queria.

– Vou deixar que descubra por si só.

Juro que o brilho travesso no olhar dele tinha um toque de maligno.

Papai só voltou depois das dez – o que devia ser indício de um jantar e tanto. Eu estava sentada no sofá com Finn àquela altura, assistindo uma comédia esquisita britânica da qual eu entendia só um terço das piadas. Finn não chegou a gargalhar, mas o traço de um sorriso toda vez que as risadas gravadas iam ao ar sugeria que ele estava se divertindo.

Mesmo nas poucas horas em que passamos juntos naquela noite, a condição de Finn pareceu melhorar visivelmente. Ele se movimentou com maior facilidade ao se levantar para cumprimentar meu pai. Os dois tiveram uma breve conversa antes de papai agradecer Finn e liberá-lo por aquela noite.

Papai abriu um armário que se revelou um bar e se serviu de uma dose generosa do que supus fosse conhaque. Ele revirou o conteúdo no copo, mas não o bebeu de imediato.

– Posso deduzir pela sua expressão e pelo fato de mergulhar direto no álcool que as coisas não correram bem? – perguntei.

A expressão dele se suavizou e ele recuperou o fôlego antes de tomar um gole do conhaque. Indicou o sofá para mim e nos sentamos em cantos opostos.

– Ocorreu como esperado – ele disse. – Todos nós imediatamente concordamos que era imperativo trabalharmos juntos para mantê-la a salvo. E depois passamos as três horas seguintes discutindo o melhor modo de fazer isso. – Ele riu, balançando a cabeça e tomando mais um gole.

Isso não me pareceu particularmente engraçado.

– Então, a que conclusão chegaram?

– Decidimos que conversaremos mais amanhã.

Eu gemi.

– Você *só* pode estar brincando.

O sorriso dele era sério.

– Somos políticos, querida. Chegar a um consenso consome tempo e energia. Nós concordamos, *porém*, que precisamos encontrar uma casa segura para você ficar. – Devo ter ficado alarmada porque ele prosseguiu apressado: – Não que não esteja segura aqui. O problema é que você está... acessível demais.

– Para quem?

Ele deu de ombros.

– Quando se tem inimigos tão poderosos quanto você, é melhor que esses inimigos não saibam onde você está.

Puxa, como eu estava feliz com a sinceridade e honestidade de papai. Será que ele achava que eu não havia notado como ele não respondia às minhas perguntas?

– Não se preocupe – ele disse, tomando mais um gole de conhaque. – Minha casa é o melhor lugar no momento. Só não serve como solução permanente.

Eu não disse nada porque começava a sentir as barras da gaiola dourada crescendo ao meu redor. Eu já vivia vinte e quatro horas sob uma vigilância constante e vi as pequenas liberdades que tinha agora – como sair para fazer compras – escorregar pelos dedos. Se eles me colocassem num lugar onde ninguém mais pudesse me encontrar, então eu estaria ainda mais sob o poder deles. Eles estariam me cortando do mundo exterior.

Foi um pensamento deprimente, mas se eu tinha alguma esperança de discutir com os Três Grandes, eu precisaria de mais gás que simplesmente "não quero ficar escondida num lugar isolado como uma princesa num conto de fadas". Naquele instante, isso era tudo o que eu tinha, por isso resolvi ficar de bico calado. Quem sabe depois de uma boa noite de sono, algo melhor me ocorresse.

Comecei a forçar um bocejo, que no fim se mostrou bem real. Papai me lançou um olhar paternal cheio de empatia.

– Você teve um dia longo – disse ele. – É melhor ir se deitar.

– Acho que sim. – Reprimi mais um bocejo.

Houve um instante de desconforto, já que nenhum de nós sabia o que fazer. Eu não iria beijá-lo para desejar boa-noite nem nada do tipo, mas ainda tive a sensação estranha de que deveria tentar uma demonstração de afeto. Acho que papai também sentiu isso, mas estava tão aturdido com isso quanto que eu.

– Bem, boa-noite – eu disse por fim.

– Boa-noite – ele respondeu inclinando a cabeça com formalidade. – Durma bem.

E acho que isso era o mais afetuoso que conseguíamos ser.

Capítulo 21

Eu não conseguia dormir. Sentia-me exausta por causa das provações do dia, mas minha mente se recusava a desligar e me deixar escapar por algumas horas. Naquela noite o futon se mostrou tão duro quanto previ, e me virei e revirei sem parar. Eu tinha vindo para Avalon em parte para me livrar de mamãe e do seu drama, acho, porém, que também desejei encontrar em papai o cuidado e a orientação paternos que me faltavam com ela. Eu queria que alguém mais velho e mais sábio desse sentido à minha vida e planejasse o meu futuro.

Sabe aquele velho provérbio chinês que diz que devemos ter cuidado com aquilo que desejamos? Cara, como eu o entendia agora.

Empurrei a bagunça das cobertas para longe de mim, sentei-me e acendi a luz. Se eu não conseguia dormir, então teria de encontrar outra coisa para fazer em vez de ficar cada vez mais nervosa até o amanhecer. Relanceei para o relógio e vi que era quase uma da manhã. O que significava que nos Estados Unidos estava no começo da noite. Talvez eu tivesse sorte dessa vez e mamãe atendesse o telefone. Dizem que a terceira vez dá sorte.

Prendi a respiração ao teclar o número, mal acreditando na vontade que eu sentia de ouvir a voz dela, mesmo que estivesse pastosa de embriaguez. Mesmo que ela gritasse e depois irrompesse em lágrimas, o que eu tentaria evitar a todo custo.

Quase arfei quando ouvi o clique da ligação sendo completada. Mas a voz que atendeu não era a da minha mãe.

– Residência dos Hathaway, posso ajudar? – a mulher disse, como se eu tivesse ligado para um escritório ou coisa assim.

Meu coração deu um pulo assustador no peito. Ai, meu Deus! O que significava outra pessoa que não minha mãe atender o telefone? Ela estava machucada? Doente? Morta?

Meu corpo inteiro ficou duro de tensão e eu mal consegui sussurrar, de tão apertada que estava minha garganta.

– Onde está minha mãe? Ela está bem? – Por favor, por favor, por favor... Permita que ela esteja bem! Eu não suportaria se algo tivesse acontecido com ela porque eu fugi.

– Dana? – a mulher perguntou. Eu ainda não reconhecia a voz dela.

– Sim.

– Aqui é Frances, sua vizinha?

Eu a reconheci então. Frances, que sempre fazia questão de esnobar minha mãe e transformava tudo o que dizia em perguntas.

– Por que está atendendo nosso telefone? – exigi saber. – Onde está minha mãe?

– Não se preocupe, Dana, querida. Sua mãe está bem. Você a assustou terrivelmente, sabia?

A última coisa que eu queria era levar bronca da vizinha fofoqueira e esnobe. Eu queria entrar no telefone e sacudi-la.

– Por favor, diga onde ela está – pedi e acho que minha voz soou patética o bastante, já que Frances resolveu não continuar com o sermão.

– Imagino que ela esteja em algum lugar sobre o Atlântico agora.

– O quê?

– Ela foi para Avalon atrás de você. Estou regando as plantas enquanto ela está fora.

Minha mente entrou em parafuso, embora não a ponto de não perceber que Frances estava em nossa casa para bisbilhotar. Se mamãe estivesse no avião naquele instante, ela só havia saído há poucas horas, e as plantas dificilmente precisariam ser regadas.

– Mamãe está vindo para Avalon – repeti, apesar de saber que ouvi bem.

– Sim. Ela estará aí pela manhã. Ela está muito preocupada com você, querida.

Eca. Eu não conhecia Frances bem o bastante para ela me chamar de querida. Diabos, eu não conhecia *ninguém* bem o bastante para isso. Mas se eu tentasse corrigi-la, acabaria presa ao telefone ainda mais tempo.

– Obrigada por cuidar das plantas – eu disse. – E se ela telefonar, por favor, diga para ela me ligar na casa do meu pai.

Desliguei antes que Frances pudesse responder. Ao inferno a etiqueta social. Minha mãe estava vindo para Avalon!

Eu mal acreditava nisso. Primeiro, ela ter ficado sóbria por tempo suficiente para planejar uma viagem como aquela em cima da hora. Segundo, crer que ela apareceria ali do nada. Não teria sido melhor ela telefonar antes de tomar uma atitude tão drástica? Eu não tive dificuldade alguma em descobrir o número de telefone do papai, então ela também não teria.

Claro que se tivesse ligado ontem, ela não teria me encontrado. Isso me fez pensar se meu pai falou com ela e se esqueceu de me contar.

Apaguei a luz e me deitei de novo, embora o sono estivesse tão longe de chegar quanto antes. Fitei o teto me perguntando o quanto havia subestimado minha mãe. Imaginei que ela ficaria deprimida e chorosa por eu ter ido embora. Que se sentiria ainda mais miserável consigo mesma que antes. Nem em um milhão de anos imaginei que ela viesse atrás de mim.

Talvez um milagre estivesse mesmo para acontecer. Talvez a minha fuga fosse o balde de água fria no rosto que ela precisava para entender a bagunça que ela fazia da vida dela. Talvez fosse o empurrão que ela necessitava para pedir ajuda e parar de beber.

Não sei quanto tempo fiquei ali, desejando, esperando, rezando, implorando para o universo para que aquilo fosse verdade, mas, no fim, acabei adormecendo, e só acordei às dez da manhã.

Finn parecia praticamente recuperado na manhã seguinte quando desci para o café da manhã, só para descobrir que meu pai já havia saído pelo dia inteiro. Mesmo as sombras dos hematomas já haviam sumido do rosto dele e ele não se movimentava como um homem com dor. Fiquei feliz pelos feéricos se recuperarem tão rápido. Isso me ajudou a sentir menos culpa a respeito do que aconteceu com ele ontem.

Dei meia volta quando vi um estranho sentado no sofá ao lado de Finn. Soube de cara que de alguma forma eles eram aparentados, pois ambos tinham os mesmos incríveis olhos verdes, mas era ali que a semelhança evidente terminava. Enquanto o cabelo de Finn era loiro dourado, o do desconhecido era completamente negro; Finn tinha a estrutura maciça de um caminhão, o outro era mais magro, delgado. Também era bem mais jovem que Finn, e não tinha o gosto conservador dele nas roupas. Uma camiseta preta desbotada se agarrava ao peito e as pernas estavam cobertas por *jeans* pretos justos. Botas de combate desamarradas se sobressaíam desses *jeans* e as mangas curtas da camiseta revelavam tatuagens celtas nos bíceps. Além disso tudo, ele devia ter uns cinquenta *piercings* na orelha esquerda e o cabelo caía pela testa, praticamente cobrindo um olho.

Nunca fui fã dos *bad boys* que conheci na escola. Eram sempre tão cheios de si e achavam que agindo como cretinos se tornavam populares. Contudo, de longe, até que era bom olhar para eles. E um *bad boy* feérico... Era de babar.

Finn sorriu para mim enquanto babava da soleira da porta.

– Seu pai me deu permissão para as aulas de autodefesa – ele disse. – Este é Keane. – Indicando o alto, sombrio e soturno rapaz. – Ele será seu instrutor.

Keane não se endireitou de sua pose largada, e o olhar que ele me lançou foi... pouco amigável.

Finn deu um sorriso ainda mais amplo, obviamente se divertindo.

– Se conseguir desconsiderar a atitude dele, Keane é um excelente professor.

Keane fitava o teto como se estivesse implorando por força. Pode me chamar de louca, mas eu podia apostar que ele não estava superentusiasmado com aquele trabalho.

– Ora, pare com esse mau humor – Finn disse para ele, com evidente afeto na voz. – Dar algumas aulas de autodefesa para ela não o transformará num clone de Cavaleiro conformista como eu.

Keane rosnou para ele, mas Finn pareceu não se importar.

– Vocês são parentes? – perguntei, apesar de já ter captado isso. Não eram só os olhos, embora eu não entendesse bem o que fosse.

Finn assentiu.

– Keane é meu filho.

– Oh – deixei escapar. – Eu não sabia que você era casado. – Eu quis me estapear pela minha ingenuidade antes mesmo de Finn balançar a cabeça.

– Cavaleiros não se casam – Keane disse antes que Finn tivesse a oportunidade.

– Faz parte da tradição, os Cavaleiros permanecerem solteiros – Finn confirmou. – Nossa lealdade deve pertencer àqueles que servimos. Claro que também faz parte da tradição não criarmos nossos filhos. – Ele lançou um olhar significativo na direção de Keane, que revirou os olhos

– É, você é um verdadeiro canhão à solta, totalmente incontrolável.

Finn não pareceu se importar por ter o filho lhe respondendo dessa maneira, pois sorria no que eu juraria ser pura diversão.

– Keane nunca foi um entusiasta com a instituição dos Cavaleiros. Ele rompeu a tradição familiar e recusou o treinamento dos Cavaleiros. Acho que ele teme que essa seja uma condição contagiosa, e se ele trabalhar com uma pessoa que fui contratado para proteger, ele acabará de alguma forma...

– Pare com isso – Keane resmungou e, apesar da pose de durão, pareceu envergonhado. Era evidente que ele tinha ressalvas quanto a me ensinar, mas eu não fazia ideia do que poderia ser. Talvez ele só não gostasse da ideia de ter de lutar com uma garota?

Keane se levantou, enfiando as mãos nos bolsos, sem olhar para mim. Lembro que Finn disse que a postura do professor me inspiraria a lutar e eu começava a entender por quê. A atitude dele estava começando a me cansar bem rapidinho.

– Vamos – ele disse, partindo para a porta da frente.

Eu não saí do lugar.

– Para onde? – perguntei.

Keane tirou as mãos dos bolsos, só para poder cruzar os braços diante do peito ao me encarar.

– Eu sou o professor, você é a aluna. Faça o que eu digo, sem perguntas.

Credo, que cretino. Na minha opinião, *bad boys* serviam para serem vistos, não ouvidos. Atrás de mim, ouvi Finn reprimir uma risada.

Eu sabia que Keane estava tentando me intimidar com aquele olhar, mas com spriggans e rainhas tentando me matar, até mesmo o mais intenso dos olhares não me assustaria. Dei alguns passos na direção dele e retribuí o olhar.

– Não sei qual o seu problema – eu disse, cutucando-o no peito –, mas...

Aconteceu tão rápido que nem o vi se movendo. Num instante eu o cutucava no peito; no seguinte, eu estava de cara no chão, com um braço dobrado para trás das costas e o peso de Keane me prendendo ao carpete. De algum modo ele conseguiu fazer isso sem me machucar, mas o choque me deixou perplexa e sem fôlego.

– Meu problema – ele sibilou no meu ouvido – é que não gosto do tipo de clientela para a qual meu pai se vende.

Ok, *cretino* era uma palavra gentil demais para o caso dele. Debati-me um pouco, mas ele só puxou meu braço até que ele começasse a doer. Arfei e ele relaxou um pouco.

– Se tivesse coragem – ele continuou, ainda sussurrando no meu ouvido –, teria se soltado quando bem quisesse. Mas não vai conseguir isso só se retorcendo.

Levantei a cabeça o quanto pude naquela posição, relanceando para Finn. Ele olhava para fora da janela, agindo como se não visse o que acontecia diante de seus olhos. Deduzi que ele não viria me socorrer.

– Vamos, Dana – Keane disse, parando de sussurrar, mas ainda falando perto do meu ouvido. – Pense em quais partes do seu corpo pode movimentar nessa posição. Com o que pode me atingir?

– Então isso faz parte da sua aula? – perguntei. Pelo visto ele falou a sério quanto a "sem perguntas", porque voltou a puxar meu braço. – Ai! – protestei, mas desta vez ele não soltou.

– Concentre-se – ele disse. – O que consegue mover?

Eu realmente detestava ceder, mas meu braço começava a latejar. Eu o agradaria e também a suas ilusões de grandiosidade até me soltar. Depois diria a Finn o que eu achava dele por trazer aquele psicótico até mim.

Retorci-me um pouco, tentando descobrir o que conseguia mexer, mas eu estava completamente presa. Keane podia não ser tão corpulento quanto Finn, mas tampouco era um peso-mosca. A única coisa que eu conseguia mexer era a cabeça.

– Quer que eu dê uma cabeçada em você? – perguntei entre dentes.

– Se a cabeça é só o que consegue mexer, é a única arma que tem.

Eu meio que tive esperanças de ele me soltar depois de eu dar a resposta que ele queria, mas isso não aconteceu.

– E então? – perguntei. – Posso me levantar agora?

– Acho que terá dificuldade para fazer isso até me tirar de cima de você – respondeu, parecendo levemente entretido.

– Quer dizer que quer mesmo que eu lhe dê uma cabeçada? – perguntei incrédula.

– A menos que queira passar o resto do dia fazendo amizade com o carpete.

Hesitei. Nunca antes machuquei deliberadamente alguém – mesmo quando dei a joelhada em Ethan, não o fiz com bastante força, mas apenas para retardá-lo por um segundo – e eu tinha quase certeza de que se eu desse uma cabeçada em Keane, eu o machucaria, já que a única coisa que eu poderia atingir era o rosto dele. Contudo, Keane não parecia do tipo paciente. Puxou meu braço ainda mais para cima e a dor passaria de incômoda a torturante a qualquer instante.

Cerrando os dentes e desejando que ele soubesse o que estava fazendo, joguei a cabeça para trás. A parte posterior da minha cabeça bateu no rosto dele, mas não consegui me obrigar a bater com força.

Keane riu de mim.

– *Isso* é o melhor que consegue fazer?

Um gemido de frustração se avolumou em meu peito. Ok, tuuudo bem. Se ele queria que eu fizesse o meu melhor, era o que eu faria, e não sentiria culpa alguma depois disso.

Dessa vez, quando joguei a cabeça para trás foi com toda a força que podia, que, considerando-se a minha irritação, foi bem grande. Houve um baque forte e a pancada da minha cabeça atingiu algo sólido. Keane gemeu de dor e me soltou, apoiando-se nos pés.

Eu me esforcei para ficar de pé, com o coração subitamente na boca. A dor reverberava pela minha cabeça, mas meu crânio não levara a pior frente ao rosto de Keane. Tudo bem eu repetir para mim mesma que era o que ele queria, mas agora ele estava dobrado com as mãos no nariz. Será que o quebrei? Fiz uma careta e estiquei a mão.

– Desculpe! – eu disse. – Você está bem?

Eu deveria ter me lembrado de que o pai de Keane estava na sala e, caso ele estivesse realmente machucado, Finn teria vindo correndo. Keane abaixou as mãos ao longo do corpo e, levantando-se, sorriu na minha direção.

– Estou bem – ele disse. – Você atingiu meu escudo de proteção, não o meu rosto.

Fiquei de queixo caído e, naquele instante, bem que eu gostaria de atingi-lo de novo.

– Lição número um – Keane continuou –, se vai lutar contra alguém, tem de sentir vontade de machucá-lo ou nem vale a pena tentar. Agora vamos até a garagem. Coloquei alguns tatames lá, já que você não tem escudo protetor.

Virei para encarar Finn por sobre o ombro. Ele esfregava uma mão na boca, tentando esconder o riso.

– Muito obrigada – resmunguei para ele. Talvez mais tarde eu visse a graça da situação, mas não naquele instante. Cheguei a pensar em desistir das aulas de defesa pessoal, mas isso seria o mesmo que deixar Keane vencer.

Finn deu de ombros. Ele já não sorria, mas ainda havia um brilho em seu olhar.

– Seus métodos são, digamos, pouco ortodoxos, mas ele é um bom professor. Teria sido um excelente Cavaleiro, se quisesse. – O orgulho na voz de Finn era evidente.

– E então, vamos ou não ter uma aula? – Keane perguntou. – Ou só vamos ficar de papo pro ar?

Dando as costas para Finn, enfrentei o olhar de desafio de Keane.

– Da próxima vez, não vou hesitar – prometi.

Ele assentiu em aprovação.

– Fico feliz em ouvir isso. Agora mexa o traseiro.

Cara, eu bem que desejei não ter pedido isso, pois ficava difícil reclamar, mesmo que eu quisesse. Imaginando que seria uma manhã daquelas, segui Keane até a garagem.

Eu tinha razão quanto à manhã ser bem longa. Keane faria que o estereótipo de um sargento durão fosse uma alma gentil. Ele era arrogante. Condescendente. Insultante. Mas, caramba, como era bom naquilo. Ele me mostrou os pontos no corpo humano que eram mais vulneráveis a ataques e as partes do meu corpo que seriam melhores armas. Então me fez usar essas armas e, caso eu não golpeasse com força, ele me fazia pagar por isso.

À hora do almoço eu estava tão exausta que mal conseguia me mexer, sentindo dor no corpo inteiro. Um problema com golpes fortes: *doía.* Contudo, de maneira nenhuma eu admitiria isso a Keane, por isso, abafei minhas reclamações. Eu teria sorte se conseguisse sair da cama na manhã seguinte quando as dores e hematomas teriam a chance de se acomodar.

Imaginei que Keane iria embora, já que havíamos terminado a aula, mas, pelo visto, Finn não poderia deixá-lo sair sem que os feitiços extras de proteção lançados pelo meu pai na casa depois do ataque do dia anterior se quebrassem. Que alegria, teríamos de aguentá-lo o dia todo.

Logo depois do almoço, a campainha tocou. Era a primeira vez que alguém além de Kimber visitava a casa desde que passei a morar ali. Meus nervos se sobressaltaram e meu pulso acelerou. Será que poderia ser mamãe?

Fui para a escada em espiral e, embora Finn estivesse do outro lado do cômodo, ele chegou lá antes de mim.

– Fique aqui! – ordenou, e meus olhos se arregalaram quando vi que ele sacara uma pistola. Keane estava sentado na sala, parecendo entediado e cansado. Não demonstrou interesse algum nas manobras defensivas do pai.

A sensação elétrica da magia de Finn formigou minha pele, mesmo sem eu estar com o camafeu. Ele era a imagem perfeita de um guarda-costas, pronto para qualquer um, feérico ou humano. Avançou pela escada até a porta da garagem com graciosidade predatória. Esgueirei-me alguns degraus, pronta para fugir se a preparação defensiva de Finn acabasse se mostrando necessária.

Finn espiou pelo olho mágico e sua postura não relaxou nem um pouco.

– Pois não? – perguntou, sem abrir a porta.

Não precisei ouvir mais do que "sou Cathy" para emitir um grito estrangulado e descer correndo o restante dos degraus.

– Mãe! – Praticamente tropecei em mim mesma tamanha a minha avidez, e a descida alucinada pela escadaria me deixou tonta.

– Dana! – Eu a ouvi exclamar.

Voei para a porta, pronta para escancará-la e me jogar nos braços da minha mãe. Mas havia uma parede entre mim e a porta e seu nome era Finn.

Se ele fosse humano e eu tivesse me jogado contra ele como fiz, nós dois provavelmente teríamos caído. Mas ele não era humano, e o impacto nem o tirou do lugar, ainda que eu quicasse para trás, sendo preciso que ele me segurasse para que eu não caísse.

– Me solte! – Tentei me libertar, não que eu esperasse que ele fosse fazer isso. – É a minha mãe!

– Dana? Dana, você está bem? – Ela batia freneticamente na porta.

– Ela está bem – Finn disse. – Todos calmos, por favor.

– Não sei quem você é – minha mãe gritou –, mas se colocar as mãos na minha filha, vai desejar nunca ter nascido!

Sim, minha mãe era capaz de distribuir clichês muito bem. Normalmente, eu reviraria os olhos diante disso, mas naquele instante eu estava desesperada demais para vê-la diante de mim.

– Sou o guarda-costas de sua filha – Finn informou.

Tentei um dos chutes que Keane me ensinou, mas meu pé colidiu com uma canela sólida. Ele fez uma careta, mas eu não fui fria o bastante para usar a força necessária para machucá-lo. Ele não era o inimigo, afinal.

– E se eu abrir a porta para a senhora, isso quebrará os feitiços de proteção que Seamus colocou na casa. Isso seria desaconselhável no momento.

– Não tem o direito de afastar minha filha de mim!

– É uma medida de proteção. Ocorreram atentados contra a vida dela. Tenho certeza de que prefere que ela esteja o mais protegida possível.

Ah, sim, contar à mamãe que havia pessoas tentando me matar era garantia de melhorar seu espírito atual. Nem pensar!

– Estou bem, mãe – eu disse antes que ela fizesse escândalo. – Com Finn e os feitiços de papai, estou mais protegida do que se estivesse embalada em algodão. Por favor, não fique preocupada.

Fiz uma careta ao ouvir os soluços dela. Normalmente, suas lágrimas já não surtiriam efeito em mim, mas não havia como negar que ela tinha motivos legítimos para ficar triste.

Pior, eu não sabia o que dizer para que ela se sentisse melhor. Acreditei que saber que ambas as rainhas de Faerie estavam na minha lista de inimigos a enlouqueceria de vez.

– Seamus deve chegar por volta das cinco horas – Finn disse. – Volte a essa hora e ele poderá recolocar os feitiços de proteção no lugar. Nesse meio tempo, por que não descansa um pouco?

Mamãe não respondeu, só continuou a soluçar.

– Mamãe, eu estou bem – eu disse num tom bem tranquilo e reconfortante. – Por que não vai para o hotel e me telefona para que possamos conversar antes que papai volte para casa?

Se estivéssemos fazendo aquela cena em casa, com a minha mãe sentada nos degraus da frente balbuciando e fazendo um espetáculo público, eu estaria tão envergonhada que haveria de querer me enfiar no chão. Mas a minha breve estada em Avalon já me modificara. De todos os problemas em minha vida, ficar envergonhada por causa dela ficava lá na milionésima quinta posição.

– Por favor, mãe – continuei com o mesmo tom de voz, por mais que parecesse que eu estava falando com uma criança assustada em vez de minha mãe. – Você está aqui, eu estou segura e quero falar com você. Por favor, controle-se e me telefone. Tanta coisa já aconteceu desde que cheguei aqui...

Fiquei contente por Finn estar ali, grande, sólido e impassível ante a histeria de minha mãe. Se tivesse sido só eu, não sei o que teria me impedido de abrir a porta, rompendo os feitiços do meu pai. Talvez nada tivesse acontecido depois disso, e eu continuasse perfeitamente segura. No entanto, eu não gostava da ideia de arriscar tanto a minha vida quanto a dela testando essa teoria.

No fim, os soluços dela diminuíram. Pelo menos por hora.

– Vou esperar aqui até Seamus voltar – ela disse entre fungadas, e eu tive de revirar os olhos. Por sorte ela não conseguia me ver.

– De que isso vai adiantar? – perguntei, na esperança de que ela não tivesse passado do ponto de pensar com a razão.

– Podemos conversar.

Obviamente, era necessário mais argumentos.

– Se conversarmos aqui, vamos acabar roucas de tanto gritar. E teríamos uma plateia. Volte para o hotel e me telefone. Conto tudo o que está acontecendo. – Cruzei os dedos ao dizer isso, porque eu sabia que teria de editar algumas partes para que ela não enlouquecesse por completo. – Depois você pode voltar e me ver pessoalmente quando papai estiver em casa. – Esse não seria um adorável reencontro familiar? – Combinado? – insisti quando ela não disse nada por um instante.

Ela fungou de novo.

– É que detesto a ideia de tirá-la de vista agora que a encontrei.

– Não vou a parte alguma. Prometo.

Outra pausa agonizante se repetiu. Depois ela soltou um suspiro enorme.

– Está bem. Vou voltar para o hotel. Telefono assim que chegar lá.

– Estarei aqui esperando – prometi de novo.

Eu não tinha superaudição, por isso não consegui determinar quando exatamente ela se afastou, exceto pela postura mais relaxada de Finn.

– Desculpe tê-lo chutado – eu disse, percebendo a minha estupidez.

Finn me lançou um olhar divertido.

– Trespassado por espadas, alvejado etc., etc. Lembra?

Ouvi uma bufada bem nítida e me virei me deparando com Keane, apoiado na porta de cima, olhando para baixo com desdém.

– Aquele chute não teria incomodado nem uma criancinha de cinco anos de idade, quanto menos um Cavaleiro

– ele disse. – Fico me perguntando se aprendeu *alguma coisa* hoje de manhã...

Olhei para cima e o encarei com os olhos apertados. Eu sabia que ele estava me provocando, sabia que era melhor deixar passar e ignorar seu comentário. Mas eu também podia dizer que ele já exercia uma má influência sobre mim.

– Você também pode se perguntar por que eu haveria de querer quebrar as pernas do seu pai – disse entre dentes cerrados.

Keane abriu a boca para responder, sem dúvida, algo bem desagradável, mas Finn o interrompeu.

– Chega, crianças – disse ele, sem parecer, no entanto, verdadeiramente zangado ou aborrecido. – Tentem deixar a hostilidade para o tatame.

Keane não me parecia o tipo de cara que dava ouvidos às orientações paternas, mas, para minha surpresa, ele se calou. Eu não tive vontade nenhuma de descobrir por que isso me deixou estranhamente desapontada.

Capítulo 22

Bati em retirada para o quarto, deixando Finn e Keane por conta própria. Eu não queria plateia para o telefonema da minha mãe. Sentei-me no quarto ao lado do telefone, observando os ponteiros do relógio.

Mamãe não mencionou em qual hotel estava hospedada e mesmo que tivesse dito, eu provavelmente não saberia onde ele ficava, portanto, eu não fazia ideia de quanto tempo ela precisaria para chegar lá. Era difícil de acreditar que levasse mais que vinte minutos para chegar a qualquer parte de Avalon, a menos que se estivesse a pé, mas minha mãe certamente pegaria um táxi caso não tivesse de ir só até a esquina. Mesmo assim, os minutos se arrastaram e nada de ela telefonar.

Talvez ainda não tivesse um quarto reservado. Talvez houvesse fila para fazer o registro e era por isso que ela estava demorando tanto para me ligar. Mas eu não conseguia deixar de me preocupar. Finn fora surrado violentamente numa tentativa de me atingir. Eles também tentariam usar minha mãe contra mim?

Caminhei pelo quarto, mentalizando o telefone tocando, mas o pânico se espalhava como fogo pelas minhas veias. Ela podia não ser a mãe perfeita, e eu podia não querer morar com ela – aqueles dias passados com ela pareciam muito bons hoje em dia –, e eu a amava. Assim como sabia que ela me amava. Ela sacrificara tudo para que eu não me envolvesse no emaranhado jogo político de Avalon, e o que eu fiz? Fugi de casa e me joguei nas águas infestadas de tubarões. Como pude ser tão egoísta?

O telefone tocou antes que eu pudesse continuar a me surrar até a morte de tanta culpa. Praticamente joguei o aparelho no chão na ânsia de pegá-lo, apesar de temer ter de ouvir uma voz ameaçadora do outro lado me dizendo que estava com minha mãe em seu poder. A identificação de chamadas mostrou que era do Hilton, mas isso não aplacou meus temores.

– Mãe? – eu meio que gritei ao telefone, cruzando os dedos como se isso pudesse mudar alguma coisa.

– Olá, querida – ela disse, como se não tivesse me assustado até não poder mais.

Afundei-me na cama, com uma das mãos segurando o peito enquanto eu ordenava que meu coração sossegasse suas batidas frenéticas.

– Por que demorou tanto? – perguntei. – Não sabe o quanto me assustou!

– O horário de entrada é às três, por isso meu quarto não estava pronto. Desculpe. Eu deveria ter telefonado do saguão para lhe dizer isso.

Arqueei os olhos e mordi a língua para não dizer algo de que me arrependesse depois. Porque uma coisa eu aprendi morando com minha mãe: bêbados mentem. E ela mentia agora.

Como eu sabia? Porque eu ouvia o álcool na voz dela. Ela não falava arrastado nem tinha dificuldade em formas as palavras como os bêbados da TV – ela tinha muita prática em falar estando debilitada, por isso era necessária *muita* bebida para ficar óbvio para o observador casual. Mas eu não era uma observadora casual, e eu tinha bastante familiaridade com os sinais.

Quando ela estava embriagada, ela falava mais devagar que o normal. Além disso, havia certa sonolência em seu tom de voz, como se ela tivesse sido despertada no meio da noite. Era exatamente assim que ela falava agora. E todas as sensações reconfortantes que senti desde que descobri que ela viera atrás de mim sumiram.

– Não conseguiu nem esperar para beber, não é? – perguntei, minha voz estava dura de raiva. – Assim que descobriu que eu não estava morta, correu para uma garrafa sem nem pensar, mesmo sabendo que eu estava à espera do seu telefonema.

– Estou ofendida com essa insinuação! – ela rebateu. – Eu *não* bebi.

Ah, mais um clássico do comportamento de mamãe que me fazia querer arrancar os cabelos. Se estivesse sentada assistindo TV, ela admitiria estar "meio altinha". Mas se tivesse bebido em vez de fazer algo importante que precisava fazer, ela nunca, jamais, admitiria. Mesmo que o hálito cheirasse a álcool, ela negaria de pés juntos num piscar de olhos, e existiria uma desculpa perfeitamente razoável por ter se esquecido de fazer o mercado, ou por não ter ido à reunião de pais e mestres, ou por não ter telefonado para a companhia de gás para esclarecer o pequeno mal-entendido da conta. Tanto faz.

Tudo isso voltou de uma vez, a razão que me fez fugir em primeiro lugar. Todos os meus medos quanto ao meu futuro desapareceram em meio à raiva e à dor que me sobrepujavam. Como eu poderia aguentar as mentiras e as desculpas de novo? Como evitar que minha frustração me transformasse numa maníaca que só gritava? Como eu poderia continuar a observá-la destruindo um neurônio de cada vez?

– Eu não andei bebendo! – minha mãe repetiu mais alto quando não respondi.

Como pude me permitir ter esperanças por um instante sequer que minha fuga finalmente a convenceria a ficar sóbria? Todavia, a dor se formando no peito e na garganta era prova de que deixei que as esperança se instaurassem apesar de saber que isso não seria bom.

– Por que não pode simplesmente admitir? Você *sabe* que eu sei, por que, então, não consegue dizer que está bêbada? – Não me pergunte por que, mas de algum modo, eu não conseguia deixar de pensar que me sentiria melhor caso ela confessasse a verdade, parando de agir como se eu fosse uma idiota que não percebia nada.

– Não vamos ter essa conversa, Dana. Fiquei preocupada até não poder mais com você, sobrevoei meio mundo para vir ao seu encontro e esse é o agradecimento que eu recebo?

Em seguida, naturalmente, a represa se rompeu.

Quando eu era mais nova, eu me sentia culpada assim que ela começava a chorar. Agora isso só me deixava mais brava. Não disse nada, só fiquei sentada com os dentes cerrados e os olhos fechados, esperando que ela percebesse que as lágrimas não me afetavam mais.

Por fim, ela parou de balbuciar, e eu a ouvi assoar o nariz espalhafatosamente. Tenho quase certeza de ter ouvido o som de uma bebida sendo servida.

– Você está bem, querida? – ela perguntou, como se a conversa anterior não tivesse acontecido.

Tentei participar do jogo, mas foi difícil forçar as palavras pela garganta apertada.

– Sim, estou bem. Papai está cuidando bem de mim.

– Claro que está. Seu pai não é um homem ruim. Nunca foi dele que a protegi. Foi deste... Deste lugar.

– Gosto de Avalon. – Eu me vi respondendo, só para ser do contra.

Mamãe não soube imediatamente o que dizer. Álcool e conversa espirituosa não caminhavam juntos.

– Aquele guarda-costas disse que aconteceram atentados contra a sua vida – ela se lembrou e, ah, não... Lá ia ela começar de novo. – Meu pobre bebê... – Choradeira, choradeira. – Eu *tentei* avisar você. Tentei fazer que entendesse. – Fungada, resfolegada. – Temos de tirar você daqui e voltar para casa.

Engraçado como o pouco tempo em que passei com ela ao telefone transformou "casa" em apenas uma palavra com quatro letras. Eu não queria voltar para casa com mamãe, e eu não queria ficar em Avalon com papai. Se ao menos eu tivesse uma terceira opção. (Isto é, outra que não fosse ser assassinada por uma rainha de Faerie.)

Tentei superar a crise histérica da mamãe, mas se eu tivesse que ouvi-la chorar mais um minuto, eu surtaria.

– Não posso lidar com isso agora – eu disse no tom mais frio possível. – Ligue de novo quando estiver sóbria e então conversaremos.

Mamãe estava no meio de um lamento quando desliguei.

Ela tentou ligar de novo algumas vezes, mas eu não respondi. Finn apareceu depois da primeira vez e perguntou se ele deveria atender caso ela ligasse de novo. A piedade nos olhos dele quando me fitou fez que eu me retraísse. Será que papai contou para ele que ela era uma bêbada? Ou – pior ainda – ele ficou ouvindo a nossa conversa? Ele era um cara legal, mas eu não ficaria chocada se papai tivesse lhe dado ordens que nada tinham a ver com o serviço de proteção.

– Basta ignorá-la, está bem?

Ele abriu a boca como se fosse dizer alguma coisa, depois mudou de ideia.

– Está bem – ele disse, depois saiu de fininho, deixando-me sozinha com a minha tristeza.

Eu me escondi no quarto o resto do dia, tentando não reviver o comovente reencontro com mamãe. Não fui muito feliz nisso, porém.

Lá pelas cinco, ouvi o barulho suave do portão da garagem se abrindo e percebi que papai havia voltado para casa. Eu não estava com a *mínima* vontade de presenciar o drama que estava para se desenrolar.

Presumi que mamãe passaria o resto do dia bebendo até cair, o que significava que eu não teria de lidar com ela até pelo menos amanhã. Mas quando botei a cabeça para fora do quarto, imediatamente ouvi o som de vozes alteradas, e uma delas era de minha mãe. Gemi. O plano de permanecer no quarto era embaraçosamente atraente, mas imaginei que fosse uma péssima ideia deixá-los discutir meu futuro – por que mais eles estariam discutindo? – sem nenhuma sugestão minha.

Desci as escadas devagar, na esperança de ouvir alguma coisa e com isso prever como estavam os ânimos antes de entrar. Infelizmente, suas vozes eram abafadas pelas paredes o suficiente para que eu não entendesse o que diziam. Parei na base da escada, ouvindo atentamente, mas os dois ficaram calados. Não havia mais nada a fazer exceto seguir às cegas.

Empurrei a porta e vi algo que nunca esperei ver: minha mãe e meu pai no mesmo cômodo.

Ela estava sentada no sofá, com um copo de líquido âmbar nas mãos, e meu pai estava de pé com as costas para a sala, olhando para fora da janela com as mãos presas atrás das costas. Ele não se virou para mim quando minha mãe gritou meu nome e se pôs de pé, derrubando um pouco da bebida pela borda do copo. Acredito que ela tivesse a intenção de correr até mim e me sufocar num abraço maternal, mas a expressão em meu rosto a deteve.

– Você serviu bebida para ela? – gritei para meu pai. Eu estava tão ultrajada que senti como se fosse explodir.

Papai olhou para mim e, com aquele olhar azul penetrante, deteve a minha voz na garganta. Não havia magia envolvida, só o peso opressor da desaprovação paterna. Objetivamente, ele ainda parecia jovem demais a ponto de parecer filho de minha mãe – já que ela não envelhecera com graciosidade –, mas a autoridade paterna em seu olhar destruiu tal ilusão e fez que eu me encolhesse.

– *Você* é minha filha, Dana – ele disse com voz gélida. – Sua mãe não é e, portanto, é livre para tomar as próprias decisões.

– Dana, querida – mamãe disse antes que eu pensasse numa réplica à altura –, não vamos brigar. Temos tanto para falar.

O vestígio do álcool ainda estava presente em sua voz, mas pelo menos ela não desmaiou no quarto do hotel, e estava sóbria o suficiente para poder raciocinar a contento. Com ela, esse tipo de estado de limbo podia ser o pior dos dois mundos: embriagada o bastante para ser sentimental; sóbria o bastante para eu não poder vencê-la.

Engoli minha amargura o melhor que pude, cruzei os braços sobre o peito no que eu sabia ser uma postura defensiva.

– Está bem – eu disse, depois fechei a boca.

Papai ainda me lançava seu olhar penetrante.

– Se pretende participar desta conversa, espero que você trate a mim e à sua mãe com o devido respeito. Fui claro?

Pisquei surpresa. Eu não entendia bem por que ele estava bravo comigo, mas era isso o que estava acontecendo. Não consegui recuperar a voz, portanto, só assenti concordando.

– Ótimo – ele disse com outro aceno breve. – Agora sente-se e vamos nos comportar como adultos civilizados.

Minha mãe se retraiu e foi então que entendi que papai não estava bravo comigo. Ela voltou a se sentar no sofá, tomando um belo gole de bebida. Sentei-me na outra ponta, recusando-me a olhar para ela. Papai, claro, ficou de pé. Acho que isso fazia ele se sentir com mais autoridade.

– Seu pai me contou o que aconteceu – ela disse.

Olhei para ele, tentando calcular o quanto ele havia dito, mas sua expressão nada revelou.

– Estávamos discutindo o que é melhor para você – mamãe continuou e a expressão atiçadora dele ruiu.

– Não há nada a discutir – ele disse, e seu tom indicava que aquela não era a primeira vez que ele dizia isso. – Você não pode mudar o que já aconteceu, e agora que Dana é um segredo em aberto, o melhor para ela é permanecer em Avalon sob os meus cuidados.

Mamãe não estava tão bêbada a ponto de não conseguir um olhar penetrante de primeira classe.

– Só porque você continua a repetir isso, não quer dizer que seja verdade.

O olhar de papai era muito mais intimidante.

– E não é porque você não quer que seja que ela não é. Pode me dizer, honestamente, que está equipada para proteger Dana de assassinos?

Ela bateu o copo no tampo da mesa de centro e se levantou, oscilando de leve.

– E você pode me dizer, honestamente, que não tem nada além dos interesses dela em mente? – ela rebateu.

Puxa, eu estava satisfeita que discutiríamos a situação como adultos civilizados.

Papai pareceu ferido.

– Custo a acreditar que imagine que eu seja capaz de colocar minhas ambições acima de nossa filha! Sabe como são raras e preciosas as crianças para os feéricos. – Sua voz saiu comprimida e entrecortada, e eu mal reconhecia o político feérico reservado e rígido que conheci no primeiro dia. – Você me privou da minha única filha por dezesseis anos e agora quer arrancá-la de mim quando acabei de conhecê-la. Eu não permitiria isso mesmo que ela não fosse uma faeriewalker.

Eu estava começando a desejar ter ficado lá em cima. Qualquer idiota poderia dizer que eles não estavam discutindo nenhuma opção, mas sim dando vazão a ressentimentos. Papai, que pareceu ter aceitado a decisão de minha mãe de me esconder dele com um simples pestanejar de olhos, na verdade parecia muito mais afetado que dava a entender. Eu queria escapar dali e deixar os dois se entenderem, mas não achei possível fazer isso.

– Você não tem de "permitir" nada – ela disse. – Sou a guardiã legal de Dana, e você não pode me deter. – Ela se virou para mim. – Faça as malas, Dana. Vamos partir assim que estiver pronta.

Ela parecia muito segura de si, mas, mesmo bêbada, não poderia achar que escaparia dessa com tanta facilidade. Ainda assim, fiquei de pé num pulo, na esperança de que essa fosse minha chance de escapar.

– Não seja ridícula, Cathy – ele disse, depois me olhou severo, enviando a mensagem "sente-se" sem precisar de palavras.

Com relutância, obedeci. Mamãe lançou um olhar destruidor.

– Se acha que pode manter Dana aqui...

– Então estou certo! – ele explodiu. – Como pretende levá-la daqui sem o meu consentimento?

Mamãe titubeou.

– Quero que trabalhemos em parceria na proteção de nossa filha – papai prosseguiu, com sua voz de aço. – Todavia, se acredita que *temos* de trabalhar em lados opostos, fique certa de que brigarei pela guarda dela antes que tenha terminado de passar pela porta. Mesmo que Dana não fosse um caso especial, tenho motivos mais do que suficientes para acreditar que posso vencer, levando-se em conta... – Ele relanceou para o copo ainda na mesa de centro.

Mamãe empalideceu e algo incômodo se revirou em meu íntimo. Claro que tive provas de que meu pai fosse capaz de ser implacavelmente desumano. Contudo, por mais que eu desaprovasse as bebedeiras da minha mãe, aquele era um golpe bem baixo para ser usado contra ela.

A expressão dele se suavizou e ele suspirou.

– Eu não queria que esta conversa terminasse com ameaças – disse baixo.

Mamãe fungou, e eu me virei para ver as lágrimas descendo pelo rosto dela. Para variar, achei que essas lágrimas fossem sinal de genuína dor, não uma tentativa de conquistar piedade. Eu não conseguia pensar em nada que pudesse fazer que ela se sentisse melhor, mas, num impulso, estiquei-me para segurar sua mão e apertá-la.

– Vai ficar tudo bem, mãe – eu disse, embora nenhuma de nós acreditasse nisso.

– Lamento, Cathy – papai disse –, mas eu tenho de fazer o que acredito ser o melhor para Dana.

Ela levantou o queixo e afastou as lágrimas piscando.

– Eu também, Seamus.

Ela soltou a mão da minha, colocando as duas sobre meus ombros e me virou de frente.

– Eu vou tirar você daqui, prometo. – Então me beijou no topo da cabeça como quando eu tinha seis anos de idade, olhou feio de novo para papai e marchou na direção da porta.

Fiquei imaginando se ela se deu conta de que nem uma vez me perguntou o que *eu* queria. Eu não sabia bem o que poderia ter respondido, mas seria bom pensar que minha opinião contava para alguma coisa.

– Dana... – papai começou a dizer quando a porta se fechou atrás dela, mas levantei minha mão pedindo silêncio e, para minha grande surpresa, ele cedeu.

– Preciso de tempo para pensar agora – eu disse, sem olhar para ele. – Podemos, por favor... falar disso mais tarde? – Arrisquei um olhar para ele, mas o que quer que ele estivesse sentindo estava bem escondido por trás de sua cautelosa expressão neutra.

– Eu compreendo – ele disse, e eu fiquei com a impressão de que ele entendia de fato. – Leve o tempo que precisar.

Eu assenti, mas minha garganta estava apertada demais para que qualquer som saísse. Eu não poderia dizer que estava à beira de lágrimas, mas era verdade, por isso bati em retirada o mais rápido que pude antes que desmoronasse diante de uma plateia.

Passei pelo menos uma hora sozinha no quarto, abraçando os joelhos contra o peito enquanto tentava entender o que queria fazer. Era muito provável que o que eu desejava não tivesse muita relação com o que eu receberia, mas eu não estava acostumada a não saber o que queria.

Muita introspecção me levou à inevitável conclusão de que o que eu desejava era impossível: queria morar com a minha mãe, mas não com a bebida dela. E não queria que meu pai ficasse completamente cortado da minha vida de novo. Ah, e eu queria não ter de me esconder de assassinos pelo resto da vida.

Era uma deprimente lista de desejos, e eu estava prestes a dar uma festa da piedade quando uma lufada de inspiração me abateu. Não havia como eu ter tudo o que queria, mas talvez eu conseguisse uma parte.

Mamãe deixou bem claro que ela me queria longe de Avalon. Papai já lançara um monte de obstáculos no caminho dela, mas eu duvidava que ela desistisse. Uma coisa que eu tinha certeza de que ela não havia considerado, contudo, era a possibilidade de eu querer ficar junto dele em Avalon.

O que ela seria capaz de me prometer, de realmente fazer, se eu me usasse como moeda de barganha? Só havia uma maneira de descobrir.

Não pensei duas vezes antes de pegar o telefone, recuperando o número do Hilton pelo identificador de chamadas.

Mamãe parecia definitivamente mais embriagada ao atender.

– Alô?

– Oi, mãe.

– Dana! Querida, está tudo bem?

– Sim, está tudo bem. – Eu quase gargalhei. A quem eu queria enganar? – Tenho uma proposta para você e quero que me escute até o fim.

Ela hesitou.

– Está bem – concordou por fim, parecendo desconfiada.

Respirei fundo e prossegui.

– Você não tem como me tirar de Avalon sem a minha cooperação.

– Dana! – ela protestou num sussurro surpreso.

– Lembre-se, você prometeu me ouvir até o fim. – Bem, talvez *prometer* seja uma palavra forte demais, mas ela se convenceu o bastante para recuar.

– Está bem – ela disse com voz trêmula.

– Eu vou com você, mas tem de jurar por sua vida que irá se internar numa clínica de reabilitação assim que chegarmos lá. E se negar que tem problemas com bebida agora, vou desligar e nunca voltarei para casa com você. Jamais!

Eu praticamente conseguia sentir a necessidade desesperadora que ela sentia de me alimentar com mais mentiras, alegando não ter problemas. Mas acredito que mesmo em sua mente encharcada de álcool, ela notou a minha seriedade. Minha vida em Avalon até ali era uma droga. Mas agora que mamãe estava ali para me lembrar o que era morar com ela, eu não tinha tanta certeza se a vida em casa era muito melhor. Só era uma porcaria diferente.

– Juro pela minha vida que vou me internar numa clínica de reabilitação assim que voltarmos para casa. Mas, por favor, venha comigo. Preciso de você. E não importa o que aconteça, querida, eu te amo. Você *sabe* que eu te amo, mais do que qualquer coisa no mundo inteiro.

Respirei longa e profundamente, tentando ordenar meus pensamentos. Eu podia ter certeza de que ela cumpriria sua promessa quando eu não estivesse segurando aquela arma contra a sua cabeça? Diabos, não. Mas quem sabe, talvez, dessa vez eu estivesse conseguindo atingi-la? Dessa vez ela poderia ir para a clínica, ficar sóbria, juntar-se novamente à raça humana. E se havia mesmo a mínima possibilidade de que meu plano desse certo, eu *tinha* de tentar.

Claro, sair de Avalon daria certo trabalho, mesmo com a minha cooperação. Na verdade, naquele instante, eu não fazia a menor ideia de como agir. Mas estava determinada a encontrar um modo.

– Está bem, mãe – eu disse. – Vou voltar para casa com você. Mas antes preciso cuidar de algumas coisas. – Eu não estava pronta a desfiar a lista de obstáculos que se interpunha entre mim e a liberdade. Ela, provavelmente, voltaria a beber assim que desligássemos, por isso não havia necessidade de jogar gasolina no fogo.

– Está se referindo ao seu pai – ela disse com um soluço.

– Sim, esse é o assunto principal.

– Se Seamus Stuart acha que pode afastar minha filha de mim, é bom ele pensar melhor!

Ah, tá. Como se ela estivesse em condições de enfrentá-lo.

– Por favor, mãe, deixe que eu cuido dele. Acho que sei um modo de fazê-lo ver as coisas à minha maneira. – Menti até não poder mais, com os dedos cruzados. – Mas preciso que fique na sua um pouco. Tenho a sensação de que se ele brigar pela minha custódia, vamos precisar da ajuda do exército para me tirar daqui.

Mamãe pensou um pouco, e eu consegui ouvir a garrafa batendo no copo. Cerrei os dentes para não brigar com ela. Se por algum milagre meu plano funcionasse, ela teria o resto da vida sem ter de ficar com o cérebro afetado; eu saberia suportar a bebida dela por mais um pouco.

– Está bem, querida – ela disse por fim, e eu soltei um suspiro de alívio. – Estou no Hilton, quarto 526. Vou esperar por você.

– Obrigada, mãe. Falo com você assim que as coisas se acertarem.

– Não demore muito, querida – ela avisou. – Quanto mais ficarmos aqui, mais difícil será sair.

– Eu sei. Vou me apressar, prometo.

E nos despedimos. Depois me deitei na cama para tentar descobrir como é que eu iria escapar dali.

Capítulo 23

Não progredi no meu plano de fuga antes de adormecer, com o nervoso e a exaustão dos exercícios com Keane tendo roubado grande parte da minha energia e do meu raciocínio. Acordei na manhã seguinte sem ter passado da primeira etapa.

Ainda tonta de sono, no torpor pré-café da manhã, sentei-me, passando as pernas para fora da cama. Foi então que meu corpo me lembrou de que eu não estava acostumada ao tipo de treino a que me submeti no dia anterior, tampouco estava habituada a ser repetidamente lançada contra um escudo de proteção e em tatames. Gemi infeliz e quase voltei para a cama.

Passei mais tempo no chuveiro que o aconselhável, mas a água quente batendo nos músculos doloridos parecia o paraíso. Ainda me sentia dolorida e rígida ao sair, mas, pelo menos, conseguia me movimentar.

Tola que sou, imaginei que após o treino intenso de ontem, eu teria um dia de folga. Ao descer as escadas à procura de café, porém, vi Finn e Keane sentados à mesa de jantar.

Eles não me viram de imediato, e eu parei na escada, surpresa com o que via. Keane sorria. Não um sorriso de zombaria, condescendente, mas um sorriso *franco*. Ele e Finn se entretinham com xícaras de chá e, apesar de as vozes estarem baixas demais para que eu compreendesse o que diziam, eles pareciam estar caçoando um do outro numa conversa amigável. Esse era o mesmo Keane que conheci ontem?

Então ele me notou, e o sorriso sumiu. Isso não me fazia sentir bem-vinda? Estava claro que ele tinha algum problema comigo, mas diabos se eu sabia o que era.

– Não deixem que eu os interrompa – disse ao perambular por eles na direção da cozinha para pegar uma xícara do terrível café instantâneo de papai. Teria de me lembrar de comprar uma cafeteira e café de verdade se fosse ficar mais tempo por ali – que é o que aconteceria, já que não conseguia encontrar um meio de sair de Avalon. A chaleira estava vazia, por isso levei-a até a pia para enchê-la, mas, ao me virar, Keane estava bem atrás de mim.

Não o ouvi se aproximar, por isso ele teve sorte por eu não deixar cair a chaleira cheia e pesada sobre o pé dele de tão surpresa que fiquei.

– É bom esperar até depois da aula para colocar alguma coisa no estômago – ele aconselhou, sorrindo de contentamento por ter me surpreendido.

– Ficar entre mim e meu café pode ser perigoso – alertei. – E estou sem condições para ter outra aula hoje.

Tentei passar por ele, mas, surpresa, surpresa, ele não permitiu. Fiquei me perguntando se o escudo de proteção já estaria armado ou, caso eu, estrategicamente, aplicasse uma joelhada ou cotovelada, isso o machucaria.

– Nem pense nisso – ele disse, e eu senti o rubor subir para o rosto. Ao que tudo indicava, eu era bem transparente.

– Pensar no quê? – perguntei, mas ele só me olhou por cima. – Sabe, não estou no exército, e você não é meu comandante. Não preciso ter aula se não quiser.

Ele inclinou a cabeça para o lado, tendo no rosto a expressão de uma máscara exagerada de curiosidade, enquanto esfregava o queixo. Vi que ele pintara as unhas de preto – para o caso de eu não ter notado que ele era um feérico gótico malvado, imagino.

– Isso por que você está crente que aprendeu tudo o que precisava saber ou por achar que não será atacada hoje?

– Agora entendo porque você decidiu não participar dos treinos de formação de Cavaleiros – rebati. – Eles o teriam "acidentalmente" matado antes que você chegasse à maioridade.

Sua expressão e linguagem corporal não mudaram muito, só o bastante para me certificar de que eu fora longe demais. Seus olhos endureceram e um músculo no maxilar saltou. Eu deveria ter vibrado com a vitória, mas não sou tão maldosa assim.

– Desculpe – murmurei. – Só porque você é um cretino, não quer dizer que eu também tenha de ser. – Talvez não fosse o pedido de desculpas mais arrependido, mas a expressão dele suavizou.

– Espero que você lute com qualquer arma disponível – ele disse, e eu vi algo estranho como aprovação em seus olhos. – Se eu ataco com palavras, é justo que você reaja com palavras.

Ele sorriu para mim de lado, e algo dentro de mim se aqueceu. Tenho quase certeza de que eu estava vermelha ao me afastar dele para colocar a chaleira no fogão.

Eu deveria ter sabido que não seria bom dar as costas para ele. Quando estiquei a mão para ligar o fogão – não me importava *o que* ele dissesse, ele *não* me afastaria do meu café –, ele, de repente, agarrou-me por trás. Tentei golpeá-lo com os cotovelos, como ele me ensinou, mas ele me pegou desprevenida e minha reação foi lenta demais.

Keane me girou e abaixou, segurando-me pelas coxas, jogando-me sobre um ombro. Fechou um braço ao redor das minhas panturrilhas, prendendo meu corpo ao dele para que eu não pudesse chutá-lo. Naquela posição, não havia muito o que eu pudesse alcançar que fosse terrivelmente vulnerável – isto é, nada que surtisse efeito. Eu poderia ter agarrado suas partes íntimas se me esticasse, mas de jeito nenhum eu o seguraria ali, não importando a eficácia do golpe.

Levantei a mão, tentando enfiar os dedos na garganta dele, mas a posição era difícil demais e ele segurou minha mão com a dele que estava livre, prendendo-me ainda mais ao me carregar para fora da cozinha. Levantei a cabeça e lancei um olhar de súplica para Finn conforme avançamos.

– Por favor, controle seu cachorro – eu disse, mas Finn ergueu as mãos num gesto de impotência.

– Tive de concordar em não interferir ou ele se recusaria a vir.

– E acha que isso seria ruim? – perguntei, mas já havíamos chegado à escada em espiral e fiquei sem saber se Finn me ouvira.

Keane me carregou até a baia de cavalos, cujo chão estava coberto pelos tatames. Em seguida me tirou do ombro.

Esperei que ele me *abaixasse*, não me *despejasse*. Mesmo com o tatame, o impacto com o chão me tirou o fôlego. Fiquei lá, deitada, atônita por um minuto enquanto Keane pairava sobre mim.

– Da próxima vez, ponha seus braços assim. – Ele demonstrou, levantando os braços na lateral do corpo com as palmas viradas para trás. – Em seguida, bata as mãos para baixo quando golpear, para dissipar um pouco da força. Se eu fosse um dos bandidos, você estaria em apuros agora.

Arfei à procura de ar.

– Estou começando a odiá-lo – eu disse.

– Fico feliz em ouvir isso – respondeu ele com um sorriso arrogante. – Agora me diga, por que não segurou meus testículos quando a suspendi sobre os ombros? Eu a abaixei o bastante para que tentasse.

Sentei-me no tatame, abaixando a cabeça para esconder o rubor que cobria meu rosto.

– Só nos seus sonhos mais desvairados eu o tocaria aí – resmunguei.

Ele gargalhou e estendeu a mão. Resolvi ignorá-la, imaginando que se tratasse de algum truque. Meus músculos gemeram em protesto ao me levantar. Eles já não estavam lá grande coisa antes de Keane me despejar no tatame.

– Se um bandido atacar, você vai ficar recatada em vez de tocá-lo *lá*, mesmo que essa seja sua melhor chance? – perguntou ele.

Com o rosto vermelho como tomate, consegui enfrentar o olhar verde estonteante.

– Tocar num desconhecido é uma coisa. Tocar em alguém em quem terei de olhar nos olhos depois é outra coisa. – Ergui o queixo e encarei-o teimosa. Ele me forçava a fazer coisas que eu não queria, mas não conseguiria me forçar a fazer *aquilo*.

Keane refletiu um minuto, parecendo desgostoso. Depois assentiu.

– Está bem. Acho que consigo entender seu ponto de vista. Agora vamos praticar manobras de evasão, usando as ferramentas que lhe ensinei ontem.

Foi uma manhã estranha. Já que Keane me ensinava a me desvencilhar, isso significava que estava constantemente me agarrando, segurando-me contra seu corpo. Ele era um cretino, mas um cretino bem sensual, e eu não conseguia deixar de notar suas mãos sobre mim. Ele se movimentava com graciosidade letal, e a intensidade em seu olhar me contava que ele adorava o que fazia – eu não tinha certeza se adorava ensinar, lutar, ou simplesmente me surrar.

Fiquei surpreendentemente contente ao descobrir que aprendia rápido. Keane ainda me subjugava com facilidade assustadora, mas eu o estava fazendo trabalhar com mais afinco do que ontem. E o bastante para que uma leve camada de suor cobrisse seu buço. Ele deveria cheirar mal, mas tudo o que percebi foi uma mistura de couro e outro cheiro desconhecido, levemente herbal.

Uma vez quando rolamos pelo tatame, acabei de costas com as mãos presas ao lado da cabeça. Estávamos frente a frente, com o corpo dele pressionando o meu por inteiro. Senti sua respiração no meu rosto e aspirei a fragrância de couro com ervas que estava começando se tornar familiar – e deliciosa. O cabelo dele caía sobre um dos olhos, encobrindo-o atrás da franja negra, mesmo assim eu me sentia mais presa pelo olhar dele que pelas mãos e pelo corpo. Suas pupilas dilataram e eu notei o pomo de Adão remexer quando ele engoliu.

Ele não parecia estar se divertindo. Nem entediado. Não apresentava nenhuma de suas expressões usuais. Em vez disso, parecia... surpreso. Ele estava sobre mim, fitando-me nos olhos, sem rosnar para mim por não estar tentando me libertar.

– Podemos só *fingir* que o acertei com a cabeça? – perguntei sem fôlego. – Minha cabeça já está doendo o bastante. – Não era mentira. Eu nem sabia quantas vezes bati meu crânio no dele naquela manhã, mas foram muitas.

A pegada em meus pulsos afrouxou, e um sorriso tênue surgiu em seus lábios.

– É justo – disse ele, depois rolou, deitando-se de costas ao meu lado, perto o bastante para nos tocarmos se quiséssemos.

Imediatamente senti falta do calor do seu corpo. Claro que isso só podia ser uma coisa. De jeito nenhum eu me interessaria por esse cretino arrogante e detestável. Não importava o quanto ele fosse gostoso.

Contudo, ele não parecia nem arrogante nem detestável naquele instante.

– Posso perguntar uma coisa? – eu disse, fitando o teto para não me sentir tentada pela sua sensualidade.

– Claro – ele respondeu, parecendo muito mais amigável que desde que nos conhecemos.

– Essa sua postura faz parte das aulas ou você tem mesmo alguma coisa contra mim?

Ele não disse nada por um bom tempo. Sentou-se e abraçou os joelhos, sem me olhar, com uma expressão contemplativa. Fiquei onde estava, temendo de certo modo que qualquer movimento meu o fizesse voltar para o seu costumeiro eu.

– Não é você, exatamente – disse ele por fim. – Eu só não gosto que me digam o que fazer. – Sorriu com ironia. – Um dos motivos pelo qual o treinamento dos Cavaleiros não funcionou para mim.

Franzi o cenho.

– Pensei que tivesse decidido não participar dos treinamentos.

– Não, escolhi não *continuar* no treinamento. – Deu um sorriso torto. – Foi uma decisão mútua, digamos. Eu não queria seguir ordens cegamente, e eles não queriam lidar com alguém problemático.

– E o que isso tem a ver comigo?

Ele soltou o ar pesadamente.

– Nada, exatamente. – Ele se virou para mim, cruzando as pernas.

Eu estava cansada de olhar para cima na direção dele, por isso também me sentei.

– Não entendo.

Ele fixou o olhar no meu.

– Por que acha que escolheram um rejeitado pelos Cavaleiros com dezoito anos para ser seu instrutor? – perguntou.

– Hum? – perguntei sem entender.

– Existem feéricos por aí com centenas de anos de experiência em combate e aulas. Sou bom, mas não tanto assim. Então por que o seu pai, que pode contratar quem bem quiser, me escolheu?

– Por que você é o filho de Finn? – sugeri.

– Essa foi uma boa desculpa. Aposto como foi meu pai quem sugeriu. Mas há mais por trás disso.

– Continue. Pode falar. – Havia um bolo no meu estômago e eu cerrei meus dentes.

Ele desviou o olhar.

– Seu pai teve uma conversa em particular comigo antes de sair para trabalhar ontem. Ele não foi direto – é sutil demais para isso –, mas sugeriu que eu talvez quisesse "me tornar seu amigo". – Ele fez as aspas no ar. – Ele disse que você fez algumas amizades unseelie e que queria que você tivesse uma alternativa seelie.

Abaixei a cabeça entre as mãos, reprimindo o desejo repentino de ir atrás do meu pai e mostrar pessoalmente alguns dos truques que Keane me ensinou.

– Não gostei muito da sugestão – Keane prosseguiu, sem precisar confessar isso. Suspirou. – Mas não foi justo da minha parte descontar em você. Desculpe. – Ele conseguiu lançar mais um sorriso. – Não me entenda mal, meus métodos de ensino nunca são acolhedores, e se você não sentisse vontade de me esmurrar no rosto quando estamos combatendo, então eu estaria fazendo alguma coisa errada.

Acabei recuperando o fôlego numa risada.

– Obrigada por me contar. E desculpe por meu pai ter...

– Não tem de se desculpar pelo seu pai. – Ele se apoiou nos pés e logo vi que a máscara de sargento voltara para o lugar. – Chega de descanso. Vamos voltar ao trabalho.

Eu estava dolorida, cansada e zangada com as armadilhas de trás dos bastidores do meu pai, ou o que quer que ele achava que estava fazendo. Apesar de tudo, porém, eu não poderia dizer que estava infeliz por ficar mais tempo nos braços de Keane, mesmo que fosse lutando.

Passei boa parte da tarde me debatendo comigo mesma se eu deveria ou não confrontar meu pai quanto a ele empurrar Keane para mim. Baseado na brutal honestidade que me mostrou até agora, eu sabia que ele me diria a verdade sobre o que fez, até mesmo talvez quanto aos motivos. A pergunta era eu *queria* mesmo saber?

Quando papai voltou para casa à noite, contudo, eu havia decidido que seus pequenos truques manipuladores eram o menor dos meus problemas. Porque, veja bem, ele teve outro encontro com Grace e Alistair, e os Três Grandes tinham chegado a uma conclusão sobre onde eu viveria, já que a "casa segura" supostamente evitaria que os bandidos me encontrassem.

Fiquei com a nítida impressão de que a ameaça de mamãe de me tirar de Avalon sem a aprovação do meu pai tivesse inspirado os Três Grandes a chegar a um consenso mais rapidamente que o esperado. Também suspeitei de que seria muito mais difícil escapar dessa casa segura que da casa de papai. Ele me disse que planejavam ter o lugar pronto até o dia seguinte, portanto, o que quer que eu tivesse de fazer, teria de ser logo.

Eu tinha dois grandes problemas a enfrentar se desejava ir para casa com mamãe. Primeiro, eu tinha de sair da casa. Segundo, eu tinha de sair de Avalon. O primeiro era contornável, contanto que eu esperasse papai dormir à noite. Eu não teria como escapar de Finn, mas papai nem sonharia que eu tentasse sair às escondidas sozinha no meio da noite. Naturalmente, ele presumiria que eu não fosse tão estúpida assim. Tentei não pensar nas coisas terríveis que poderiam me acontecer caso os bandidos me encontrassem vagando pelas ruas de Avalon sozinha à noite.

O segundo problema era mais difícil de resolver. Como eu sairia de Avalon sem meu passaporte? Diabos, mesmo que eu miraculosamente chegasse à fronteira, entrando na Inglaterra sem documento, eu não conseguiria entrar nos Estados Unidos sem ele. Eu estava certa de que poderia arranjar um novo em Londres, mas isso levaria tempo, e mamãe e eu tínhamos de nos apressar.

A conclusão inevitável era a de que eu precisava do meu passaporte. Mas se eu perguntasse a respeito dele ao meu pai, isso o deixaria desconfiado, especialmente já que ele sabia que mamãe planejava me "salvar" dele.

Eu estava completamente cercada. Sim, eu poderia vasculhar a casa atrás do documento, mas não havia como saber se ele estava mesmo lá, e a possibilidade de ser pega em flagrante, alertando meu pai, era bem grande. Suponho que seja algo bom passaportes serem difíceis de forjar, mas eu considerava isso bastante inconveniente no momento.

E então me lembrei onde: em Avalon. A Cidade Selvagem, a Cidade Mágica. Se eu não podia forjar um passaporte com tecnologia, será que magia resolveria a situação? Lembrei-me do sinistro quartinho para o qual Ethan me levara, aquele que ninguém saberia que estava lá por causa do feitiço de ilusionismo que ele lançara. Se Ethan conseguia criar uma parede inexistente, seria capaz de criar um passaporte?

Era uma ideia louca. Mesmo que Ethan conseguisse fazer isso, eu teria de estar completamente ensandecida para sequer *pensar* em pedir isso a ele. Ele era o inimigo, afinal. Bem, talvez não exatamente o *inimigo*, mas definitivamente era um cretino mentiroso com os próprios interesses – e os do pai – em primeiro lugar.

Pensando bem, ele se arriscou ao me abordar na Starbucks no outro dia para me contar a verdade a respeito do ataque dos spriggans. Finn esteve logo ali, pronto para massacrá-lo. E Ethan poderia simplesmente fazer que o pai dele avisasse o meu. O fato de ele mesmo ter me contado me dizia que ele se sentia verdadeiramente mal pelo que fez.

O bastante para me ajudar a sair de Avalon?

Mordi o lábio. Mesmo que ele quisesse me ajudar, ele poderia concordar com meu pai, acreditando que eu estaria mais segura em Avalon que no mundo mortal. Deixei a ideia quicar em meu cérebro pelo resto da noite. Papai não teve como não notar meu menos que desejável humor, mas, embora tentasse falar comigo algumas vezes, não insistiu.

Assisti TV com ele por um tempo, com os braços cruzados sobre o peito, e os ombros caídos. Esperei não estar exagerando demais. Talvez não, pois papai pareceu aliviado quando finalmente anunciei que não estava mais com vontade de assistir TV e preferia ficar um tempo navegando na internet.

Chegando lá em cima, fechei a porta do quarto e liguei o computador. Eu havia marcado a lista telefônica de Avalon quando procurei pelo número de papai, por isso não tive dificuldade em encontrá-la de novo. Então, prendi a respiração ao colocar o nome de Ethan no campo de busca. Suspirei aliviada quando o número dele apareceu. Em seguida ri de mim mesma, pois era cedo demais para sentir qualquer coisa parecida com alívio. Não sabia quais as chances de Ethan *poder* me ajudar, ou de *querer* fazê-lo. Mas estava prestes a descobrir.

Procurei uma estação de rádio no computador e aumentei o volume. Se papai estivesse me espionando e quisesse ouvir minha conversa, só precisava pegar a extensão do aparelho, mas pelo menos com a música alta ele não teria como me ouvir sem querer, se, por alguma razão, viesse até o quarto.

Logo depois, fiz uma série de repetições de pegar o telefone, começar a teclar e voltar a desligar antes de, finalmente, completar o número de Ethan. Não sei se eu teria coragem de tentar novamente caso ele não estivesse em casa, mas, felizmente, ele atendeu antes que eu me acovardasse de novo.

– Alô? – disse ele.

Minha língua grudou no céu da boca e fiquei sentada como uma idiota sem dizer nada. Como eu poderia pedir ajuda de um cara que (1) poderia ter me matado ao arranjar um ataque contra mim e (2) usou magia para tentar me seduzir por motivos políticos?

– Alô? – ele repetiu. – Tem alguém aí?

Pensando bem, eu não nadava em opções. Pigarreei, mas isso não me ajudou muito a falar.

– Sim. Sou eu, Dana. – Revirei os olhos. Tenho certeza de que ele soube quem era sem eu ter de me identificar.

Houve meio segundo de hesitação antes de ele responder.

– Bem, isso é uma surpresa – disse num sussurro que eu não deveria ter ouvido. – Está tudo bem?

– Hum, sim, bem... Mais ou menos. – Ora, por favor! Haveria um modo de eu soar mais patética? – Não exatamente.

– Desculpe. Essa foi uma pergunta sem sentido. Você não estaria me ligando se estivesse tudo bem. Está num lugar seguro? Quer que eu vá buscá-la?

– Estou bem – eu disse, sentindo-me mais confiante. – Estou na casa do meu pai.

– Ah.

– Olhe, você sabe a confusão em que estou metida. Seu pai lhe contou tudo, não? – Eu não conseguia acreditar que Alistair não tivesse contado ao filho sobre o fato de as rainhas estarem atrás de mim, uma vez que eram conspiradores.

– Sim, ele me contou. Mas eu já estava chegando a essa conclusão sozinho. Quanto mais eu pensava no ataque dos spriggans... – Sua voz se arrastou, provavelmente porque percebeu que falar sobre isso comigo não era o melhor lance.

– Meu pai diz que tenho de ficar em Avalon para a minha segurança. Aposto como seu pai e tia Grace concordam.

– Mas você não.

– Imagino que Kimber tenha lhe contado o que aconteceu com Finn no outro dia?

– Sim. – Eu quase conseguia vê-lo se retrair pelo tom de voz.

– Se eu ficar aqui, terei as duas rainhas atrás de mim e elas terão muito mais armas para usar contra mim. Se eu for embora, a rainha seelie ficará satisfeita e as únicas pessoas que a rainha unseelie poderá mandar atrás de mim serão humanos.

– Mas você não terá nenhum tipo de magia para se proteger – ele me lembrou.

– Não precisarei de magia se não tiver feéricos me atacando. – Acho que eu tentava convencer mais a mim mesma que a ele. Lembrei-me de que se escapássemos de Avalon, mamãe havia me prometido entrar numa clínica de reabilitação, e isso valia qualquer risco insensato.

Ele mudou de direção.

– Está bem, digamos que eu concorde com você. Sei que não sou sua pessoa favorita no momento, por isso deduzo que faço parte dessa sua grande fuga?

Mordi o lábio. Provavelmente falei mais que devia para me encrencar caso ele desse com a língua nos dentes para o pai, mas, mesmo assim, era difícil dar esse último passo, confiando e contando para ele o que eu tinha em mente.

– Você chegou a gostar de mim ou tudo não passou de uma farsa? – Eu me peguei perguntando, sem intenção alguma de tocar no assunto.

– Claro que gostei de você. Eu *gosto* de você. Como não poderia? Eu gostaria de ter *metade* da sua coragem.

Isso me pegou desprevenida.

– Do que está falando? Só me meti em confusão desde o primeiro dia!

Ele bufou.

– Salvou a vida de Jason quando aqueles spriggans atacaram. Se não tivesse atrasado o spriggan, eu teria chegado tarde demais para salvá-lo. Sem falar que teve coragem de vir até Avalon por conta própria.

– Isso não foi coragem. Foi estupidez.

Ele riu, mas o som saiu amargo.

– Sei que teve de desafiar sua mãe para vir para cá e está planejando desafiar seu pai para ir embora. Eu nunca consegui fazer isso com o meu pai. Portanto, no meu livro isso consta como coragem.

– Se você acha...

– Acho. Agora me diga por que me ligou. O que quer que eu faça?

Considerei as ramificações do que ele acabara de dizer e meu coração pesou.

– Basicamente, eu pretendia pedir que desafiasse seu pai para me ajudar a sair de Avalon.

– Conte o que precisa e eu farei o que puder. Desafiá-lo pelas costas pode ser mais fácil do que fazer isso de frente. – De novo, ouvi amargura na voz dele. Desejei que fosse a sua consciência a incomodá-lo pelo que fez comigo.

– Então não me considera uma louca de pedra por querer ir embora?

– É um risco. Mas ficar em Avalon também é. Como você bem sabe.

Acreditei nele. Claro, também acreditei nele antes, portanto meu discernimento era questionável. Ele, porém, era a única esperança que eu tinha, por isso fui em frente.

– Não posso sair de Avalon porque Grace ou meu pai estão com meu passaporte. Não vejo como recuperá-lo, não importando quem esteja com ele. Portanto, de algum modo, preciso de um falso para poder viajar. Acha que sua magia pode fazer isso?

Por um momento tenso e arrastado, ele não disse nada. Eu praticamente conseguia ouvi-lo pensar. Mas se ao menos eu conseguisse ouvir *o que* ele pensava!

– Suponho que saiba – ele disse –, mas isso é muito mais complicado do que criar uma parede ilusória.

– Foi o que imaginei. Mas é possível?

Mais uma longa pausa para pensar.

– Possível, é. Só não sei se *eu* consigo fazer isso. Sou bom, mas o que pede requer muito. Há muitas páginas num passaporte e todas são detalhadas. Além do mais, eu precisaria de um passaporte americano como modelo, por que eu não saberia como ele é de cabeça.

– Eu consigo um passaporte americano para você – disse. – Minha mãe veio para Avalon à minha procura, portanto, podemos pegar o dela emprestado. A questão é: você pode fazer um falso?

– Não sei.

– Mas...

– O único modo de saber é tentando. Garanto que vou me esforçar, mas não posso garantir o resultado. Quando pode me arranjar o passaporte modelo?

Essa seria a parte capciosa. (Sim, como se todo o resto fosse muito simples.) O modo mais fácil de fazer que Ethan pegasse o passaporte da minha mãe seria mandá-lo para o hotel. Mas será que ela entregaria seu documento para um feérico desconhecido? Eu duvidava muito.

E se eu telefonasse para ela dizendo que ele estava indo para lá?

Um frio percorreu minha espinha. No momento eu estava presa em Avalon porque Grace reteve meu passaporte. Eu estava disposta a correr o risco de Ethan me trair, mas também seria capaz de arriscar a minha mãe? Eu seria capaz de convencê-la a entregar seu passaporte para um cara que nem *eu* mesma tinha certeza se podia confiar?

A resposta era não. Eu mesma teria de pegar o passaporte e não o tiraria de vista até que Ethan tentasse duplicá-lo.

– Vou ter de sair às escondidas de casa para pegá-lo – eu disse.

– Não é uma boa ideia, Dana.

Refreei uma resposta mal-educada e preferi sarcasmo.

– Acha mesmo que consigo sair de Avalon sem sair da casa do meu pai?

Ele suspirou.

– Está bem. Tem razão. Mas não vou deixar que você fique vagando indefesa pelas ruas de Avalon. Conte-me quando você pretende fazer sua grande fuga. Vou ao seu encontro. Não sou tão poderoso quanto Finn, mas sou melhor do que nada.

Foi preciso continuar a morder o lábio... Se eu estivesse errada a respeito dele, se Ethan me esfaqueasse pelas costas, então eu estaria me jogando direto nos braços de Alistair. Fiquei imaginando se ele mudaria de ideia quanto ao acordo com Grace e papai caso me tivesse em seu poder.

No entanto, apesar das minhas dúvidas, eu havia tomado uma decisão antes de pegar no telefone.

– Vou esperar até mais tarde, quando tiver certeza de que meu pai dormiu. Lá pela uma?

– Tudo bem. Haverá menos pessoas na rua nessa hora. Menos chances de sermos vistos. Estarei esperando. Ligue se houver alguma mudança de planos, ok?

– Sim, claro. – Ai, meu Deus, eu ia mesmo fazer isso. Seria uma loucura? – Até mais tarde.

– Ok. Fique firme. Se tudo correr bem, você estará fora de Avalon antes do raiar do dia.

Agarrei-me a essa ideia ao desligar o telefone, tentando não pensar em quantas coisas podiam dar errado.

Capítulo 24

Aquela foi uma das noites mais longas da minha vida. As horas do começo da noite mais pareceram anos e, então, quando papai e eu demos boa-noite, elas se arrastaram ainda mais.

Tentei falar com mamãe umas oito vezes a fim de que ela soubesse que eu estava indo para lá, mas ela não atendeu. Desejei que isso não significasse que algo houvesse acontecido com ela. Ou que ela estivesse bêbada demais para atender o telefone. Sair de Avalon já seria difícil o bastante sem o álcool para atrapalhar a história.

Ouvi papai subir as escadas até o quarto lá pelas onze horas. Depois disso, nada.

Resolvi que não queria esperar até o último minuto para descer. Queria dar bastante tempo para que ele adormecesse de novo se, por acaso, eu o acordasse descendo as escadas. Se ele viesse atrás de mim para ver o que estava acontecendo, eu diria que estava tendo problemas para dormir e que ia fazer um pouco de chá.

Antes de sair, recuperei o camafeu do lixo – felizmente, para mim, papai não tinha empregada que esvaziasse o lixo diariamente. Olhei para o camafeu por um bom tempo, depois o coloquei em volta do pescoço. Eu não queria nada com a corte seelie, mas o camafeu era um presente do meu pai. Se meu plano funcionasse, provavelmente eu nunca mais o veria, mas pelo menos eu teria essa sua lembrança.

Não havia nenhuma luz por debaixo da porta do quarto dele quando passei por lá, e nenhum dos degraus rangeu de modo sinistro, acordando-o. Quando cheguei à sala de estar, agucei novamente os ouvidos a fim de perceber se ele se movimentava pela casa silenciosa.

Parei diante das janelas com as luzes apagadas olhando ao longe. Ou pelo menos, tentando. Uma camada densa de névoa encobria as terras na base da montanha, com pequenas nuvens de neblina encobrindo as ruas tranquilas. Eu não via nem a lua, nem as estrelas, e enquanto eu observava a noite, um chuvisco começou a cair. Estremeci em antecipação.

Eu sabia que nem deveria tentar fugir levando a mala e a mochila. Eu detestava deixar tudo para trás, especialmente meu computador, mas meus instintos me diziam que eu talvez tivesse de correr para salvar minha vida naquela noite e eu não poderia me dar ao luxo de estar sobrecarregada.

Vesti um dos meus suéteres mais pesados – ou pulôver, como eles chamavam aqui, o que me parecia um nome estranho – que adquiri numa das compras na cidade. Eu havia deixado as sacolas na loja destruída, mas Kimber as recuperou para mim e mandou entregá-las aqui. Minha garganta apertou quando a coloquei na lista das pessoas que eu não voltaria a ver depois de fugir de Avalon. Isso, eu lembrei a mim mesma, era o que me levava a não me aproximar muito das pessoas: doía demais ter de partir se você se apega.

Fiz o meu melhor para me livrar desses pensamentos tristes enquanto esperava pela chegada de Ethan. As ruas estavam estranhamente desertas. Um carro ou outro passava de vez em quando, e um cavaleiro com seu cavalo passaram apenas uma vez, mas não havia pedestres.

E foi por isso que vi Ethan com tanta facilidade, mesmo ele se mantendo nas sombras, evitando as luzes das ruas. Meu coração saltou dentro do peito quando o vi, mas eu disse a mim mesma que eram só meus nervos, e não uma estúpida atração prolongada.

O relógio me mostrou que eu ainda tinha quinze minutos para o nosso encontro, mas eu não vi motivos para esperar mais, já que Ethan estava lá. Respirando fundo para juntar coragem, e desejando não estar tomando a pior decisão da história da humanidade, desci a escada em espiral até a garagem na ponta dos pés. Estava certa de que não haveria problema algum se eu acendesse as luzes, mas eu havia adotado a postura de "me esconder para escapar" e não me sentia à vontade para fazer isso.

Naturalmente, a garagem estava escura como o breu, mas papai não a deixava abarrotada de quinquilharias. Encontrei o carro pelo tato, depois usei o seu contorno para me guiar até o portão sem cair de cara no chão. Os tatames ainda estavam lá, prontos para a minha próxima aula com Keane; uma aula que nunca aconteceria. Tentei me convencer de que não me importava. Keane só era um colírio para os olhos com postura de malandro. Talvez eu tivesse visto uma centelha de um cara mais agradável sob o exterior azedo hoje cedo, mas me envolver com ele teria sido um erro tão grave quanto me envolver com Ethan.

Com cuidado e em silêncio, destranquei a porta. Lembrei que Finn disse que abrir a porta significaria romper os feitiços de papai. Eu só esperava que ao quebrar esses feitiços nenhum alarme disparasse.

Fiz uma careta em antecipação ao abrir a porta, mas nenhum alarme soou para romper o silêncio da noite. Aspirei fundo e soltei o ar devagar, tentando acalmar meus nervos frágeis. Em seguida, saí sorrateiramente, fechando a porta atrás de mim.

– Você chegou cedo – Ethan disse, e tive de me controlar para não pular e gritar.

Virei para ele, cobrindo a boca para abafar meu arquejo de surpresa. A última vez que o vi ele estava parado no beco um pouco mais para baixo da rua e foi lá que pensei que ele planejava esperar por mim.

Ethan sorriu para mim, e esse sorriso fez meu estômago se contorcer. Ele estava vestido todo de preto – apropriado para se esquivar pelas ruas escuras, imaginei –, e havia prendido o longo cabelo na base da nuca. Não era exatamente um visual de Rambo, mas sinistro o bastante para provocar arrepios supersticiosos.

– Desculpe se a assustei – Ethan disse, apesar de eu suspeitar que ele tivesse feito isso de propósito. Cretino.

Estreitei o olhar.

– Tudo bem, o que vamos fazer hoje não é tão assustador, por isso pregar peças juvenis é uma ideia fabulosa.

Ele se mostrou genuinamente arrependido então, mas não voltou a se desculpar.

– Venha, vamos indo. Aliás, para onde vamos?

– Para o Hilton. Onde quer que seja isso.

Ethan franziu o cenho.

– Um carro viria a calhar – comentou. – Vai ser uma bela caminhada.

Perfeito. Pelo menos eu calçava sapatos confortáveis.

– Subindo ou descendo? – perguntei, rezando para que ele me desse a resposta certa.

– Descendo.

– Ufa! – Tentei me convencer de que isso era um bom sinal, que a sorte estava do meu lado. – Mostre o caminho.

O chuvisco que notei através da janela de papai se intensificou quando começamos a andar. Claro que eu não havia levado um guarda-chuva; Ethan, tampouco. O suéter de lã mantinha minha pele seca, por enquanto, mas mesmo assim eu já sentia frio. Fechei as mãos, depois as enfiei nas mangas do suéter para aquecê-las.

– Se isto é verão – resmunguei –, eu detestaria ver o inverno de vocês.

Para meu estarrecimento, Ethan passou o braço ao redor dos meus ombros e me levou para junto dele, partilhando seu calor. Eu sabia que não deveria permitir que ele me tocasse, mas ele estava tão quente, e não estava usando o gesto como uma tentativa de sedução. Nem mesmo me olhou, só continuou a andar como se colocar o braço ao meu redor fosse tão natural que nem lhe ocorresse que eu pudesse me opor.

Se tudo corresse bem, eu estaria longe de Avalon pela manhã, e nunca mais veria Ethan de novo. Por isso, que importava se eu lhe desse sinais ambíguos? Que importava se eu agisse como se o tivesse perdoado quando na verdade não perdoei? Seu calor combatia o frio, e eu tinha de me aproveitar disso enquanto podia. Por isso passei meu braço pela cintura dele, facilitando nossa caminhada, e nenhum de nós disse nada a respeito.

Que fique registrado, andar em Avalon é horrível. Pelo menos quando estamos tentando descer ou subir a montanha, porque a estrada é em espiral, o que vale dizer que se seu destino fica há um quilômetro em linha reta de onde você está, você precisa contornar a montanha até chegar lá. De vez em quando existe uma escadaria que corta o caminho de um nível ao outro da estrada, mas eram raras demais para o meu gosto.

Meus joelhos e tornozelos me contaram que caminhar descendo por um período prolongado não era muito mais fácil que subir. Só provocava um tipo diferente de dor. E a chuva firme que caía encharcara meus sapatos e meias, gelando meus pés.

O Hilton estava localizado bem na base da montanha, a uma distância visual do Portão Sul. Era moderno demais se comparado às construções de tijolos que o cercavam. Havia um estacionamento de vários andares em um dos lados. Ethan e eu estávamos bem molhados àquela altura, e sei que pelo menos eu estava exausta. Não tive coragem de fazer Ethan esperar na chuva, mas também não queria levá-lo até o quarto da minha mãe.

– Ela é um tanto sensível aos feéricos – eu lhe disse. – O drama já vai ser enorme. Não quero que ela fique histérica porque você está aqui.

Ethan não gostou – acho que ele temia que eu o largasse ali –, mas já que eu me recusava a entrar no elevador com ele, no fim concordou em esperar por mim no saguão.

– Se você não descer em quinze minutos, vou subir atrás de você – disse ele.

– Está bem – concordei, só para ele me deixar em paz. Seria meio difícil ele ir me buscar já que não sabia o quarto em que minha mãe estava, mas fazer o quê?

Não me surpreendi quando mamãe não abriu a porta de imediato. Afinal, estávamos no meio da madrugada. Já que não atendera as minhas ligações, por que eu deveria supor que abrisse a porta?

Bati um pouco mais forte, na esperança de não acordar ninguém no processo.

– Mãe? – eu disse, sem gritar, mas falando alto o bastante na esperança de ser ouvida. Se tivesse desmaiado de tanto beber, fazê-la acordar seria um verdadeiro desafio.

Nada ainda, apesar de eu acreditar ter ouvido um movimento. Bati de novo, e dessa vez tive certeza de que ouvi alguma coisa.

– Mãe? Sou eu. – Como se ela não soubesse. Quem mais a chamaria de mãe?

Ela murmurou algo incoerente. Suspirei de alívio, tanto por ela estar acordada quanto por não estar nas mãos dos bandidos. Bati mais uma vez, só para que ela tivesse certeza de que não estava sonhando e voltasse a dormir. Ela disse algo mais – acho que foi "Estou indo!" – e ouvi passos de aproximarem da porta.

Na mesma hora senti a pele formigar e o camafeu, debaixo da camiseta, esquentar. Assim que a minha mãe abriu a porta, percebi o que isso queria dizer. Mas foi tarde demais.

Alguém me empurrou pelas costas, fazendo que eu entrasse voando no quarto. Esbarrei em mamãe, e nós duas caímos no chão. Quando consegui me soltar dela e me levantar, alguém havia fechado a porta e acendido a luz.

O medo apertou minhas entranhas, e eu me virei para ver quem havia me emboscado.

Tia Grace estava na soleira, muito orgulhosa de si mesma. Ao seu lado, um braço sem corpo apontava uma arma para a minha mãe. No chão debaixo do braço – na região em que se espera ver os pés de uma pessoa – havia um par de sapatos. Arfei. Tia Grace riu e esticou a mão no que parecia ser o vazio. Um segundo depois o braço e os sapatos se uniram a um cara pequeno e de aparência humana vestindo um manto negro com capuz. Igual ao que tia Grace usava.

– Os mantos só funcionam quando o capuz cobre a cabeça – ela explicou, como se estivéssemos tendo uma conversa amigável. – E só escondem o que está atrás do tecido, por isso é preciso manter pernas e braços cobertos para ficar completamente invisível. Eles me custaram uma pequena fortuna, mas valem seu preço.

Eu não conseguia pensar em nada inteligente ou espirituoso para dizer, por isso só fiquei lá olhando para a pistola, na esperança de que o amigo de tia Grace não sentisse coceira no dedo que estava no gatilho. Engoli em seco, arrependendo-me por não ter permitido que Ethan subisse comigo. Pensando bem, eu duvidava que ele fosse páreo para tia Grace e, *seguramente*, não era páreo para aquela arma.

– O que você quer? – perguntei, surpresa ao constatar que pareci quase calma. Minha pulsação estava galopante e um suor que nada tinha a ver com temperatura me cobriu.

Ela arqueou uma graciosa sobrancelha.

– Não sabe, querida?

– Quer um faeriewalker como bichinho de estimação. Bem, deixe-me esclarecer, seus métodos de me ganhar para o seu lado não estão me animando. – Puxa, isso soou bem corajoso. Agora, se minhas mãos parassem de tremer, ela até que poderia acreditar que eu era tão corajosa quanto dava a entender.

Ela me lançou um olhar gélido.

– Obviamente sua mãe não lhe ensinou boas maneiras.

Cruzei os braços diante do peito – mais para esconder as mãos trêmulas que para desafiar.

– Pelo visto, nem a sua. Ou considera educado sequestrar a própria sobrinha?

Grace se mexeu com tamanha rapidez que eu não teria como detê-la mesmo que tentasse. Sua mão voou na direção do meu rosto, atingindo-me em cheio. Arfei e lágrimas umedeceram meus olhos. Era como se meu rosto acabasse de ser atingido por um caminhão.

Engoli as lágrimas o melhor que pude, cerrando os dentes e ordenando a mim mesma para não chorar por causa de um simples tapa. Pensei no tipo de dor que Finn teve de suportar em seu encontro com os Cavaleiros. Se ele conseguiu aguentar aquilo sem reclamar, eu poderia me dar ao luxo de não permitir que Grace se satisfizesse vendo-me chorar.

– Desejei fazer isso praticamente no instante em que abriu a boca – ela resmungou.

– E vou adorar repetir a dose se desejar fazer mais gracejos.

Consegui reprimir as lágrimas e não cobri o rosto ardido com a mão. Mas como não queria um repeteco, fiquei calada.

– Kirk – Grace chamou seu comparsa, gesticulando na direção de mamãe que começava a recobrar os sentidos.

– Fique longe dela! – exclamei quando ele se inclinou sobre ela, ignorando-me. Como ele ainda segurava a pistola, eu não me atrevia a me mexer para detê-lo. Todas as manobras de Keane eram inúteis quando o inimigo tinha uma arma – e um refém.

Kirk segurou minha mãe e a jogou na cama. Ela emitiu um som atordoado, mas ainda estava alheia ao que acontecia. Kirk prendeu a arma na cintura, virou minha mãe de frente e prendeu as mãos dela nas costas. Quando terminou de amarrá-la, pegou novamente a arma e a encostou em sua têmpora.

– Você e eu vamos dar uma voltinha, querida – tia Grace me disse, segurando-me pelo braço. – Comporte-se e sua mãe não sofrerá. – Com a mão livre, pegou um celular da bolsa que trazia atravessada pelo corpo. Só com uma mão, teclou um número. – Quarto de Cathy Hathaway, por favor – pediu com gentileza quando atenderam a ligação.

O telefone do quarto tocou e Kirk o atendeu, deixando-o na mesinha de cabeceira.

– Consegue me ouvir bem? – Grace perguntou, e todos ouvimos sua voz ecoar pelo quarto. – Perfeito!

Ela me empurrou em direção à porta, carregando o celular.

– Se eu ordenar ou a ligação desconectar, Kirk atirará na cabeça da sua mãe. Não tenha ilusões, ele fará o que foi ordenado; é um profissional. Portanto, você vai fazer tudo o que eu lhe disser. Entendeu?

Olhei para a minha mãe deitada de cara no colchão com uma arma apontada para a cabeça. Ela estava completamente indefesa e, dessa vez, eu não podia culpar a bebida. Mesmo que estivesse sóbria, ainda estaria em apuros. E ainda seria minha culpa.

– Entendi. – respondi entre dentes, porque acho que um simples aceno não a contentaria. Havia uma centelha de loucura no olhar dela. Fiquei me perguntando se Grace era louca mesmo ou se era apenas o poder que lhe subia à cabeça. De qualquer modo fiquei aterrorizada.

Depois de olhar mais uma vez para mamãe, abri a porta e saí para o corredor. O que quer que Grace quisesse, eu teria de fazer. E teria de rezar para que ela libertasse minha mãe.

Será?, uma voz maligna ecoou na minha mente. *Depois que ela me levar para onde quer, por que não se livraria de testemunhas?* Eu acreditava que tia Grace fosse louca o bastante – ou má – para fazer isso. Como eu poderia detê-la?

Refleti freneticamente a respeito enquanto esperávamos o elevador sem dizermos uma palavra. Eu nem conseguia olhar para ela, quanto mais falar.

A pior parte foi que Ethan estava me esperando no saguão. Eu poderia ter a esperança de que ele fizesse o papel de cavaleiro de armadura brilhante, mas ele não teria como saber que minha mãe corria perigo. Se fizesse algo heroico na tentativa de me salvar de Grace, ele acabaria matando mamãe.

Eu tremia e, tenho certeza, estava pálida como um cadáver quando saímos do elevador para entrar no saguão. Mas, apesar de olhar de esguelha na esperança de avisar Ethan para que não se aproximasse, não o vi.

Não soube como me sentir a respeito disso. Por um lado, nenhum ato heroico mataria minha mãe. Por outro lado... Nenhum ato heroico me livraria de tia Grace.

O porteiro me lançou um olhar confuso quando saí acompanhada de tia Grace. Tenho certeza de que ele se lembrou de ter aberto a porta para mim e Ethan, e ele provavelmente achou que havia algo estranho no fato de eu sair com alguém diferente – estando absolutamente aterrorizada –, mas Grace o encarou, e ele subitamente perdeu o interesse por nós. O camafeu não esquentou, portanto, aquilo só podia ter sido pura intimidação.

– Vire à direita – ela ordenou e eu obedeci.

– Para onde vamos? – Finalmente tive a coragem de perguntar.

Grace deu um leve sorriso.

– Para Faerie.

Fiquei tão surpresa e horrorizada que parei de andar.

– Só pode estar brincando!

Ela me avaliou com seu olhar azul gélido.

– Pareço estar brincando? Volte a andar ou permito que Kirk se divirta um pouco com a sua mãe enquanto você escuta.

Minha cabeça rodopiou e, por um instante, temi desmaiar. Esforcei-me para não pensar nas ameaças de Grace, colocando um pé diante do outro.

– Por que vamos para Faerie? – perguntei num sussurro estrangulado, apesar de já imaginar o motivo. Era uma ideia terrível, assustadora e inacreditável.

– Seamus nos contou, a mim e a Alistair, o que aconteceu com o seu Cavaleiro. E Alistair me contou o que aconteceu com os spriggans. Os dois são uns tolos, acreditando que podemos mantê-la a salvo e quem sabe aproveitar seus poderes em nosso benefício. – Sacudiu a cabeça e estalou a língua. – Como se nós três juntos pudéssemos derrotar as duas rainhas de Faerie.

Diminuí o passo, tentando postergar o inevitável, mas Grace me deu um empurrão para me apressar.

– Se as rainhas a querem morta, então você vai morrer – ela disse. – Faeriewalkers não nascem todos os dias, e seria um desperdício não fazer proveito de seus poderes singulares enquanto está no mundo dos vivos.

Àquela altura eu já sabia o que ela planejava, por mais incrível que parecesse. No entanto, eu precisava ouvir para acreditar, por isso, pressionei o assunto.

– Então por que estamos indo para Faerie?

Segurando o celular precariamente numa mão, Grace abriu a bolsa o suficiente para me mostrar a arma escondida dentro dela. Eu não sabia nada a respeito de armas, mas até mesmo eu sabia que aquela era uma potente, tão grande que mal cabia na bolsa dela.

– É difícil matar os feéricos – ela disse. – Ainda mais em Faerie onde o ferro frio não existe.

Sim, ela era tão louca quanto imaginei.

– Este meu bebezinho – ela disse, dando um tapinha na bolsa – não funcionaria em Faerie, mesmo não sendo feito de ferro frio. Mas nas mãos de um faeriewalker – ou nas mãos de alguém dentro da aura de um faeriewalker – ele vai disparar. E mesmo uma rainha feérica pode ser assassinada por uma bala mortal na cabeça.

– Quer matar uma das rainhas – eu disse, e isso foi uma meia pergunta.

– Posso tentar as duas – ela refletiu. – Tenho poder para assegurar o trono de Titânia se o conquistar. Talvez meu primeiro ato como rainha seelie seja eliminar Mab. Não sou arrogante o bastante para acreditar que posso comandar os dois tronos, mas com Mab morta, aquele que herdar o trono unseelie terá menos poder e será mais maleável a trabalhar em conjunto. – Grace lançou um sorriso maquiavélico. – E com você ao meu lado, ninguém ousará me desafiar. Serei rainha para sempre!

Não, ela não era nada arrogante. Honestamente, eu não sabia se o mundo seria um lugar melhor se ela ganhasse ou se perdesse. Tudo o que eu sabia era que eu estava ficando sem tempo para arranjar um plano brilhante de fuga. Isso porque só tínhamos menos de cem metros até chegarmos à ponte que cruzava o fosso perto do Portão Sul.

Capítulo 25

A chuva caía forte conforme eu caminhava infeliz na direção da ponte que me levaria a Faerie. Grace estava tão contente que cantarolava baixinho. Eu tentava encontrar um modo de escapar sem que minha mãe fosse morta, mas eu nem conseguia pensar numa ideia *louca*, quanto mais numa sensata.

Uma vez que a única tática de retardo que me ocorria era falar, resolvi fazer algumas perguntas.

– Papai disse que não acreditava que você quisesse voltar para Faerie – disse entre os dentes que se batiam.

– É mesmo?

– É. Alguma coisa a respeito de Lachlan. – Observei-a por debaixo dos cílios, mas ela não reagiu ante o nome de Lachlan.

– Apesar de suas ambições e ilusões de grandeza, meu irmão é, lamento dizer, uma pessoa sem imaginação – tia Grace disse. – Se eu tivesse de ir para Faerie e levasse Lachlan comigo do modo como as coisas estão, eu seria... – Ela franziu o cenho. – Sinto que "banida" seja uma palavra suave demais para descrever a reação, mas é o que me ocorre no momento.

Seamus, no entanto, se esqueceu de que se eu voltasse para Faerie, seria com você ao meu lado. Eu serei a rainha e você, minha pobre criança, será uma ameaça aterradora o bastante para encorajar o resto da sidhe a me tratar com nada menos que o mais absoluto respeito.

– Portanto vai fazer o quê? Manter-me ao seu lado o tempo inteiro, como um cachorro na coleira, para o caso de sentir vontade de atirar em alguém?

Ela deu aquele seu sorriso de louca, com os olhos brilhando com um humor negro.

– Não pensei nisso antes, mas acho que uma coleira seja uma excelente ideia. Esse seu pescoço branco e delgado ficará lindo com uma coleira de pedras preciosas ao seu redor.

Calei-me porque eu não queria mais ouvir sobre seus planos, quanto ao que ela reservava para mim. Havíamos chegado à ponte e minhas últimas esperanças começavam a definhar uma a uma conforme a atravessávamos na direção do portão.

Grace apontou para uma porta na extrema direita no fim da guarita. Uma luzinha no alto da porta iluminava suavemente uma placa escrita numa língua desconhecida para mim.

– Vê aquela porta? – perguntou, mas pelo visto a pergunta era retórica, porque não esperou minha resposta. – Aquela porta nos conduzirá diretamente a Faerie sem termos de nos importar com a entediante alfândega humana. É tudo simples, lindo mesmo. Em Avalon, há um corredor comprido que leva até a fronteira. Do lado mortal da fronteira, não há nada além de um muro reforçado de concreto, por isso, para os mortais, é um beco sem saída. Em Faerie, porém, não há barreiras, por isso vamos poder entrar sem impedimentos. Há patrulheiros da polícia na entrada, claro, mas você é esperta demais para fazer uma cena, não é?

Sim, eu era. Mesmo se tia Grace não tivesse minha mãe como refém, eu não teria como confiar na patrulha de fronteira para me ajudar. Afinal, tia Grace era a chefe. Não, pelo visto não havia nada que a impedisse de me raptar para Faerie. Minha última esperança era que lá fosse mais quente, porque minhas roupas já estavam encharcadas e, por mais que eu me abraçasse para me aquecer, meus dentes batiam cada vez mais, conforme os minutos passavam.

O estacionamento que me lembrei de ter visto quando cheguei à portaria agora estava quase vazio. Havia três carros estacionados juntos perto da ultrassegura entrada oficial. E havia mais um carro, um sedã indefinível, estacionado debaixo de um poste de luz queimado perto da porta que levava a Faerie.

Quando Grace e eu pisamos no estacionamento, ela pareceu notar o carro pela primeira vez e seus passos diminuíram. Ela agarrou meu braço com a mão livre, puxando-me para perto, com a magia formigando minha pele.

A princípio, não entendi o que a alarmou, mas segundos depois um homem saiu das sombras.

Ele era alto e muito magro, com uma aparência quase frágil. Ele parecia ter sido despertado no meio da noite, tinha um cabelo longo loiro amarrado num rabo desajeitado, e as roupas estavam amassadas e descombinadas. Mesmo na luz tênue do estacionamento, eu poderia dizer que a camisa era azul-marinho e as calças eram pretas, como se as tivesse pegado no escuro e vestido de qualquer jeito.

Pensei que fosse um completo desconhecido até ele ficar debaixo de um facho de luz, deixando-me ver seus olhos. Feéricos, claro, mas no incomum tom de azul-petróleo. Como os de Ethan e de Kimber. Grace confirmou meu palpite ao falar, ao mesmo tempo em que recuava, puxando-me com ela.

– Ora, Alistair, que surpresa agradável.

Ele esfregou o rosto, parecendo exausto. Quase me surpreendi por Grace simplesmente não atropelá-lo. Ele, por certo, não parecia uma grande ameaça. Mas é claro, eu sabia que as aparências enganavam, ainda mais ali.

– Agradável não é a palavra que eu usaria – ele disse, soando tão cansado quanto parecia. Deu um passo em nossa direção, e Grace continuou a recuar. Talvez Alistair conseguisse nos fazer recuar pela ponte de volta à... Bem, à segurança de Avalon.

– Não dificulte as coisas – Grace disse.

Alistair meneou a cabeça.

– Lamento, mas não posso permitir que leve a garota a Faerie.

– Por que não? – ela perguntou, parecendo genuinamente intrigada.

Alistair emitiu uma gargalhada.

– Está tarde demais para esses joguinhos. Se tentar passar por mim, *eu* a deterei.

Tia Grace parecia... entediada. Sua mão apertou meu braço, e assobiei de dor. Ela não afrouxou.

– Talvez você queira convencer Alistair a dar passagem, querida – sugeriu, segurando o telefone.

Minha garganta se apertou em terror e olhei suplicante para Alistair.

– Por favor – implorei com todo o respeito. – Ela está com a minha mãe. Vai fazer que seu comparsa a mate se tentar nos impedir. – Eu mal acreditava que estava implorando para que alguém deixasse Grace me raptar para Faerie, mas eu não tinha dúvida nenhuma de que ela fosse vingativa o bastante para mandar matar mamãe caso seu grande plano falhasse.

O olhar de Alistair passou por cima do meu ombro, depois voltou, tão rápido que eu o teria perdido caso não estivesse olhando tão intensamente para ele. Acho que foi um ato involuntário de distração da parte dele, não uma pista para que eu olhasse por sobre o ombro. Mas não consegui deixar de olhar de qualquer modo.

E lá estava Ethan, à trezentos metros de distância, encurralando-nos entre ele e seu pai. Agora eu entendia como Alistair "por acaso" se encontrava ali. Ethan deve ter visto tia Grace entrar no hotel, ou me visto sair com ela, e chamou reforços. Nem ele nem Alistair poderiam fazer algo para salvar a minha mãe.

– Sinto muito – Alistair disse para mim. – Eu jamais colocaria sua mãe em risco levianamente. Todavia, não posso permitir que Grace a leve para Faerie.

– Por que não? – Grace perguntou. – Por que se importa? Nunca considerou Faerie seu lar. Não deve lealdade a ninguém lá, nem mesmo à sua rainha. Por que sacrificar a mãe desta garota para me deter quando o que acontece em Faerie não lhe diz respeito?

O camafeu se aqueceu de um modo doentiamente familiar. Por um motivo desconhecido, senti a eletricidade da magia, ou o que quer que fosse, emanando de Grace, não de Ethan, nem de Alistair. Talvez isso fosse por ela estar mais próxima de mim. Vi seus lábios se curvarem num sorriso e soube que isso não era nada bom.

– Ela vai lançar um feitiço! – gritei, certa de que qualquer que fosse o encantamento, ele não seria nada agradável.

Senti, mais que vi, a magia nos envolvendo se lançar precipitadamente na direção de Alistair. Acho, porém, que meu grito o alertou bem a tempo, porque ele mergulhou para o lado.

Meu ouvido estalou e o carro de Alistair, bem atrás dele, na linha de fogo... implodiu. Esse é o único modo que posso descrever o que aconteceu. Era como se o carro tivesse sido atingido por todos os lados ao mesmo tempo. Eu nem queria pensar no que teria acontecido com Alistair se tivesse sido atingido pelo feitiço.

Grace olhou para mim com tanta fúria que acreditei que a força de seu ódio fosse me fulminar. Achei que ela fosse me estapear de novo. Em vez disso, ela fez algo muito, muito pior.

– Mate-a! – ela gritou ao celular.

– Não! – exclamei, mas Grace desligou o telefone com um urro, jogando o aparelho pela lateral da grade de proteção nas águas do fosso logo abaixo.

Pelo canto do olho, vi Alistair se levantar, livrando-se dos efeitos de ter sido quase atingido, mas tudo em que eu conseguia pensar era que Grace dera seu comando fatal. Eu nem *tentei* reprimir as lágrimas dessa vez.

– Esse movimento não foi dos mais espertos. – Ouvi Alistair dizer, com uma voz calma, serena. Eu queria matá-lo por essa tranquilidade enquanto minha mãe era assassinada só porque ele não nos deixava passar.

– Nem mesmo *você* pode se livrar de uma acusação de assassinato – prosseguiu. – Não com três testemunhas.

– Sempre me subestimou, Alistair. Assim como meu irmão.

Àquela altura eu estava tão dominada pela dor que, sinceramente, pouco me importava se Grace tivesse uma carta na manga. Até eu descobrir o que era, claro.

Os feéricos, mesmo as fêmeas delgadas e esbeltas como tia Grace, eram muito mais fortes que os mortais. Foi por isso que ela não teve dificuldade nenhuma em me agarrar, suspender e me jogar pela lateral da grade de proteção para seguir o caminho do celular.

Eu estava chocada demais para berrar, apesar de tanto Alistair quanto Ethan gritarem. Voei pelo ar, tentando controlar minha queda na água, mas quando a atingi, foi bem de costas. Tentei dissipar um pouco do impacto, abaixando as mãos, conforme Keane me ensinou, mas não ajudou muito.

A distância entre a ponte e o fosso não era muito grande, não era fatal pelo menos, mas também não era um pulinho. A água bateu nas minhas costas como uma placa de concreto, forçando o ar a sair dos meus pulmões e me atordoando momentaneamente.

Esse momento durou o suficiente para que a água lamacenta e escura se fechasse sobre a minha cabeça, começando a me sugar para baixo.

Capítulo 26

Não sou a melhor nadadora do mundo, mas consigo me virar nadando cachorrinho. Quando me recuperei do susto inicial, comecei a chutar e a bater os braços, tentando chegar à superfície. Eu estava com medo, mas não exatamente em pânico. Era apenas água, afinal.

Por mais que eu me debatesse, porém, não conseguia subir. O suéter pesado de lã parecia pesar umas dez toneladas e meus pés não conseguiam se movimentar muito com os tênis de caminhada. Com os pulmões ardendo, tirei os tênis, empurrando-os com os pés e, finalmente, passei a me movimentar com mais eficácia.

Com mais alguns chutes eu provavelmente chegaria à superfície e ficaria bem. Exceto por eu ter atingido uma coisa num dos chutes. Uma coisa macia e flexível, como se fosse carne. Uma coisa que se agarrou ao meu pé e me segurou.

Consegui me soltar com bastante facilidade, mas o terror de ser agarrada por algo debaixo da água, combinado com a falta crítica de oxigênio, deixou-me ofegante. Engoli mais água. E foi *aí* que entrei em pânico.

Eu tinha de tossir para livrar meus pulmões da água, mas não se consegue tossir sem ar. Cobri a boca com a mão e apertei o nariz para não aspirar mais água num ato reflexo, mas a necessidade de tossir era opressora. Não conseguia combatê-la, mesmo que num canto da minha mente eu soubesse que se tentasse respirar, eu morreria.

O reflexo se tornou forte demais e soltei o nariz e a boca para uma nova golfada de água.

Tive uma leve sensação de ser puxada pelos braços, mas meu pânico era tão grande que eu não conseguia nem sentir alívio, tampouco cooperar com quem quer que estivesse me ajudando. Eu estava praticamente convencida de que se tratava de uma alucinação provocada pela proximidade da morte.

Aquelas mãos, porém, seguravam-me firme e, um segundo depois, eu irrompi à superfície para o ar lindo, maravilhoso e cheio de vida. Infelizmente, eu engolira tanta água que mesmo com o ar tão próximo, eu não conseguia respirar.

As mãos que seguravam meus braços se moveram para me envolver pela cintura, com um dos braços apertando dolorosamente para cima. Doeu, mas também fez que um jorro de água saísse pela minha boca e pelo nariz. Eca, que nojo!

Consegui respirar um pouco, mas fui acometida por um acesso de tosse. Mais água saiu dos meus pulmões, queimando minha garganta ao sair. Consegui captar mais ar, por isso, quase gritei quando uma coisa me agarrou de novo pelo tornozelo.

– Maldição! – meu salvador gritou, e eu percebi que era Ethan.

Senti que ele chutava o que quer que estivesse me agarrando e a coisa afrouxou.

– Precisamos sair da água, Dana! – Ethan gritou.

Como eu concordava com ele!

Eu ainda tossia e engasgava demais para conseguir nadar sozinha, por isso Ethan me rebocou. Pisquei, afastando água e lágrimas dos olhos e vi que Ethan me levava para baixo da ponte.

O que quer que estivesse no fosso tentou me agarrar de novo e senti os cabelos arrepiarem quando Ethan lançou algum tipo de magia na coisa.

– Bata os pés junto comigo! – ele ordenou, e eu fiz o meu melhor, apesar do esforço para respirar.

O progresso foi terrivelmente lento. Pressenti o monstro do fosso espreitando sob nós nas profundezas das águas lamacentas, esperando até que déssemos um sinal de fraqueza, ou quem sabe esperando até que o ataque mágico de Ethan se desgastasse.

Recuperei o suficiente de minhas faculdades mentais para ver que nos encaminhávamos para a base da ponte, mas o que vi não me animou muito. Havia uma saliência de concreto que se elevava na água, e seria necessário nos esticarmos bastante para agarrarmos o topo e, mesmo que eu conseguisse segurar, não teria forças para me suspender para fora da água.

– Quase lá – Ethan disse, mas, apesar de estar tentando me confortar, ele também parecia assustado, o que não era nada reconfortante.

Mais alguns chutes frenéticos e nos aproximamos do concreto.

– Vou empurrar você para cima – Ethan disse, ofegante pelo esforço de nadar por nós dois; e por lutar contra um monstro invisível. – Segure a beirada.

Eu ainda achava que segurar a beirada não fosse servir para muita coisa, mas não ia discutir. Ethan mudou a posição das mãos de novo e, em qualquer outra situação, eu teria me oposto ao lugar onde elas estavam agora. Mas, de algum modo, não achei que ele estivesse me apalpando.

Ethan me empurrou para fora da água e eu estiquei as mãos para cima da cabeça. Elas chegaram à borda, mas eu ainda estava mergulhada da cintura para baixo. Isso significava que eu não teria de sustentar todo o meu peso estando pendurada, mas não era o bastante para que eu tivesse forças para me puxar. Se eu sobrevivesse, passaria mais tempo na academia, fortalecendo os músculos dos braços.

Ao meu lado, Ethan saiu da água, com as mãos segurando a beirada sem que precisasse de algum impulso. A menos que o monstro estivesse ajudando, o que parecia improvável.

– Segure firme – ele ordenou, e se suspendeu com facilidade na saliência de concreto.

Suas mãos tinham acabado de me segurar pelos pulsos quando o monstro me agarrou de novo.

– Ethan! – gritei, chutando alucinadamente.

– Estou segurando! – ele me garantiu e começou a puxar.

O monstro havia soltado com pouco encorajamento das últimas vezes, mas, pelo visto, ele sabia que sua presa estava escapando e resolveu se mostrar determinado. Qualquer que fosse o motivo, não soltou quando Ethan começou a puxar.

Não consegui deixar de olhar para baixo, tentando ver a criatura que me puxava com tanta força. A água era escura demais, e a área ao redor da ponte estava nas sombras, por isso não vi nada debaixo da superfície.

Algo agarrou a minha outra perna, e eu gritei de novo. Ethan praguejou, mas segurou firme enquanto os dois brincavam de cabo de guerra comigo.

Um rosto espectral, pálido como um peixe morto, surgiu na superfície da água perto das minhas pernas. Os cabelos eram como teias de aranha pegajosas, e flutuavam ao redor da cabeça incolor, movendo-se de um lado para o outro, sem que fosse afetada por qualquer tipo de corrente ou vento – pelo menos até onde eu sabia dizer. Meu estômago deu um nó quando percebi que era o seu cabelo que me segurava pelas pernas.

Os olhos da criatura eram brancos como a pele, dando a impressão de que fosse cega. Mas eu acho que não era, porque parecia encarar Ethan com maldade.

– Minha! – a criatura disse numa horrível voz gorgolejante. Quando ela falou, eu vi a fila dupla de dentes afiados como agulhas em sua boca.

– Ethan – choraminguei. Eu preferiria ter me afogado a deixar que essa criatura ficasse comigo.

– Não, ela é *minha* – Ethan disse para a criatura com um rosnado feroz, rouco, que mal parecia humano. Claro, Ethan *não era* humano.

A criatura assobiou, com seus cabelos estranhos se emaranhando cada vez mais ao redor das minhas pernas.

Os olhos de Ethan praticamente cintilavam na escuridão e seu aperto em meus braços não fraquejou, embora eu começasse a achar que estava sendo esticada numa cama de tortura. Meus ombros gritavam em agonia, e eu temia que a qualquer momento meus músculos começassem a rasgar.

Ethan disse algo numa língua que eu não conhecia. Pode ter sido gaélico, ou algum tipo de estranho idioma feérico. Com suas palavras surgiu uma suave pulsação de força que viajou pelo meu corpo até a criatura.

Ela sibilou de novo, escancarando os dentes para Ethan.

– Você não vai querer se tornar uma inimiga minha ou da minha casa – Ethan disse entre dentes, e a expressão de seu rosto teria assustado qualquer um – ou qualquer *coisa* – que tivesse ao menos dois neurônios.

Com um sibilo final, a criatura me soltou e mergulhou na água. No instante em que me vi livre, Ethan me içou até a saliência de concreto.

Capítulo 27

Fiquei de joelhos na borda estreita, com as costas arqueadas pelo esforço de tentar recuperar os pulmões, pelo que pareceu ser uma eternidade. Ethan deu tapinhas nas minhas costas e murmurou palavras de conforto, mas eu estava infeliz demais para ser confortada.

Minha garganta e as minhas narinas queimavam por ter expelido aquela água dos pulmões. O peito doía por ter recebido toda aquela água. E todas as minhas juntas latejavam por ter sido feita de cabo de guerra entre Ethan e o monstro do fosso. Estava encharcada e gelada até os ossos, o corpo inteiro tremia convulsivamente.

Quando a tosse acalmou, Ethan me levou para junto dele, envolvendo-me com os braços e me segurando próxima ao calor de seu corpo. Foi só então que notei que ele não vestia nada além de *jeans*. Ainda assim, comparado ao meu, seu corpo parecia uma fornalha, e me enrolei em mim mesma aninhada a ele.

– O que era aquilo? – disse rouca, estremecendo ante a lembrança daquele rosto maligno e horrível dentro da água.

– Era a Bruxa das Águas – Ethan explicou. – Elas são nativas de Faerie e, nominalmente, pertencem à Corte Unseelie, o que pode ser a única explicação para o fato de eu ter conseguido afastá-la. Há dúzias delas no fosso e elas atacam todos, feéricos ou humanos, que caírem nele. Se o fosso fosse somente água, então as pessoas – e os feéricos – poderiam transitar por Avalon como bem quisessem e os portões não teriam significância.

Estremeci ante a ideia de que *dúzias* daquelas coisas horrendas patrulhavam o fosso à espera de uma refeição grátis. Não que eu tivesse certeza de que essa Bruxa das Águas planejasse me comer, mas com aqueles dentes que ela arreganhou, isso não estava fora de questão.

Então, de forma inédita, comecei a chorar sem me preocupar em demonstrar fraqueza. Lembrei-me de Grace gritar aquela ordem fatal no celular momentos antes de jogá-lo no fosso – e a mim.

– Ela matou minha mãe – solucei contra o peito de Ethan.

Ele me segurou firme e me balançou.

– Talvez não – murmurou. – Liguei para o seu pai depois de falar com o meu. Ele disse que enviaria Finn para resgatar sua mãe. Só nos resta esperar que ele tenha chegado a tempo. Eu bem que gostaria de poder contar algo mais definitivo, mas acho que meu celular está no fundo do fosso a esta altura.

Funguei e tentei me apegar a essa esperança. Finn fazia esse tipo de coisa para viver. Se existia alguém capaz de salvar minha mãe de Kirk, seria ele. Mas tudo aconteceu tão rápido, apesar de as minhas tentativas de atrasar Grace. Será que Finn teve tempo suficiente antes de Grace ordenar a morte da minha mãe?

– Quero ir para casa – eu disse, embora eu não soubesse definir mais onde era a minha casa.

– Eu sei – Ethan respondeu. – Mas o objetivo desse fosso é manter as pessoas fora de Avalon, por isso não existe exatamente uma saída fácil. Há um alçapão na ponte sobre nós, mas meu pai vai precisar chamar alguém para desfazer os feitiços das trancas e só depois eles vão poder nos içar de algum modo. Estamos presos aqui por um tempo.

Eu sentia tanto frio que achei que nem em um milhão de anos voltaria a me aquecer, e o contraste com o calor de Ethan só me deixava ainda mais gelada. Ele se inclinou para trás até encostar as costas na coluna de concreto. Precisou me soltar para fazer isso, mas depois deu um tapinha nas pernas, dizendo:

– Venha se sentar no meu colo – ele disse. – Vou mantê-la o mais quente que puder.

Pensei brevemente no que aconteceu da última vez em que me vi no colo de Ethan, mas empurrei esse pensamento para o lado. Nem mesmo Ethan seria capaz de tentar aquela jogada comigo naquele instante.

Por isso engatinhei até o colo dele, e ele me envolveu. Os braços me circundavam, e meu rosto pressionava seu peito nu enquanto o calor do corpo dele atravessava minhas roupas molhadas.

– Você não sente frio nenhum? – perguntei.

Senti que ele dava de ombros.

– Não muito. Só sentimos frio quando ele é extremo. Como você já deve ter notado, a nossa temperatura corpórea é mais elevada que a dos humanos.

Sim, eu havia notado. Cada centímetro meu em contato com seu corpo estava quente como uma torrada. Infelizmente havia muitos outros centímetros descobertos, e eu tremia incontrolavelmente.

– Você salvou a minha vida – sussurrei ao encontro do peito dele.

Seu queixo esfregou o topo da minha cabeça.

– Era o mínimo que eu podia fazer.

Pensei na Bruxa das Águas, com seus olhos leitosos, dentes afiados e o cabelo de teia pegajoso. Ethan havia pulado no fosso atrás de mim, sabendo que existiam dúzias daquelas criaturas ali. E embora os dois fossem membros da Corte Unseelie, obviamente não eram primos que se relacionavam.

Ele havia mentido para mim. Tentou usar magia contra mim. E planejou um ataque no qual eu poderia ter morrido. Mas, no fim, arriscou a vida para salvar a minha, portanto, como não perdoá-lo pelas coisas ruins que ele fez?

– Digamos que estamos quites agora e deixemos o assunto de lado – propus.

Ethan beijou o topo da minha cabeça, mas não respondeu.

– Como soube que Grace estava para lançar um feitiço no meu pai? – perguntou. – Você salvou a vida dele com o aviso.

Esse pensamento me fez sentir um tantinho menos miserável. Ao menos fiz *alguma coisa* certa. E fiquei satisfeita por ter salvado uma vida, mesmo precisando de resgate em seguida.

– Consegui sentir a magia se avolumando – expliquei, e senti que Ethan se tensionava. Tentei levantar a cabeça de seu peito para ver seu rosto, mas ele não deixou. – O que foi? O que eu disse?

– Você sentiu a magia – ele repetiu, parecendo não acreditar no que ouvira.

– É. Pelo menos, acho que é isso. O camafeu que o meu pai me deu se esquenta e então a minha pele começa a formigar. Estou quase certa de que isso só acontece quando há magia por perto.

Nessa hora Ethan me afastou, permitindo que eu visse seu rosto. Não que eu conseguisse enxergar muito nas sombras sob a ponte. Mas eu conseguia ver a intensidade de sua expressão.

– Vou esquecer que fiz essa pergunta – disse ele. – E, certamente, vou esquecer a sua resposta. Se o seu pai ou o meu perguntarem, diga que você a ouviu murmurar alguma coisa e que deduziu que era esse o significado.

– Por quê?

– Porque, tradicionalmente, a magia sempre tratou os faeriewalkers como humanos, mesmo eles sendo metade feéricos. Mas se você a sentiu se avolumar, isso significa que tem uma afinidade com ela, o que significa que você pode ser capaz de treiná-la e usá-la. Você já é uma ferramenta poderosa e assustadora sem isso. Se alguém descobrir que também sabe usar magia... – Ele balançou a cabeça. – Será perigoso demais. Não seriam mais só as rainhas querendo eliminá-la.

– Mas é só por causa do camafeu – protestei. – Se eu o tirar... – Levei a mão ao pescoço para tirá-lo, mas Ethan fechou as mãos sobre meus pulsos.

– Fique com ele. Não sei exatamente o que ele faz – disse ele –, mas se reage à magia, então é algum tipo de objeto de poder e pode ser útil um dia. Você não teria sentido os efeitos se não tivesse afinidade natural com a magia. Portanto, nunca tivemos esta conversa. Entendeu?

Com os olhos sem dúvida maiores que pires, assenti. Por que meu pai me presentearia com um "objeto de poder" se acreditava que eu fosse incapaz de acessar magia? Será que ele adivinhou que eu seria fora do normal até para uma faeriewalker? Ou ele pensou que já que eu não conseguiria sentir a magia, o camafeu seria inofensivo, somente um símbolo de minha afiliação aos seelie? Como eu não podia perguntar para ele, pelo visto eu jamais saberia essas respostas.

– E você não vai contar para ninguém? – perguntei. – Nem mesmo para o seu pai?

– Contar o que para quem? – ele perguntou e, embora estivesse tentando parecer esperto e descolado, acabou só parecendo nervoso.

Capítulo 28

O fosso acabou com meu relógio, e Ethan estava sem o dele, por isso eu não tinha como saber exatamente quanto tempo ficamos ali abraçados sob a ponte, mas na minha percepção, foi muito, muito mais tempo que eu gostaria. Durante essa espera, descobri uma nova dor. Minha pele, ao que tudo indicava, não reagia bem aos cabelos da Bruxa das Águas, portanto, vergões vermelhos surgiram na parte inferior das minhas pernas onde ela havia se agarrado.

Eles queimavam e doíam, e até a hora em que Alistair conseguiu arranjar alguém para abrir o alçapão, eu já começava a sentir a quentura da febre no meu rosto. Precisaram me içar com um tipo de arreio. Eu teria ficado com bastante medo se não estivesse me sentindo miserável demais para me preocupar em ter medo. Talvez todos – inclusive *eu* – estaríamos muito melhor se eu caísse e me estatelasse no concreto logo embaixo. Mas não caí.

Alistair e meu pai estavam, os dois, esperando por mim na ponte e ajudaram os rapazes do resgate a me tirar do arreio.

Fixei o olhar no de papai enquanto eles cuidavam dos cintos que me mantinham segura. Ele estava pálido e preocupado, impaciente para me tirar dali.

– E mamãe? – perguntei num sussurro aterrorizado, tentando não me debulhar em lágrimas de novo.

– Papai acenou com a cabeça para me assegurar. – Ela está a salvo.

Não tentei mais refrear as lágrimas. Eu mal conseguia ficar de pé, por isso, quando os cintos e as cordas se foram, meu pai me suspendeu e começou a me levar para seu carro, que estava bem visível, bem no meio do estacionamento, com seu vermelho glorioso.

– Espere! – exclamei, olhando por cima do ombro dele na direção de Alistair.

Ele observava o resgate abaixar o arreio de novo, mas pareceu sentir o meu olhar, já que se virou na minha direção.

– Tia Grace – eu disse. – O que aconteceu com ela?

Os lábios já finos de Alistair praticamente desapareceram quando ele os pressionou ao balançar a cabeça.

– Ela passou por mim. – Ele tentou forçar uma expressão de divertimento, mas que não chegou aos seus olhos. – Sinto que me distraí um pouco quando você foi jogada no fosso.

Meus olhos se fixaram na porta que levava a Faerie, e o aceno de Alistair me confirmou para onde ela foi. Por que será que eu não acreditava que ela ficaria ali para sempre?

Desmaiei antes de papai me colocar no carro. Quando recobrei a consciência, estava numa cama de hospital. As dores de antes haviam sumido, mas a cabeça latejava terrivelmente, e eu suava como se estivesse quarenta graus ali dentro. Gemi e virei de lado.

Finn estava sentado na cadeira de visitas ao meu lado – entre mim e a porta, naturalmente. Logo deduzi que ele reassumira suas funções de guarda-costas, mas foi bom não estar sozinha ao acordar. Ele lia uma revista, mas a fechou e deixou de lado quando viu que eu havia acordado.

Meu estômago não estava mais contente que a minha cabeça, e por um instante, temi vomitar na lateral da cama. Mas a ânsia passou.

– Por que estou no hospital? – perguntei, quando Finn afastou uma mecha úmida do meu cabelo da testa. – O que eu tenho de errado?

– Parece que teve um encontro com uma Bruxa das Águas – disse ele.

– Jura? – O que quer que houvesse de errado comigo, não era amnésia. Bem que eu queria apagar aquele rosto maligno da minha memória.

Finn me lançou um olhar de reprimenda, depois continuou como se eu não tivesse falado.

– Contato prolongado com uma Bruxa das Águas, ao que parece, deixa os humanos doentes. – Ele fechou o rosto. – Na verdade, contato prolongado com Bruxas das Águas, normalmente, mata qualquer um. Você teve sorte.

Não consegui evitar. Gargalhei.

– Ah, tá. Central da sorte, essa sou eu... – A gargalhada se transformou em um acesso de tosse. Eu estava preparada para que a tosse fizesse meu peito doer, mas só a cabeça me incomodava. – Há quanto tempo estou aqui? – Perdi completamente a noção do tempo. Podiam ser horas ou dias.

– Cerca de quatro horas – ele respondeu, e fiquei aliviada por não ter ficado ali por muito mais tempo. – Os curandeiros cuidaram dos seus ferimentos.

Ah, isso explicava por que os pulmões, a garganta e as juntas não me incomodavam mais.

– Mas eles não conseguem dar um jeito no enjoo? – Logo imaginei.

Finn balançou a cabeça.

– Os feéricos não adoecem, por isso nossa magia não cura doenças, lamento.

De certa forma, acho que isso era uma boa coisa. De outro modo, todos os doentes do mundo acabariam sitiando Avalon. Na verdade, aposto que se os curandeiros feéricos *pudessem* curar doenças, não admitiriam. Eu já conseguia imaginar o caos que seria se um bando de pessoas de uma pequena cidade pudesse, por exemplo, curar o câncer.

Eu já estava começando a ficar exausta só com o esforço de me concentrar, mas consegui fazer mais uma pergunta antes de voltar a dormir.

– Quanto tempo vou ficar aqui? – perguntei, não só porque detestava hospitais – como qualquer outra pessoa sensata –, mas porque mesmo com Finn me protegendo, eu não sabia se estava bem segura ali.

– Provavelmente uns dois dias. Os médicos humanos querem ficar de olho em você, para ter certeza de que a febre não vai subir muito.

Aceitei meu destino com um suspiro sentido, depois rolei de lado e voltei a dormir.

Na vez seguinte que acordei, era por que alguém sacudia meu ombro com gentileza.

– Vamos, Dana – Finn disse. – Acorde um instante.

A dor de cabeça ainda latejava por trás dos meus olhos e eu estava suada e com frio ao mesmo tempo. Eu não queria muito acordar para sentir isso, mas consegui abrir os olhos.

Finn estava sentado na beira da cama, mas minha atenção se voltou imediatamente para a montanha parada logo ao lado da porta. Uma montanha chamada Lachlan.

Eu deveria ficar alarmada por vê-lo. Ele era... namorado de tia Grace? Não. Eu não poderia usar esse termo para Lachlan. Mas "amante" parecia grosseiro demais. Eu detestava o termo "companheiro", mas resolvi que era a melhor solução.

De qualquer forma, eu deveria ficar assustada, mas não estava. Ou o hospital me dava drogas realmente boas, ou logo vi que Finn não permitiria que ele entrasse se fosse uma ameaça; ou então eu simplesmente não conseguia ver Lachlan no papel de vilão. Ele *foi* bem legal comigo, mesmo me mantendo em cativeiro.

Finn sorriu para mim, mas não parecia muito acostumado a sorrir. Era como se isso o estivesse machucando.

– Lachlan está aqui para ficar no meu posto por um tempo – Finn explicou. – Eu quis acordá-la para assegurá-la de que está segura com ele. Lachlan não é um Cavaleiro, mas poucos se arriscariam a enfrentar um troll. E seu pai tem certeza de que ele não a entregará a Grace.

Vi Lachlan se retrair.

– Obrigada – murmurei. Eu só queria voltar a dormir. Ficar doente era uma droga.

Finn me lançou mais um dos seus acenos de trabalho e saiu sem dizer mais nada. Lachlan se aproximou da cama para ficar ao meu lado. Ele parecia... muito triste. Havia uma sombra em seus olhos antes inexistente, e seus ombros estavam rígidos de tensão e tristeza.

Por mais cansada que eu estivesse, consegui sorrir para ele.

– Está tudo bem, Lachlan – eu disse. – Sei que não teve nada a ver com o que tia Grace fez. – E eu senti isso em meu íntimo. Não importava qual o relacionamento entre eles, Lachlan não ficaria de lado deixando-a matar alguém. Ou jogar alguém num fosso.

A tensão dos ombros dele se suavizou e ele abaixou a cabeça.

– Obrigado – suspirou pesadamente. – Não sei o que deu nela. – Ele me fitou com olhos suplicantes. – Ela não é assim de verdade. Ela só...

Eu podia perdoá-lo por estar apaixonado por Grace, mas não estava aberta a ouvir as suas desculpas para o comportamento dela. Acho que ele percebeu isso, porque não disse mais nada, só se sentou no que eu já começava a pensar como sendo a cadeira de Finn.

Essa foi a minha dica para voltar ao outro mundo, e eu fiquei mais que contente em obedecer.

Adormeci e despertei boa parte do dia, acordando mesmo só quando as enfermeiras vinham para medir a temperatura, me dar remédios ou insistir para que eu bebesse ou comesse. Eu não queria nem beber, nem comer, já que a comida do hospital em Avalon também era comida de hospital. Mas elas ameaçavam me colocar no soro se eu não me hidratasse e comesse, por isso me esforcei.

A certa altura, acordei e encontrei um imenso buquê de rosas amarelas na mesinha ao lado da cama. Ethan foi me visitar enquanto eu dormia e decidiu não me acordar. Só de olhar para elas – e em sua cor alegre e ensolarada – me fez sorrir. Interessante ele ter escolhido me dar rosas, mesmo elas não sendo nem brancas, nem vermelhas. Acho que presentear com rosas ganhava um significado muito maior quando se é feérico.

No fim da tarde, senti dificuldade para dormir, apesar de me sentir horrível estando acordada. Pior, eu sabia que o martírio do jantar não demoraria a chegar, isso porque os hospitais sempre alimentavam os pacientes bem cedo. Pelo menos esse foi o caso nos hospitais americanos em que aterrissei com minha mãe em alguns "episódios etílicos" desafortunados.

Lachlan ainda estava de guarda, mas nenhum de nós sentia vontade de conversar, por isso continuamos num silêncio camarada até quando recebi a segunda visita do dia.

Eu não havia nem visto nem falado com Kimber desde o ataque à boutique. Acho que eu deveria ter ligado para ver como ela estava – afinal, ela também tinha se machucado –, mas a chegada de mamãe a Avalon tirou todos os outros pensamentos da minha cabeça. Kimber hesitou na soleira, mordiscando os lábios numa atitude bem pouco feérica de demonstração de nervos. A expressão em seu rosto mostrava vulnerabilidade, mas eu não sabia o que podia haver de errado.

– Pode entrar – eu a chamei ao levantar a cabeceira da cama para poder ficar sentada.

Kimber deu um sorriso tímido e entrou.

– Vou para fora para que tenham privacidade – Lachlan disse e eu sorri em gratidão.

Quando a porta se fechou atrás de Lachlan, Kimber veio se sentar na beira da cama. Ela relanceou para o buquê de rosas e ergueu as sobrancelhas.

– Vejo que meu irmão esteve aqui – comentou.

Descobri que conseguia corar mesmo estando vermelha de febre.

– É. Eu estava dormindo quando ele veio.

Seus olhos cintilavam travessos, e ela colocou a mão na bolsa que trazia no ombro.

– Eu trouxe algo melhor. – Tirou uma garrafa térmica e a sacudiu.

Não foi difícil imaginar o que havia dentro dela e, assim que Kimber abriu a tampa, minhas narinas confirmaram meu palpite. Por mais que eu detestasse a ideia de engolir o jantar, o aroma do mingau quente me fez salivar. Ela encheu a caneca com cuidado e me serviu.

O cheiro era tão convidativo – ainda mais porque o uísque não se sobressaía – que eu quis tomar na mesma hora, mas hesitei.

– Isso é permitido? – perguntei. – Não sei que medicamentos estou tomando e...

Kimber deu uma fungada altiva.

– Mingau quente é o melhor remédio de todos.

– Tudo bem, mas é que alguns remédios não combinam com álcool. – E logo vi que eu e ela nos meteríamos em apuros se as enfermeiras viessem e sentissem cheiro de álcool em meu hálito.

Kimber riu.

– Desta vez eu o preparei de acordo com a receita original, em vez de batizá-la como sempre faço. Só coloquei uma colher de sopa de uísque na panela. Agora beba logo antes que se forme aquela película esquisita de leite na superfície.

Tomei um gole e emiti um "hummm" de apreciação. Era cremoso e calórico como eu me lembrava, e Kimber claramente havia colocado mais mel, pois estava bem doce. Só pode ter sido o poder da sugestão, mas juro que a minha dor de cabeça diminuia conforme eu bebia o mingau.

Bebi a caneca inteira num piscar de olhos, e Kimber se apressou em enchê-la novamente. Ela ainda tinha aquela expressão vulnerável e tímida no rosto.

– Há algo errado? – perguntei ao tomar mais um gole.

Ela exalou fundo, depois sorriu.

– Acho que Ethan tinha razão, e eu estava agindo como uma paranoica. – O sorriso tímido sumiu e ela ficou olhando para as mãos. – Eu tive medo de que depois do que aconteceu, você acreditaria que eu a tivesse conduzido para uma emboscada na butique.

Fiquei sinceramente chocada com essa sugestão. Claro que não sou uma das pessoas mais crédulas do mundo, porém, jamais suspeitei que Kimber tivesse alguma ligação com o ataque, e foi isso o que disse a ela.

Só percebi o quanto ela estava tensa quando seu corpo inteiro relaxou.

– Por que achou que eu pensaria que estivesse envolvida nisso? – perguntei.

Ela deu de ombros.

– Acho que ainda estou tentando lidar com a minha consciência pesada... Por causa do que aconteceu antes.

– Isso são águas passadas – eu disse, e vi que toda a raiva que senti quando descobri que a raiva dela e de Ethan havia desaparecido. Sorri de verdade. – Perdoei Ethan porque ele salvou a minha vida. Você me trouxe este mingau, portanto, não pode ser tão ruim assim.

Kimber devolveu meu sorriso com outro amplo.

– Eu disse que o mingau quente era a cura para tudo.

Talvez fosse o efeito placebo, mas eu me sentia muito melhor depois de duas canecas de mingau. Tanto que consegui enfrentar meu delicioso jantar de frango emborrachado, purê de batatas instantâneo e ervilhas empapadas.

Quando resolvi que era hora de dormir à noite, Finn tinha substituído Lachlan de novo, e começava a me perguntar por que nem papai nem mamãe tinham me visitado. Imaginei que ela poderia estar embriagada. Afinal, havia passado por uma experiência bem traumática. Mas isso não explicava a ausência do meu pai e, quando questionei Finn a esse respeito, ele só respondeu que meu pai era um homem ocupado. Nem se importou em fazer parecer que isso fosse a verdade. Contudo, nenhuma quantidade de perguntas o faria mudar sua história.

Meus pais tampouco me visitaram no dia seguinte, embora tanto Ethan quanto Kimber apareceram. (E sim, Kimber levou mais mingau.) Eu meio que esperei que Keane viesse – apesar de sua conduta não fazer bem à minha saúde –, mas ele não apareceu. Tolice esperar isso dele, claro. Mais tolice ainda ficar chateada por ele não ter vindo. Ele era só o meu instrutor de defesa pessoal, afinal, e não um amigo.

Tentei perguntar a Lachlan sobre papai e mamãe, mas ele se saiu tão informativo quanto Finn. Tive um pressentimento muito ruim quanto a tudo isso, apesar de que, quando eu perguntava, todos garantiam que a minha mãe estava bem.

Papai finalmente fez a sua aparição na manhã do meu terceiro dia no hospital. Eu ainda tinha uma febre baixa, mas me sentia bem melhor, e a enfermeira que fez a primeira ronda me contou que eu receberia alta depois que o médico me examinasse mais uma vez.

Finn estava de guarda quando papai chegou, mas rapidamente saiu do quarto e fechou a porta atrás de si. Não gostei da expressão no rosto do meu pai, tão reservada e quase... prudente. Levantei a cabeceira da cama para me sentar, já que eu suspeitava que teríamos uma conversa a qual eu não deveria enfrentar deitada.

Estive tão preocupada com minha mãe – sem falar traumatizada pela minha nadadinha no fosso – que nem parei para considerar os sentimentos do meu pai. Mas quando olhei para ele e ele nada disse, finalmente reconheci a emoção que via, aquela que ele tentava esconder tão arduamente: mágoa.

Desviei meu olhar, e deixei a cabeça pender. Eu não o conhecia há muito tempo, e ele nem sabia da minha existência até menos de um mês atrás, mas ele merecia mais da minha parte que sair sorrateiramente no meio da noite sem nem deixar um bilhete. Mesmo que minha fuga tivesse sido bem-sucedida, ele pensaria que fui raptada de alguma maneira e morta bem debaixo do seu nariz.

– Desculpe eu ter saído daquela forma – eu disse, olhando para as mãos no colo em vez de olhar para ele.

Papai não respondeu. Por fim, sem suportar o silêncio, olhei para ele de novo. Ele balançou a cabeça e precisei juntar toda a minha coragem para não me virar envergonhada.

– Você poderia ter morrido – ele disse suavemente. – *Quase* morreu. E se Grace tivesse sido bem-sucedida em levá-la para Faerie, teria sido muito pior.

Abaixei o olhar de novo.

– Eu sei. Mas vocês três iam me prender sei lá onde e você deixou bem claro que eu não tinha poder de decisão nenhum nesse assunto. Eu não conseguiria viver desse modo.

– Melhor viver desse modo do que como o bichinho de estimação de Grace em Faerie! – ele esbravejou. – Melhor viver assim do que morrer!

Nunca vi meu pai tão bravo antes. Era uma visão assustadora. O rosto estava vermelho; os olhos, penetrantes; os punhos cerrados. Até senti o inconfundível formigar de magia no ar, apesar de o camafeu estar guardado na gaveta. Eu já não precisava de sua ajuda para sentir a magia.

Esperei num silêncio tenso, mal ousando respirar. Eu não achava que meu pai fosse me machucar, mas, por certo, parecia que era isso o que ele queria fazer.

Por fim, respirou fundo e relaxou as mãos. O formigamento de magia diminuiu e a cor do rosto dele voltou ao normal. Ele ainda não parecia feliz comigo, mas pelo menos não parecia mais querer me matar.

– Fiz o possível para tratá-la como uma adulta responsável – disse ele, com cada palavra saindo bem precisa e afiada. – Fui honesto com você quando mentirinhas bonitas talvez fossem mais oportunas. Pelo visto eu a julguei mal.

– Não fiz isso só porque queria sair de Avalon – eu disse. – Mamãe prometeu que se internaria em uma clínica de reabilitação se eu voltasse para casa com ela. – Fitei minhas mãos e, nervosa, comecei a brincar com o lençol. – Você não sabe o que é ficar olhando ela se destruir. E ela nunca antes conseguiu admitir que tivesse um problema, quanto mais que precisava de ajuda. Tive a chance de tentar salvá-la de si mesma, não podia deixar de agarrá-la.

Papai se sentou na beirada da cama. Eu não queria olhar para o rosto dele, não queria ver a raiva e a mágoa – talvez até pior –, o desapontamento em seus olhos. Ele esticou uma das mãos, cobrindo as minhas, mas, mesmo assim, não o fitei.

– Dana, minha criança, não sou um homem jovem. Vivi em Avalon entre humanos e feéricos por séculos. E se existe uma coisa que eu sei é que não podemos salvar alguém de um comportamento autodestrutivo se esse alguém não quiser ser salvo. Entendo como chantagear a sua mãe para que ela se interne numa clínica possa lhe parecer uma boa ideia, mas mesmo que tivessem fugido sem complicações, e ela tivesse cumprido a promessa, isso não teria dado certo. Não pode *forçá-la* a ficar sóbria, não por um período significante de tempo. Talvez ela permanecesse sóbria por algumas semanas, meses até, mas voltaria a beber, e não demoraria muito.

Tirei minhas mãos debaixo da dele.

– Não tem como saber isso! Se ela parasse de beber, ela veria o que tem perdido por causa da bebida e isso lhe daria um motivo para permanecer sóbria. Na maioria das vezes, ela está alterada demais para perceber as consequências do que está fazendo.

Papai suspirou.

– Acho que, no fundo, sabe que estou certo. Você me procurou por um motivo, e não foi porque seu coração estava cheio de esperanças de que sua mãe se reabilitaria.

Foi a minha vez de ficar brava, por isso o encarei.

– Não tente me dizer o que eu sinto ou penso.

Seu olhar condescendente me deixou ainda mais furiosa, mas ele não me deu a chance de lhe dizer o que eu pensava dele.

– Acredito que teremos que concordar que discordamos nesse assunto – ele disse.

Sentou-se mais ereto e se livrou do olhar condescendente, mudando de assunto, tanto com as palavras como com sua linguagem corporal.

– De acordo com a enfermeira, seu médico virá examiná-la dentro de uma hora e, então, você estará livre para ir para casa. Tenho uma reunião no almoço, mas Finn a levará para casa e ficará de guarda até a minha volta. Quando eu chegar, nós a levaremos a um lugar mais seguro.

Ah, sim, o temido "lugar seguro". Também conhecido como cela de prisão. Eu sabia que não adiantava discutir – eu não tinha como vencer –, mas cruzei os braços sobre o peito e formulei minha expressão mais teimosa.

Um dos cantos da boca de papai se ergueu num indício de sorriso.

– Por causa da sua tolice da outra noite, está de castigo por uma semana. Vai permanecer na casa segura o tempo todo e, caso se sinta uma prisioneira, isso não será inapropriado.

Encarei-o furiosa. Nunca fiquei de castigo em toda minha vida. Diabos, era como se isso fosse *normal*. Claro que a ideia dele de castigo parecia mais rígida que a dos humanos.

– Quando a semana terminar – papai continuou –, terá toda a liberdade que julgarmos segura.

– E quem, exatamente, são esses "nós"?

– Alistair, eu... e sua mãe.

Meus olhos arregalaram.

– Mamãe?

Ele assentiu.

– Ela vai continuar em Avalon, e me concedeu sua guarda legal. – Sua expressão se tornou séria. – Se pensar em fugir de novo, descobrirá que não tem para onde ir.

Balancei a cabeça.

– Impossível ela ter concordado com isso! – Depois de tudo o que fez para me afastar do meu pai e de Avalon, eu não a via fazendo parte de uma conspiração para me manter aqui.

– Claro que concordou. – A expressão dele se suavizou. – Tudo o que ela quer é que você fique a salvo, e ela entendeu que estará mais segura aqui do que no mundo mortal.

Até onde eu sabia, papai nunca havia mentido para mim. Mas isso não garantia que ele não tivesse decidido começar a fazer isso agora. Aposto como ele saberia ser bem persuasivo ao tentar convencer mamãe de que eu estaria mais segura aqui, só não acredito que ela concordasse com isso.

– Se ela concordou, quero ouvir isso pessoalmente dela.

– Isso é impossível no momento.

Meu coração deu um pulo e senti uma onda de adrenalina me percorrer.

– Por que não? O que aconteceu com ela? Todos insistem em me dizer que ela está bem, mas...

– Ela está bem, Dana. Porém, faz quase três dias que ela não bebe e... ela não é ela mesma no momento.

Meu queixo caiu e eu não conseguia pensar em nada para dizer.

– Não é uma cura – papai disse. – Fiz que ela fosse declarada legalmente incapaz e agora ela está sob os meus cuidados. Farei que não tenha acesso a bebidas, nem tenha meios de adquiri-las. Contudo, se eu a libertar, ela vai começar a beber imediatamente. Não se consegue curar o alcoolismo à força.

Pensei nisso um minuto.

– Você a declarou incompetente e a colocou sob seus cuidados – eu disse, e ele assentiu. Acho que entendi o que isso queria dizer. – Em outras palavras, ela é mais uma prisioneira sua, assim como eu.

– Sim.

Fiz uma careta. Eu havia me esquecido de como ele conseguia ser brutalmente honesto. Ênfase em "brutalmente".

– Tente se lembrar de que enquanto eu cuidar dela, ela estará sóbria. Sei que isso não serve de consolo para você – e também tenho certeza de que ela me odiará por isso –, mas ao menos é alguma coisa.

Portanto, basicamente, eu trocava tanto a minha liberdade quanto a dela, pela sua sobriedade. Eu não sabia se essa era uma troca justa, mas eu não tinha poder decisório. Mordisquei o lábio enquanto pensava nisso.

– Dana – papai disse com suavidade –, nem mesmo *eu* conseguirei segurá-la contra a sua vontade quando tiver dezoito anos, a menos que desenvolva um problema com drogas ou álcool para me dar uma justificativa como a sua mãe fez. Por mais que desgoste dos meus métodos, terá de suportá-los por somente um ano e três meses. Durante esse tempo, vou tentar convencê-la a permanecer sob a minha proteção depois dos dezoito anos. Não sou tolo. Não vou conquistá-la destratando-a ou à sua mãe. Não vai ser tão ruim quanto imagina.

Hum. Um ano e três meses numa gaiola de ouro e depois estarei sob condicional. Parecia um longo período de tempo se eu considerasse tudo o que me aconteceu desde que cheguei a Avalon. Mas também seria um ano e três meses de sobriedade forçada para minha mãe.

Uma parte minha acreditava que papai estava certo, que forçar mamãe a não beber não a curaria. Mas ao menos daria um tempo ao corpo dela para se recuperar dos danos causados pela bebida. E, pelo menos por esse período, eu teria uma mãe com quem poderia me relacionar, a quem eu não desprezasse e de quem eu não me envergonhasse. Eu teria a mãe que de vez em quando eu tinha um vislumbre quando ela não estava embriagada, a mãe esperta, inteligente e... engraçada.

Não, eu não tinha poder de escolha. Papai deixou isso bem claro. Mas eu tinha como escolher o modo insuportável como me comportaria.

Engoli meus protestos e respirei fundo. Eu podia fazer aquilo. Aceitar meu destino com dignidade e recuperar a confiança do meu pai. E quando eu completasse dezoito anos – levando-se em consideração que eu chegasse até lá, claro –, eu poderia decidir por conta própria se seria melhor viver em Avalon ou no mundo mortal.

Assenti bruscamente.

– Está bem – concordei. – Prometo ser uma prisioneira comportada. – Se minhas mãos não estivessem ocupadas com o lençol, eu teria cruzado os dedos. Afinal, era prerrogativa das garotas mudar de ideia, portanto, eu poderia não estar dizendo a verdade, toda a verdade, nada mais do que a verdade.

O sorriso cuidadoso de papai dizia "acredito quando vir isso". Mas ele não colocou seus pensamentos em palavras, só deu uns tapinhas leves na minha mão em mais um dos gestos reservados de afeto dos feéricos.

Ele já estava na porta quando o chamei.

– Pai? – Ele se virou com sobrancelhas erguidas. – Obrigada por mandar Finn salvar mamãe. – Minha garganta ficou apertada quando me lembrei da terrível dor que senti quando Grace ordenou a morte de minha mãe.

Ele olhou sério para mim.

– Não precisa agradecer. Provei ser tremendamente inútil naquela situação. Foi Alistair quem retardou Grace e foi Finn quem salvou a sua mãe. Só cheguei quando tudo já havia terminado.

– É, mas você mora no meio da montanha – eu disse, percebendo que ele se sentia mal por não ter sido meu cavaleiro branco. – Ethan deve ter chamado o pai dele antes de ligar para você e imagino que você chamou Finn porque ele mora perto do hotel, certo? – Ele assentiu. – Portanto, se tivesse vindo correndo pessoalmente, mamãe teria morrido antes da sua chegada. Você fez a coisa certa.

Ele sorriu para mim, mas seu olhar era triste.

– Sei que sim. Isso não significa que eu tenha de gostar disso.

Fiquei sem saber o que dizer, mas fui salva de tentar descobrir pela chegada do médico que fazia sua ronda.

Epílogo

Não fiquei surpresa ao descobrir que o "lugar seguro" ficava no impressionante sistema de túneis em Avalon. A boa notícia era que eu tinha eletricidade, água corrente, serviço de telefone e sinal de Internet. A má notícia era que eu detestava o sistema de túneis com fervor. Detestava ficar sem iluminação natural. Detestava a sensação claustrofóbica de que o teto podia cair sobre a minha cabeça a qualquer instante. (Pouco importava que eu soubesse que isso não tinha como acontecer.) E eu detestava a lembrança das coisas que me aconteceram naquele subterrâneo.

Depois da minha semana de castigo, finalmente recebi permissão para sair da minha minissuíte, embora somente durante o dia e sempre acompanhada de um guarda-costas. Mesmo assim, incrível a sensação de liberdade que isso dava depois de ficar confinada por uma semana. Era tudo uma questão de perspectiva. Até retomei as aulas com Keane, que nunca mencionou minha tentativa de fuga ou minha estada no hospital. Fiquei imaginando o motivo.

Minha mãe passou a ocupar o meu antigo quarto na casa de papai. Ela não andava muito contente, mesmo depois de a síndrome de abstinência ter passado. Pelo menos agora ela andava sóbria e semirracional.

Ela me lembrou, porém, do que meu pai é capaz de fazer. Fiquei relutante em tocar no assunto, mas, no fim, eu tinha de perguntar por que ela assinou os documentos que passavam a guarda legal para papai. Parecia ser a última coisa que ela fosse capaz de fazer, e eu ainda meio que pensava que ele estivesse mentindo.

– Estou cansada, querida – mamãe disse quando perguntei. – Preciso de um cochilo.

Bufei. Se aquela não era a tentativa mais patética de evitar um assunto, eu não sabia o que podia ser.

– Eu mereço saber, não acha? – pressionei, apesar de saber, por experiência própria, que era difícil obrigá-la a responder uma coisa que ela não queria.

– Eu só... achei que era o melhor para você – ela respondeu, sem conseguir me encarar ao falar; também não conseguia ficar quieta. As mãos se retorciam, ela se mexia na cadeira, e batia o pé no chão. Parte disso era o seu desespero por beber. Mas não era só isso.

– Posso perguntar para papai – blefei. Eu sabia que ele me contaria a verdade. Já disse que ele não tinha problema algum em ser sincero, mas eu queria saber de tudo por intermédio dela. Se eu tivesse que amolá-la por semanas a fio, era o que eu faria.

No entanto, a carência de álcool devia ter enfraquecido a sua força de vontade, ou talvez sustentar uma mentira desse muito trabalho. Ainda se retorcendo e se remexendo, ela falou, olhando para um ponto acima do meu ombro.

– Ele fez Finn me trazer para cá depois de me pegar no hotel – ela disse. – Ele... ele não queria me dar nada.

Nenhuma bebida, era o que ela queria dizer.

– Fiquei... desesperada – ela prosseguiu. – Mas ainda assim ele não quis me ajudar. Então me trouxe todos aqueles formulários e pediu que os assinasse. Ele nem quis me dizer para o que serviam, e não me deixou lê-los.

Eu não conseguia acreditar no que ouvia.

– Quer dizer que se sentou aqui e assinou os papéis cedendo seus direitos sobre mim sem nem se importar em descobrir o que estava assinando?

Os ombros dela penderam e o olhar caiu para o chão.

– Não de pronto – murmurou. – No começo eu recusei. Mas comecei a me sentir cada vez pior, e Seamus não queria me ajudar.

Acho que eu começava a entender como a mente de papai funcionava, porque logo imaginei o resto por conta própria.

– Ele disse que lhe daria um drinque se assinasse os papéis – sussurrei, porque se falasse mais alto, minha voz partiria.

O rosto de mamãe era o retrato da culpa.

– Acredito que isso não valeria num tribunal dos Estados Unidos – ela disse. – Eu não estava no meu juízo perfeito quando assinei. – Fez uma careta. – Para dizer a verdade, eu nem me *lembro* de tudo isso, mas a minha assinatura está nos documentos e não tenho motivos para não acreditar que os assinei como Seamus me contou.

Cerrei a mandíbula e lutei contra a raiva. Lembro que papai a declarou legalmente incompetente. Mas, obviamente, antes disso, aproveitou-se da incompetência dela. Sim, eu estava brava com mamãe pelo que ela fez – e não conseguia deixar de ficar magoada por ela não ter lutado por mim. Porém, uma boa dose de culpa recaía direto sobre os ombros do meu pai.

Quando retornei para a suíte subterrânea, decidi que era hora de deixar de lado a linda ilusão de que ou minha mãe ou meu pai tomariam conta de mim, levando em conta somente o que era melhor para mim. Há anos eu cuidava de mim, e era assim que a vida seria, quer eu quisesse ou não.

Cuidar de mim em Avalon seria mais... desafiador que em casa. Lá, a bebedeira de mamãe me deu a liberdade de fazer o que eu quisesse sem ter de depender da aprovação paterna. Agora eu tinha dois pais para agradar – para enrolar, se preciso.

Mas eu tinha uma coisa agora que não tinha antes de chegar a Avalon, algo que jurei usar para o meu benefício: magia.

Não, eu não sabia usá-la. E sim, Ethan deixou bem claro que, se as pessoas descobrissem que eu a sentia, seria muito, muito ruim. Mas se eu aprendesse a controlá-la, teria uma arma secreta poderosa. Talvez uma que me possibilitasse escapar de Avalon e desaparecer dos radares das rainhas de Faerie.

No tocante a planos, isso não era lá grande coisa. Descobri durante a semana entediante de confinamento que a magia parecia "gostar" do meu canto. Eu não conseguia terminar uma única música sem sentir o conhecido formigamento, mas até agora, eu não consegui convencê-la a *fazer* nada.

Mas vou conseguir. Sou inteligente e determinada, e tenho absoluta confiança de que vou descobrir como isso funciona. (Pelo menos é o que vivo repetindo para mim mesma.) E quando isso acontecer, vou usar essa arma secreta para arrancar o controle do meu destino das mãos dos outros de volta para as minhas. Onde é o seu lugar.

Sobre a autora

Jenna Black é formada em Antropologia e Língua Francesa pela Duke University. Escritora em tempo integral de romances paranormais e fantasia urbana, ela vive em Pittsboro, Carolina do Norte. Visite: *www.jennablack.com*